Das Buch

Detectiv Maier ist ein fast ganz normaler kleiner Privatdetektiv vom Typ „einsamer Wolf". So zumindest sieht er sich in seiner Gedankenwelt, an der die Leserin/der Leser reichlich teil haben kann. Auch, wenn die Schreibweise von „Detectiv", auf die er viel Wert legt, anderes vermuten lässt, arbeitet er irgendwo in Deutschland. Wo genau ist ziemlich egal.
Nicht ganz so egal ist die klitzekleine Kleinigkeit, die ihn von anderen Menschen seiner Profession unterscheidet. Er kann sich nämlich – Fantasyanteil! - frei in Raum und Zeit bewegen. Also ganz frei dann auch wieder nicht. Weil er in seiner Jugend mit dieser Fähigkeit viel Mist gebaut hat, unterliegt er einigen Reisebeschränkungen.

In dieser Geschichte, wird er zufällig in die Machenschaften eines mafiaähnlichen Clans hineingezogen. Der Clan droht bald die ganze Stadt in Angst und Schrecken zu versetzen. Obwohl der Detectiv eigentlich nur seine Ruhe haben will, muss er sich der Aufgabe stellen, die Mitglieder des Clans davon zu überzeugen, dass es besser wäre, wenn sie ihre Tätigkeiten einstellen würden.
Mit Rat und Tat an seiner Seite steht der Computerfreak Mr. Clean. Auf den ersten Blick können die beiden unterschiedlicher kaum sein. Der Detectiv neigt eher dazu Aufräumen und Putzen als Tätigkeiten anzusehen, die man auch morgen noch machen kann, während Mr. Clean – na was wohl? – der Ordnung einen hohen Stellenwert gibt. Trotzdem klappt es ganz gut mit den beiden. So als Team.

Beim Schreiben und Korrekturlesen der Geschichte hatte ich viel Spaß. Irgendwo draußen in der weiten Welt gibt es sicher Leserinnen/Leser, die meinen Humor teilen.

Viel Spaß dabei
Gab Robe

Gab Robe
Detectiv Maier will eigentlich nur seine Ruhe

Bibliografische Information der Deutschen Nationalbibliothek. Die Deutsche Nationalbibliothek verzeichnet diese Publikation in der Deutschen Nationalbibliografie; detaillierte bibliografische Daten sind im Internet über www.dnb.de abrufbar.

Herstellung und Verlag: BoD – Books on Demand - Norderstedt

Umschlaggestaltung: Gab Robe

© 2015 Gab Robe

ISBN 978-3-73475865-2

Banküberfall

Ein Blick aus dem Fenster reichte Detectiv Maier um festzustellen, dass wieder einmal ein ganz normaler Tag vor ihm lag. Seine müden Augen sahen statt Regen oder Sonnenschein nur eine lückenlose Decke aus grauen Wolken, die faul am Himmel herumhingen und nicht den Eindruck machten, sich in naher Zukunft vom Fleck bewegen zu wollen. Er erledigte all diese langweiligen Dinge, die man morgens erledigt, wenn man zum arbeitenden Teil der Bevölkerung gehört. Genaugenommen waren es eigentlich nur zwei Dinge. Eine Erkenntnis zu der er auch schon an den vielen vergangenen Tagen gekommen war. Rasieren und Anziehen, was einem gerade so in die Finger kommt.

Danach setzte er sich ins Auto und fuhr los. Ein ganz normaler Tag. Sein Chef würde ihn gleich wieder mit seiner unzerstörbar guten Laune zu der Observation schicken, die schon seit zwei Wochen nichts als die pure Langeweile versprach.

Wie immer hielt Detectiv Maier ungefähr auf der Hälfte der Strecke an, um in der Bäckerei zwei belegte Brötchen und einen ‚Coffee to go' zu kaufen. Damit würde er sich dann, wie immer, den Rest der Fahrt beschäftigen und sich, ebenfalls wie immer, beim Aussteigen vornehmen, ab dem nächsten Morgen zuhause zu frühstücken. Einfach, um nicht immer den ganzen Müll und die Brötchenkrümel im Auto zu haben.

Als er aus der Bäckerei kam, fiel sein Blick auf eine junge Frau, die auf der anderen Straßenseite in einem alten Escort saß und wie gebannt durch das Beifahrerfenster nach draußen starrte. Eigentlich nichts besonderes, wenn da nicht dieses Geldinstitut wäre und wenn die Fläche, auf der sie stand nicht schraffiert wäre. Trotzdem kein Grund gleich Schlechtes zu denken, beruhigte sich der Detectiv. Vermutlich wartete die nur auf ihren Freund, um dann zusammen mit ihm in Urlaub oder sonst irgendwohin zu fahren.

Er startete den Motor und warf einen Blick über die Schulter, um sich eine Lücke zum Einfädeln auszusuchen. Ziemlich weit hinten flackerten ein paar Blaulichter. Als seine Lücke da war, scherte er ein und konnte durch eine abrupte Vollbremsung gerade noch einen Unfall vermeiden. Die Frau mit dem Escort hatte auf der Fahrbahn gewendet und sich dafür genau die gleiche Lücke ausgesucht.

Seine Gesten, mit denen er der Fahrerin klar machen wollte, dass sie eindeutig nicht mehr alle Tassen im Schrank hatte, kamen bei ihr nicht an. Die blickte schon in Fahrtrichtung und der junge Mann neben ihr, der sich gerade seine Mütze absetzte, war irgendwie mit sich selber beschäftigt.

Da Detectiv Maier ohnehin schon halb auf der Straße stand, wartete er nicht erst, bis hinter ihm alles zum Stehen gekommen war, sondern gab Gas. Sein Blick in den Rückspiegel zeigte ihm, dass die Blaulichter zwar näher gekommen waren, aber noch keinen Anlass gaben, Platz zu machen. Er konnte sich also seinem Frühstück zuwenden. Routiniert griff er zu der Tüte, die auf dem Beifahrersitz stand und wollte sich als erstes den Kaffee rausholen. Leider ging der Griff ins Leere.

Bei dem überhasteten Bremsmanöver war die Tüte nicht nur umgefallen, sondern hatte ihren Inhalt auch noch über das Polster des Beifahrersitzes verteilt. Detectiv Maier hatte schon in der Bäckerei den Verdacht gehegt, dass der Deckel auf dem Kaffeebecher nicht richtig gesessen hatte. Hätte er doch bloß schon die Kiste mit den alten Aktenordnern rausgeschmissen, die er wegen Überfüllung des Kofferraumes vor ein paar Tagen mal eben vor den Beifahrersitz gestellt hatte. Dann wäre die Tüte wenigstens in den Fußraum gefallen. So aber hatte sie keine andere Chance, als auf dem Sitz zu liegen zu bleiben.

Und das alles nur wegen diesem dämlichen Pärchen vor ihm. Die Blaulichter, die eigentlich so langsam in Reichweite sein sollten, hatten ein Stück hinter ihm auf Höhe der Bäckerei angehalten. Vermutlich hatte da einer richtig Hunger auf ein schönes kleines Frühstück im Auto. Warum auch nicht? Der Streifendienst ist größtenteils die reine Langeweile. Mit dem nächsten Blick nach hinten musste Detectiv Maier seine ‚Bäckereivermutung' fallen lassen. Die Streife hatte sich vor die Bank gestellt. Damit fielen in seinem müden Gehirn endlich die Puzzlesteine an die richtige Stelle. Er verfolgte, ohne es bis dahin gemerkt zu haben, zwei Bankräuber. Der Beinaheunfall hatte ihn wohl doch mehr abgelenkt, als er geglaubt hatte.

Der erste Griff ging in die Innentasche seiner Jacke. Als das Handy in seiner Hand lag, fiel ihm ein, dass er das Teil eigentlich über Nacht hatte laden wollen. Erwartungsgemäß machte das Gerät schlicht und ergreifend nichts. Es war damit nicht mehr und nicht weniger als ein altes, nutzloses Stück Hightech. Er war zurückversetzt in die Achtziger Jahre, dem Zeitalter in dem ein schnurloses Telefon innerhalb der Wohnung schon sensationell war. Aber auch dem Zeitalter, in dem er seinen Beruf gelernt hatte. Er riss sich zusammen, nicht in ein selbstgefälliges Grinsen zu verfallen. Schließlich jagte er gerade ein Bankräuberpärchen. Andererseits, diesen einen Gedanken wollte er sich dann doch noch zugestehen: Was hatte er damals noch für Erfolge als privater Ermittler erzielt...

Widerstrebend brachte Detectiv Maier sich wieder in die Gegenwart zurück. Da die Streife nicht begriffen hatte, dass die Bankräuber schon weg waren, blieb ihm für den Moment nichts anderes übrig, als dem Escort möglichst unauffällig zu folgen. Dazu brauchte er allerdings dringend eine Tarnung. Wie konnte er das am besten regeln? Bei der Antwort auf die Frage verzog er automatisch das Gesicht.

Der erste Bissen in das kaffeegetränkte, weiche Käsebrötchen mit dem ehemals knackigen Stück Salat bestätigte seine Befürchtung. Trotzdem musste er sein Gesicht kontrollieren und verhaltene Freude an dem Brötchen zeigen. Die beiden beobachteten mit Sicherheit den hinter ihnen liegenden Verkehr. Also beobachteten sie auch ihn. Er durfte nicht auffallen. Den Kaffee, der ihm bei dem Bissen auf den Bauch getropft war, hatte er leider nicht mehr abfangen können. Egal. Das Hemd musste ohnehin irgendwann mal in die Wäsche. Es hatte schon zu viel Frühstücke, Mittagessen und Abendessen im Auto erlebt. Vermutlich war es auch schon durchgeschwitzt. Er beschloss, am Abend mal an den Achselhöhlen zu riechen.

Je länger die Fahrt dauerte, umso besser fand er sich in seine Aufgabe hinein. Der Ellenbogen lag lässig auf der schmalen… seine Gedanken gerieten ins Stocken. Wie heißt dieses Ding eigentlich? Fensterbank? Sideboard? Türinnenverkleidung? Türboard?. Ja, warum nicht? Sein Ellenbogen lag also lässig auf dem Türboard auf, sein Blick war gelangweilt nach vorne gerichtet. Nichts in seinem Gesicht verriet, dass er mit höchster Konzentration zwei Bankräubern folgte.

Glücklicherweise waren die beiden so nervenstark, keine roten Ampeln zu ignorieren und keine gewagten Überholmanöver vorzunehmen. Das ideale Objekt für eine gemütliche unauffällige Verfolgung. Vielleicht wäre es glaubhaft, wenn er sich den Rest des Frühstücks für später aufheben würde? Das müsste definitiv gehen. Außerdem achteten die beiden vermutlich ohnehin nicht auf ihn. Die Gedanken, die ihn zu dem Bissen in das weiche Brötchen genötigt hatten, waren mit Sicherheit nur das Ergebnis eines übersteigerten Geltungsbedürfnisses. Erleichtert, eine Begründung gefunden zu haben, beförderte er das Brötchen mitsamt Kaffeebecher auf die Rücksitzbank.

Inzwischen ging die Fahrt durch eines der Edelwohngebiete der Stadt. Er stellte den lokalen Radiosender ein. Vielleicht würde der ja einen Hinweis liefern. Ansonsten konnte Detectiv Maier nur noch versuchen, sich das Auto - 81'ziger Escort - und das Nummernschild zu merken. Das Auto war nicht wirklich das Problem. Das Nummernschild umso mehr. Noch nie in seinem Leben hatte er verstanden, wie man sich wild durcheinander gewürfelte Buchstaben und Zahlen merken konnte. Irgendwann hatte er dann aufgegeben, sich dieses Kunststück anzueignen und sich stattdessen immer direkt ein Stück Papier und einen Kugelschreiber gegriffen.

Genauso machte er das diesmal auch. Beides war zusammen mit dem nutzlosen Handy in der Innentasche seiner Jacke. Normalerweise diente ihm das geräumige Lenkrad als Schreibunterlage. Das schied diesmal aus, da sonst seine Tarnung in Gefahr gewesen wäre. Also drückte er die Knie hoch, um damit lenken zu können und hielt das Papier auf seinen Oberschenkel fest, um dann mit der freien Hand schreiben zu können.

Gerade, als er den ersten Buchstaben erledigt hatte, stieg die Fahrerin des Escort voll in die Eisen. Da die Detectiv-Maier-Füße nicht in der optimalen Ausgangsposition für ein Bremsmanöver waren, brauchte er den Sicherheitsabstand zum größten Teil auf, bis sein Wagen dann endlich stand. Vermutlich hätte jetzt kein Blatt mehr zwischen die beiden Autos gepasst. Glücklicherweise war er schon vor einiger Zeit von der Hauptverkehrsstraße abgebogen. Es bestand als keine Gefahr, noch einen Schubser von hinten zu bekommen.

Trotzdem entsprach die Situation natürlich nicht unbedingt einer Bilderbuchobservation. Da er keine andere Idee hatte, beschloss er einfach abzuwarten, bis etwas passieren würde oder bis ihm doch noch eine Idee kommen würde.

Durch das Heckfenster konnte er erkennen, dass die beiden sich offenbar stritten. Für den Fall, dass sie sich zu ihm umdrehen würden, machte er ein paar aufgebrachte Gesten, legte dann den Rückwärtsgang ein und setze ein Stück zurück. Als er wieder nach vorne schaute, ging die Fahrertüre auf und die junge Frau stieg wutentbrannt aus.

Sie gehörte zu der Sorte, die mit kaputter Kleidung und massenweise Nieten herumliefen. Auf den ersten Blick sah er Nietenarmbänder, Nietengürtel, Nietenhundehalsband und Unmengen an Metall in den Ohren. Selbst um eines der Fußgelenke trug sie ein Nietenband.

Sie schien wohl zuerst nach hinten gehen zu wollen, entschied sich dann aber doch dagegen und lief in Fahrtrichtung weg. Gleich danach ging die Beifahrertüre auf und der junge Mann, der sich kleidungsmäßig kaum von ihr unterschied, lief ihr mit einer über die Schulter geworfenen Sporttasche hinterher. Das Auto schien die beiden nicht weiter zu interessieren.

Für Detectiv Maier stellte die neue Situation ein erhebliches Problem dar. In einem Auto kann man keine Fußgänger verfolgen. Zumindest nicht unbemerkt. Er musste sich entscheiden: Entweder das Auto parken und zu Fuß hinterher oder entgegen allen Regeln doch mit dem Auto folgen. So langsam geriet Detectiv Maier in echten Stress. Ein Zustand, den er seit einigen Jahren erfolgreich vermieden hatte. Immer diese schnellen Entscheidungen. Das nervte ihn gigantisch. Als er noch das Für und Wider abwog, wurde ihm die Entscheidung abgenommen, da der junge Mann zum Auto zurücklief und seiner Freundin hinterherfuhr.

Gut gemacht mein Junge, ging es Detectiv Maier durch den Kopf. Wer weiß schon wie lange so ein unbewachtes Auto in der heutigen Zeit ohne neuen Besitzer bleibt.

Der Junge hatte seine Freundin schon nach wenigen Sekunden eingeholt. Ohne große Diskussion ließ er sie einsteigen und fuhr langsam weiter. Allerdings so langsam, dass Detectiv Maier unmöglich folgen konnte. Soweit er die beiden durch die Heckscheibe erkennen konnte, suchte der Junge eine Hausnummer. Ein typischer Vertreter der Sorte, die dabei alles um sich herum vergaßen.

Detectiv Maier beschloss, rechts ran zu fahren. Die sollten erstmal in Ruhe sortieren, was sie eigentlich wollten. Kaum hatte er ein schönes Plätzchen gefunden, als er auch schon für seine weise Entscheidung belohnt wurde. Der Wagen blieb wieder stehen. Diesmal auf dem Parkstreifen. Er konnte noch erkennen, dass die beiden ausstiegen und an einem großen Einfahrtstor klingelten. Nachdem sie eingelassen worden waren, fing für Detectiv Maier die Wartezeit an.

Eigentlich hätte er jetzt mal sein Auto aufräumen können. Wenn da nur nicht das Problem mit der Tarnung gewesen wäre. Wie sieht das denn aus, wenn eine wildfremde Person ihr Auto aufräumt und danach einfach im Auto sitzen bleibt? Und das auch noch in einer Gegend, in der die Person noch nie gesehen worden ist. Also beschloss er, einfach sitzen zu bleiben und abzuwarten, was passieren würde.

Okay, den angefangenen Zettel mit dem Kfz-Kennzeichnen konnte er auch im Sitzen wieder wegräumen. Zumindest, nachdem er die Nummer vervollständigt hätte. Nur konnte er die von seinem Platz aus nicht sehen. Also beschloss er langsam an dem Auto vorbeizufahren und dann einen neuen Parkplatz zu suchen. Das würde dann eben eine Observation über den Rückspiegel.

Als er die Nummer gerade in seinem Kurzzeitgedächtnis geparkt hatte und zur Erinnerung in Endlosschleife laut wiederholte, sah er im Rückspiegel, wie die Frau ziemlich hektisch zu ihrem alten Escort zurück lief. Vielleicht sollte er doch nicht zu weit wegfahren. Vielleicht würden die beiden wenden. Besser, er nahm den nächsten freien Platz. Also fuhr er langsam weiter.

Ohne jede Vorwarnung wurde auf einmal seine Beifahrertüre aufgerissen und die junge Frau machte den Versuch, bei ihm einzusteigen. Während sie sich, wegen des vollgestellten Fußraumes mit angewinkelten Beinen, auf den Beifahrersitz faltete, schrie sie ihn an:

„Du musst sofort losfahren, sonst knallt der uns ab!"

Ein Blick in den Rückspiegel zeigte ihm, dass sie vermutlich nicht ganz unrecht hatte. Immerhin spurtete da gerade so eine Person auf die Straße, die alles ausstrahlte, nur nicht den Traumschwiegersohn. Der Blick von dem Typen ging kurz die Strasse entlang, dann hatte er das Auto von Detectiv Maier erfasst, setzte zum Spurt an und schob dabei eine Hand nach hinten Richtung Hosenbund. Das war nun wirklich ein schlechtes Zeichen. Während Detectiv Maier von seiner neuen Beifahrerin mit immenser Lautstärke unentwegt zugetextet wurde, legte er den Gang ein und holte aus seiner Kiste alles raus, was ging. Was nicht wirklich viel war. Wieder war einer der Momente gekommen, in denen er darüber nachdachte, ob der alte Polo wirklich das ideale Fahrzeug für ihn war. Andererseits war er am Morgen natürlich auch nicht losgefahren, um möglichst schnell einem schießwütigen Schwachkopf zu entkommen. Der erneute Kontrollblick in den Rückspiegel brachte ihm die Information, dass der Mann tatsächlich in eine stabile Schussposition gegangen war und die Waffe bereits im Anschlag hatte. Detectiv Maier blieb nichts anderes übrig, als weiter auf dem Gas zu bleiben und unregelmäßige Schlangenlinien zu fahren, bis er außerhalb der Reichweite sein würde. Seine Beifahrerin hatte inzwischen ihre Texte beendet und saß während des Manövers mit starr nach vorne gerichtetem Blick auf den Resten des umgekippten Frühstücks. Ihre Finger waren in den Sitz gekrallt, um das Schwanken des Autos ausgleichen zu können.

Als Detectiv Maier kurz danach wieder normal fahren konnte, war nach seinem Geschmack der Moment für ein paar erklärende Worte gekommen. Also eröffnete er das Gespräch.

„Wer bist du und was ist das hier für eine Nummer?"

Statt vernünftig zu antworten, schaute sich die Frau in dem Wagen um.

„Bist du so nen Messi oder was? So was hab' ich in meinem ganzen Leben noch nicht gesehen. Und was ist das für ein feuchter Mist, in dem ich hier hocke?"

Sie zog ihre Finger über das Polster und roch mit angewiderter Miene daran.

„Kaffee? Hast du dir hier Kaffee über den Sitz gekippt?", wollte sie mit hoher, fast überschnappender Stimme wissen. „So ein Glück, dass ich mich nicht normal hinsetzen konnte. Dann wäre jetzt meine komplette Hose nass."

„Das war eigentlich nicht die Antwort auf meine Frage", versuchte Detectiv Maier sie wieder zum Thema zurückzubringen. Das Gute an seiner permanenten Grundmüdigkeit war, dass man ihn nicht so schnell von einem einmal in Angriff genommenen Thema abbringen konnte.

„Weshalb ich in diesem Müllhaufen hier sitze hab ich doch schon gesagt! Der Typ wollte mich gerade abknallen!

Was gibt es denn da noch weiter zu erzählen? Ich stehe unter Schock oder so! Da kriegst du ohnehin nichts aus mir raus!"

„Und weil du so unter Schock stehst, ist das Erste, das du in meinem Auto mitbekommst ein frischer Kaffeefleck und die momentane Unordnung?"

„Übersprungshandlung oder so. Im Moment bin ich einfach unter Schock."

„Übersprungshandlung", wiederholte Detectiv Maier mit ruhiger Stimme, „wäre eine mögliche Erklärung. Immer sehr angenehm, wenn einem gebildete Leute über den Weg laufen. Auch wenn in diesem Fall die Umstände angenehmer sein könnten. Wie lange wird dein Schock denn jetzt noch anhalten?"

„Woher soll ich das denn wissen? Das ist bei Schocks immer schwer zu sagen. Jedenfalls habe ich jetzt einen und demzufolge kannst du mich nicht als vollwertige, objektive Gesprächspartnerin ansehen."

Irgendwie hatte sie etwas an sich, das ihn interessierte. Jedenfalls versprach der Tag richtig abwechselungsreich zu werden. Ganz anders, als er ihn sich noch vor einer Stunde vorgestellt hatte. Allerdings konnte die Abwechselung auch ziemlich viel Stress mit sich bringen. Vielleicht sollte er es einfach mal auf sich zukommen lassen. Andererseits konnten ein paar zusätzliche Informationen auch nicht falsch sein.

„Okay, ich habe Verständnis dafür, dass du im Moment nicht voll zu gebrauchen bist, aber es wäre für mich trotzdem ganz hilfreich, wenn du mir ein paar Hintergrundinformationen liefern könntest. Schließlich muss der Rest des Tages geplant werden. Ich wüsste auch ganz gerne, ob der Typ, der auf mein Auto geschossen hat, jetzt gerade versucht, uns zu verfolgen oder so."

Sie sah ihn verständnislos an und erklärte ihm dann - zum ersten Mal in normalem Tonfall - wie er das feststellen konnte: „Wenn du im Rückspiegel ein Auto siehst, dann könnte er das sein. Wenn du keins siehst, dann ist er es nicht. Ist doch eigentlich ganz einfach."

„Schon mal was von Nummernschildern gehört?"

„Du meinst, der schaut jetzt irgendwo nach, wer du bist und wo du wohnst? Und dann kommt er wenn du schläfst und überfällt dich?"

„Na, ganz so schlimm muss es nun auch nicht kommen, aber so in die Richtung hatte ich gedacht."

Damit brach das Gespräch schon wieder ab.

Also kurvte er noch ein bisschen durch die verschiedenen Vorstadtviertel und dachte darüber nach, was jetzt als nächstes getan werden konnte. Als sein Blick auf einen der selten gewordenen öffentlichen Fernsprecher fiel, fuhr er rechts ran, zog eine der alten Telefonkarten und informierte seinen Chef darüber, dass er heute mal einen freien Tag nehmen würde. Da er ohnehin nur auf Provisionsbasis arbeitete, konnte sein Chef nicht viele Gegenargumente bringen und beendete das Gespräch sehr schnell mit einem extrem fröhlichen „Dann bis morgen in alter Frische."

Zurück im Auto war die Beifahrerin wieder zum Leben erwacht. Sie hatte den Karton mit den Aktenordnern auf der Rücksitzbank entleert und nutzte ihn jetzt als Sitzkissen.

„Was ist das eigentlich für ein dämliches Auto? Der kleine Verschlag dahinten kann doch wohl unmöglich als Kofferraum bezeichnet werden."

„Ein Polo der zweiten Generation."

„Aha. Und? Ist das irgendwie was Besonderes?"

Der Blick, mit dem sie bei der Frage das Auto musterte, ließ eigentlich keine andere Antwort, als „Nein" zu.

„Bevor wir jetzt über dieses Auto reden, sollten wir es vielleicht mal mit der gegenseitigen Vorstellung versuchen. Wie ist dein Name und wo kommst du her?"

„Oho, sind wir jetzt hier in einem Verhör gelandet?"

Er beschloss abzuwarten.

„Okay, mein Name ist Fran. Abkürzung von Francis. Ein in vielen Sprachen verwendeter Vorname. Komm nie auf die Idee den Namen anders als englisch auszusprechen."

„Und wo kommst du her?" erinnerte er sie an die zweite Frage.

„Geht dich nichts an. Such dir eines der Länder aus, in dem man die Kinder unter anderem Francis nennt, dann landest du vielleicht einen Treffer. Ich werde dir hier nicht meine ganze Lebensgeschichte erzählen, nur weil du gerade zufällig zum richtigen Zeitpunkt am richtigen Ort warst. Und jetzt du."

„Ich bin Detectiv Maier."

Sie stockte einen kleinen Moment und fing dann an zu lachen.

„Hei Alter. Wir sind hier in Deutschland. Hast du dich irgendwie verlaufen und kommst eigentlich aus England oder den Staaten?"

„Nein, komme ich nicht."

„Dann heißt das aber Detektiv. Zumindest, wenn du so ein Privatschnüffler bist. Oder du bist bei der Polizei, was ich eigentlich nicht richtig glauben kann. Dann wärest du Wachtmeister oder irgend so was. Keine Ahnung, wie die alle heißen."

„Pass auf", antwortete er ihr gelangweilt, „du bist nicht die Erste, die sich darüber amüsiert. Ich schlage vor, dass ich deinen Namen nicht deutsch ausspreche und du dich nicht über meinen Namen amüsierst."

„Sonst?"

„Was sonst? Sonst nehme ich für die Fahrt hier den üblichen Taxitarif. Schließlich habe ich keinen wirklichen Grund, dich hier in der Gegend herumzufahren. Du kannst dich auch gerne ohne mein Beisein abknallen lassen. Das belastet mich nicht wirklich. Hauptsache, ich habe meine Ruhe."

Sie dachte einen Moment nach und sah ihn dabei abschätzend von der Seite an.

„Okay, Detectiv Maier. Dann wollen wir mal unsere Zusammenarbeit beginnen. Ganz wichtig ist mir erstmal folgendes: Wie kann man sein Auto so zumüllen? Du musst doch immer mal damit rechnen, dass du einen Beifahrer bekommst. So wie jetzt."

Was sollte er ihr schon darauf antworten? Er war eben ein extrem entspannter, einsamer Wolf. Nur wie sagt man das, ohne wie ein billiges Klischee zu klingen? Vor allem, wo er gerade den üblichen Angriff auf seinen Namen abgewehrt hatte. Auch wenn letzteres eigentlich gar nicht in die Argumentationskette passte. Egal. Er sagte einfach nichts. Mit lässig am Seitenfenster abgelegtem Arm wartete er einfach ab.

„Wieso telefonierst du eigentlich an so einer alten Telefonzelle? Schon mal was von Handys gehört? Diese kleinen Plastikdinger, mit denen die jungen Leute alle rumlaufen?"

„Hab' ich. Aber es gibt Momente, in denen man nicht darauf zurückgreifen kann."

„Aha", nickte sie mit einer Spur Mitleid und einer ganzen Breitseite Unverständnis.

Irgendwie hatte er keine Lust mehr, noch lange in der Gegend herumzufahren, ohne zu wissen, was wirklich passiert war. Also beschloss er, ein bisschen Druck ausüben.

„Nicht weit von hier ist eine Polizeistation. Ich bringe dich jetzt da hin. Du musst denen erzählen, was passiert ist. Immerhin hat der geschossen. Das ist kein Kinderkram."

„Keine gute Idee. Ich muss mir erstmal überlegen, wie ich denen das alles erzählen soll."

„Ist doch eigentlich ganz einfach: dein Leben wurde bedroht", schlug er vor, „ich habe dir dann zufällig bei deiner Flucht geholfen. Der Rest ist Ermittlungsarbeit."

„Naja. Man weiß nie so richtig, was dabei rauskommt oder?"

„Du meinst, wenn du zur Polizei gehst?"

„Genau", nickte sie.

„Was ist mit deinem Freund?"

„Keine Ahnung. Die werden ihn schon nicht umbringen."

„Pass auf", gab er ihr zur Antwort, während er in die nächste beste Parklücke fuhr. „Eigentlich ist mir das ziemlich egal was du machst. Zumindest so lange, wie du es ohne mich machst. Also schlage ich vor, dass du jetzt aussteigst und das tust, was du für richtig hältst."

Sie schaute ihn einen Moment fragend an.

„Und was ist, wenn ich sitzen bleibe?"

„Dann erzählst du mir, was da wirklich passiert ist. Und zwar alles. Danach entscheide ich dann, ob ich bereit bin, dir zu helfen und mein gemütliches, geruhsames Leben dafür aufzugeben."

„Alles? Dir? Einem wildfremden Mann?"

Als er - wie er glaubte - sehr verständnisvoll nickte, öffnete sie die Türe und stieg aus. Er schaute ihr noch einen Moment hinterher, was relativ einfach war, da sie in Fahrtrichtung wegging. Dabei überlegte er, ob er wirklich zur Polizei wollte, um den Vorfall zu melden. Das versprach in jedem Fall eine Menge lästigen Papierkram. Vielleicht hatte er auch, beim Banküberfall angefangen, alles aus einem völlig falschen Blickwinkel betrachtet. In dem Fall würde er sich sogar der Lächerlichkeit preisgeben, wenn er Informationen zu einem Bankraub geben wollte, der gar nicht stattgefunden hatte. Besser, er nutzte den Tag, um sich und sein Auto mal einer gründlichen Reinigung zu unterziehen.

Er war kaum ein paar Meter gefahren, als er ein Stück weiter vorne sah, wie Fran quer über die Straße spurtete. Ein LKW konnte gerade noch einen Unfall verhindern. Kurz hinter ihr lief in gleichem Tempo ein schwarz gekleideter Mann, der in ziemlich bescheuerter Manier um den LKW herumtänzelte und dann wieder Tempo aufnahm. Für Detectiv Maier war schlagartig klar, dass Fran in erheblicher Gefahr schwebte. Ohne groß nachzudenken, zog er auf die von dem LKW blockierte Gegenspur und stellte seinen Wagen halb auf den Bürgersteig. Fran und ihr Verfolger waren in einem kleinen Weg verschwunden, der als Verbindung zu einem Park diente. Der Detectiv musste also zu Fuß folgen. Als er seinen wohlgenährten Körper in Bewegung setzte, wurde ihm schnell klar, dass er erstens nicht davon ausgehen konnte, den beiden lange folgen zu können und dass er zweitens einen besseren Tag gehabt hätte, wenn er nur dieses eine Mal auf sein morgendliches Brötchen und den ‚coffee to go' verzichtet hätte.

Der Park und ein Stück Käsekuchen

Sie wusste, dass sie das Tempo nicht lange durchhalten konnte. Dass sie dem Häscher überhaupt entkommen war, war purer Zufall. Nachdem sie bei dem stinkenden, dreckigen Langeweiler ausgestiegen war, fühlte sie sich komplett unbeobachtet. Eigentlich hatte sie vor, sich erstmal bei einer Freundin einen Unterschlupf für ein paar Tage zu suchen. Wenn ihr nicht die alte Frau entgegengekommen wäre, die erschrocken auf einen Punkt hinter Frans Kopf geschaut hätte, hätte sie sich nicht umgedreht und hätte damit auch nicht gesehen, dass er nur noch ein paar Schritte hinter ihr war.

Jetzt brannten ihr die Lungen und sie war zudem noch in die Einsamkeit eines Parks gelaufen. Sie konzentrierte sich wieder voll auf ihre Schritte. Sie musste die nächste Kreuzung erreichen und dann abbiegen. Vielleicht gelang es ihr ja, für ein paar Momente den Sichtkontakt abreißen zu lassen. Das war für die Psyche des Verfolgers immer schlecht. Sie musste es einfach schaffen. Wenn er sie bekommen würde, wäre das Spiel endgültig verloren.

An der Wegkreuzung schwenkte sie nach rechts und warf dabei einen Blick nach hinten. Der Verfolger war ein gutes Stück hinter ihr. Mehr, als sie befürchtet hatte. Dem LKW sei Dank. Vor sich sah sie einen Parkausgang, der scheinbar in ein Wohnviertel führte. Sollte sie oder sollte sie nicht? Welchen Vorteil konnte ihr das Viertel geben? Leute auf der Straße. Oftmals dann doch nicht der Schutz, den man erwartet. Autos auf der Straße. Nachdem sie nur mit viel Glück dem Unfall mit dem LKW entgangen war, sah sie die Autos eher als ein Problem an.

Kurz vor dem Ausgang schwenkte sie nach links. Wieder warf sie einen Blick nach hinten. Der Verfolger war noch nicht zu sehen. Unbestreitbar ein Vorteil. Zumindest, wenn sie es schaffte, möglichst schnell um die nächst Kurve zu kommen. Mit etwas Glück würde er sich dafür entscheiden, dass sie den Park verlassen hätte. Sie lief jetzt in etwas langsamerem Tempo weiter. Hauptsache Abstand gewinnen und nicht an der nächsten Ecke zusammenbrechen. Da sie sich überhaupt nicht auskannte, versuchte sie einigermaßen die Orientierung „weg von dem Verfolger" beizubehalten. Der Rest des Planes war: So lange wie möglich laufen. Jeder Meter, den sie zwischen sich und ihn brachte, war ein Stück Sicherheit.

Das einzige Problem, das sie hatte war, dass sie keinen Orientierungspunkt fand. Die Sonne hing, wie schon am Morgen, noch immer hinter einem dichten Wolkenteppich fest und sonst gab es nichts. Der Weg schlängelte sich mal nach links, mal nach rechts. Ab und zu kamen neue Wege oder Parkausgänge dazu. Sie warf einen letzten Blick nach hinten. Niemand war zu sehen. Also beschloss sie, den Park bei nächster Gelegenheit zu verlassen und sich in der Stadt zu orientieren, wo sie inzwischen gelandet war.

Im gleichen Moment, in dem sie das beschloss, trat der dicke stinkende „Detectiv" nur ein paar Schritte vor ihr aus einem kleinen Pfad heraus und blieb, als er sie sah, ohne sichtbare Reaktion auf das überraschende Wiedersehen, stehen. Er schüttelte fast väterlich den Kopf. Gerade so, als ob er sein Kind mal wieder bei irgendeiner Dummheit erwischt hätte.

„Man oh man, bist du dämlich. Der Park hier ist fast wie ein großer Teller angelegt. Wem willst du hier eigentlich entkommen, wenn du immer im Kreis läufst? Dein Glück, dass dein Verfolger noch dämlicher ist und den Park am ersten besten Ausgang wieder verlassen hat, obwohl er gar nicht gesehen hat, was du gemacht hast. Oder vielleicht war er auch nur der Meinung, dass du nicht so dämlich bist in diesem Hamsterrad hier zu bleiben. Man weiß es nicht. Jedenfalls würde ich dir empfehlen mit diesem Rumgelaufe jetzt erstmal aufzuhören."

Sie stützte sich auf ihren Knien ab und konnte den Detectiv Maier nur nach Luft hechelnd anstarren.

„Kreis?" japste sie schließlich.

„Kreis", bestätigte der dicke Mann, der zu ihrem Ärger nicht die Spur von Atemproblemen hatte.

Er ließ noch einen kleinen Moment verstreichen, bevor er auf den Pfad zeigte, über den er gekommen war.

„Ich schlage vor, dass ich mal für einen Moment den Fremdenführer mache und dich hier möglichst unbeschadet herausführe."

Ohne ihre Antwort abzuwarten, schlurfte er gemütlich los. Sie vergewisserte sich mit einem Blick, dass niemand in ihrer Nähe war und folgte ihm dann vorsichtig. Nach wenigen Minuten standen sie an einem Ausgang direkt neben dem alten Auto mit dem Kaffeefleck. Sie wusste nicht wirklich, ob sie einsteigen wollte.

„Was passiert, wenn ich wieder in diese Müllhalde einsteige?"

Der dicke Mann verdrehte genervt de Augen.

„Mehrere Sachen werden passieren. Zum einen kann ich dich aus dieser Gegend hier wegbringen, die zumindest für dich ein bisschen gefährlich ist. Dann kannst du mir endlich in Ruhe erzählen, was hier eigentlich los ist. Und schließlich rettest du mich davor, doch noch mit einer saumäßig langweiligen Observation zu beginnen. Reicht das an Argumenten?"

Sie dachte einen Moment nach.

„Wegbringen ist okay, Erzählen ist nicht okay. Deine Observation ist mir egal."

Er atmete einmal tief durch und stieg dann mit den Worten „Entweder alles oder nichts", in sein Auto ein. Nachdem er den Motor gestartet hatte und ohne sie losfahren wollte, riss sie die Beifahrertüre auf und sprang auf den Beifahrersitz.

„Bilde dir jetzt bloß nicht ein, dass du mir in Zukunft immer sagen kannst, was ich zu machen habe. Im Moment deckt sich ein wesentlicher Teil deines Vorschlages einfach mit dem, was für mich wichtig ist."

„Ja, ja. Alles klar", nickte der Detectiv. „Ich höre."

„Ich habe dir eben schon gesagt, dass ich nicht die Absicht habe, dir meine ganze Geschichte zu erzählen."

„Warum bist du dann eingestiegen? Weil du mich so sexy findest?"

„Nein", meinte sie mit einem verächtlichen Lachen, „wohl eher nicht. Ich musste da weg. Das weißt du ganz genau."

„Und ich habe keine Lust deinen Bediensteten zu spielen. Also erzähl jetzt endlich, was los ist."

„Wieso ‚Bediensteter'?" wollte sie empört wissen. „Hab ich dich etwa in der Gegend rumgeschickt? Du bist ja wohl ganz alleine hinter mir her gefahren. Genaugenommen schon ab der Bank."

Sie schaute ihn einen Moment lang an und wollte dann genervt wissen:

„Du bist jetzt nicht der Meinung, dass ich dich nicht bemerkt habe oder?"

„Okay, ich hatte die Hoffnung. Wie bist du mir drauf gekommen?"

„Hast du schon mal jemanden gesehen, der in ein triefend nasses Brötchen beißt und dann auch noch so tut, als ob es das Normalste von der Welt wäre? Ich jedenfalls habe das heute das erste Mal gesehen. Und dann diese aufgebrachten Gesten, nachdem du mir fast hinten rein gerauscht wärest. Also ehrlich. Spätestens dann musste doch sogar der größte Trottel merken, dass da etwas nicht stimmt. Aber du musstest ja vor der Villa auch noch ‚Bäumchen-wechsel-dich' spielen. Ne ehrlich. Warst du echt der Meinung, dass ich das nicht merke?"

„Das ist jetzt nicht die Frage. Von dir will ich jetzt endlich wissen, was hier läuft. Ich nehme mal an, du wirst nicht alle Tage mit einer Waffe bedroht und dann durch einen Park gehetzt?"

Während er das sagte lenkte er den Wagen auf einen kleinen Parkplatz.

„Ich bin sofort wieder da und dann will ich endlich deine Erklärung hören."

Damit stieg er aus und ging zu einem nahegelegen Bäcker. Kurz danach saß er wieder auf seinem Platz und biss mit weit geöffnetem Mund und nicht minder weit geöffneten Augen in ein Stück Käsekuchen.

„Na, wenn du dich jeden Tag so ernährst wie jetzt, dann hätte ich einen Tipp, wie du ziemlich einfach ziemlich viel von deinem überflüssigem Gewicht loswerden kannst."

Als er sie mit von Kuchenresten verziertem Mund anschaute, verzog sie angeekelt ihren Mund: „Einfach dieses Fastfood-Verhalten ablegen. So simpel kann die Welt sein. Wenn du morgens aufstehst, dann frühstückst du, mittags isst du ebenfalls in Ruhe und definitiv nicht im Auto und am Abend wieder bei dir zuhause. Keine Süßigkeiten, nichts zwischendurch. Mach es und du wirst mir noch dankbar sein."

Er sah sie erst mit geöffnetem Mund an und blickte dann zweifelnd zwischen dem Rest des Kuchens und ihr hin und her. Schließlich gewann der Kuchen, den ungleichen Kampf. Der Rest des Stückes landete mit ein bisschen Nachschieben im geräumigen Mund des Detectivs. Bei Käsekuchen war es immer sehr wichtig den Rand niemals alleine zu essen. Es musste immer ein gutes Stück Füllung dabei sein. Zumindest bei der Konditorei, bei der er das Stück gerade erstanden hatte. Die meisten Konditoren verzichteten bei dem Kuchen ja komplett auf einen separaten Rand. Dafür war dann allerdings die Füllung nicht so extrem gut, wie bei dem Stück, dessen Reste er gerade genüsslich mit geschlossenen Augen verzehrte.

Das war eindeutig zu viel für Fran. Sie verließ ohne weitere Erklärung den Wagen und ging aufs Geradewohl los.

Home, sweet home

Die Zeit, die er noch brauchte, um seinen Mund durch Kauen und Schlucken langsam aber sicher von den Resten des köstlichen Käsekuchens zu befreien, schaute er ihr kopfschüttelnd hinterher. Dann verlor sie sich zwischen den anderen Fußgängern.

Wie konnte ein Tag, der doch so routiniert begonnen hatte, nur so gründlich schief laufen? Er hatte keine Erklärung dafür. Hatte er nicht sogar sein Bestes gegeben, um sich an die veränderten Bedingungen anzupassen? Er hatte sogar dieses komische Mädchen, das einen Banküberfall begangen hatte oder auch keinen Banküberfall begangen hatte... Noch nicht einmal das hatte er herausbekommen. War sie jetzt eine Straftäterin oder nicht? Egal, jedenfalls hatte er sie vor dem Zugriff dieses völlig übermotivierten Schlägers gerettet. War das eigentlich ein Schläger? Er überlegte, wie man solche Typen besser nennen konnte. Bewaffneter, gewaltbereiter, korrekt gekleideter Sonnenbrillenträger. Wie nennt man die am besten? Türsteher? Nein, damit würde er eine ganze Branche vorverurteilen. Der Typ wäre außerdem eher ein schlecht ausgebildeter Türsteher. Bodyguard? Ebenfalls nur ein schlecht ausgebildeter oder einer von irgendwelchen Verbrechergesellschaften. Agent?

Ein Grinsen ging über sein Gesicht. Klar, auch nicht korrekt gegenüber all den Agenten, die gute Arbeit leisten. Aber es gefiel ihm trotzdem außerordentlich gut.

Damit konnte er seinen frustrierenden Gedanken von eben wieder aufnehmen. Er hatte das Mädchen also vor dem Zugriff des Agenten bewahrt. Oder besser noch: des finsteren Agenten. Das gefiel ihm. Er nickte sich selber Beifall.

Und hatte sie es ihm gedankt? Nein. Stattdessen hatte sie angefangen, sich über sein Aussehen, sein Auto, seine Essgewohnheiten, seine Art zu telefonieren und überhaupt alles, was er machte, zu beklagen. Warum sollte er also auch nur noch einen einzigen Gedanken an diese Frau verschwenden?

Sollte sie ihre Probleme doch selber lösen und dabei glücklich werden.

Entschlossen legte er den Gang ein und fuhr heimwärts. Den freien Nachmittag würde er nutzen, um endlich mal ‚Klar Schiff' in seinem kleinen Haus zu machen. Müll raus tragen und solche Sachen. Das Einzige, was er vorher noch kurz ermitteln musste, war, was sich hinter der Adresse verbarg, an der er die undankbare junge Frau aufgelesen hatte.

Also schlängelte er sich, in seinem Haus angekommen, an den momentan etwas überquellenden Ecken vorbei, die er benutzte, um Dinge mal kurz eben abzustellen. Nach einigem Schlängeln landete er in seinem heißgeliebten Arbeitszimmer. Manchmal wusste er nicht, ob er das Zimmer so sehr liebte, weil ihm die Recherchen so viel Spaß machten oder ob es daran lag, dass dieses Zimmer nahezu steril war. An der Türe hatte er ein großes Schild befestigt

Recherche
Das Mitbringen von Lebensmitteln ist strengstens verboten
(Einzige Ausnahme: Mineralwasser)

In dem Raum standen seine beiden Rechner. Beide waren mit zwei Bildschirmen ausgestattet. Ein Rechner diente ihm zum Archivieren. Das Gerät war vollständig abgekapselt. Internet war absolut unmöglich. Vorsichtshalber hatte er sogar die dafür notwendige Hardware ausgebaut. Hier konnte er alles zusammentragen, was bei einem Angriff übers Netz auf keinen Fall gefunden werden durfte.

Er setzte sich jetzt an den anderen Rechner und hatte schon nach wenigen Minuten die Zeit komplett vergessen. Der Wohnsitz, den er suchte, gehörte einer Immobilienfirma mit Sitz in Monaco. Das konnte alles und nichts bedeuten. Über eine seiner geklauten Adressen loggte er sich auf der Homepage ein. Wenn er dem Glauben schenken durfte, dann stand das Gebäude momentan leer.

Wie also kam der böse Agent ins Spiel? Hatte er den ganzen Kasten einfach annektiert, ohne dass die aus Monaco das mitbekommen haben? Unwahrscheinlich, aber natürlich möglich. Sag niemals ‚Geht nicht, ohne nachgedacht zu haben', war ihm gerade noch früh genug ins Gedächtnis gekommen, um diese Variante nicht sofort auf den Müll zu werfen.

Welche Möglichkeiten gab es noch? Die Firma selber nutzte oder verlieh das Haus für kleine Events. Vor allem letzteres konnte dafür sorgen, dass das Objekt so gerade eben eine schwarze Null schrieb.

Also: Die aus Monaco haben das Haus für ein paar Tage an den Agenten verliehen. Das alles macht der, um ein junges, in kriminellen Dingen scheinbar völlig unerfahrenes Pärchen einzukassieren?

Blödsinn. Wieso sollte der dafür soviel Geld ausgeben? Wenn die Idee mit dem Agenten stimmte, dann musste da definitiv wesentlich mehr laufen.

Er griff zum Telefon und wählte die Nummer, die er auf dem Bildschirm sah. Die Dame meldete sich in angenehm dahinplätscherndem Französisch. Er verstand kein einziges Wort, genoss die einleitenden Worte aber trotzdem. Vielleicht sollte er sich irgendwann einmal ein französisches Hörbuch anschaffen. Nicht um die Geschichte zu verstehen, sondern einfach nur, um jederzeit die Sprache hören zu können. Schließlich hörte das angenehme Plätschern auf und es war an ihm dafür zu sorgen, dass die Dame ins Deutsche wechseln würde.

„Ich wünsche Ihnen einen schönen Tag Madam. Darf ich davon ausgehen, dass sie meine Sprache sprechen auch wenn der Klang ihres Französischen durch nichts zu überbieten ist?"

Er musste unwillkürlich grinsen als er die gespielt schüchterne Antwort hörte. Wenn die wüsste. Aber glücklicherweise war telefonieren immer noch zu fast 100% eine Aktion ohne Bilder.

„Mein Name ist Baron von Ärpelfeld.", eröffnete er grinsend. Seine Gesprächspartnerin hatte einen so starken typisch französischen Akzent, dass rheinländische Wurzeln eher unwahrscheinlich waren.

„Mein Ziel ist es in den Kölner Raum zu expandieren. Dafür bedarf es vor allem eines repräsentativen Wohnsitzes. Regelmäßige Empfänge auf privatem gehobenem Niveau brauchen einfach ein entsprechendes Ambiente. Ich kann den besten Koch engagieren. Wenn der seine Kreationen allerdings in einer Einzimmerwohnung präsentieren soll, wird er kaum Wirkung erzielen können. Also habe ich mich ein wenig umgeschaut und bin bei Ihnen fündig geworden. Mein Interesse gilt dem Objekt K 474711. Wenn Sie mich ins Bild setzen könnten, in welchem Zustand das Objekt ist und für welchen Termin wir eine Besichtigung vereinbaren könnten?"

„Warten Sie bitte einen kleinen Augenblick", kam die Antwort mit diesem unvergleichlichen französischen Akzent. „Ich gebe gerade die Nummer ein, Baron von Erpelfelde. Oui, da ist es schon. Das Anwesen steht zurzeit leer. Dies bedeutet, dass nur das Hausmeisterpaar dort wohnt. Selbstverständlich kann man einen Komplex dieser Größe nicht einfach sich selber überlassen."

„Das höre ich gerne. Ich kann also davon ausgehen, dass das Stammpersonal zum Objekt gehört?"

„Verstehen Sie das als ein Angebot unseres Hauses. Die Dame und der Herr bleiben Angestellte bei uns. Sie zahlen demzufolge den Lohn an uns."

Während er „Hört sich gut an", antwortete, ging die Türklingel. Das war nicht nur sehr schlecht getimet, es war vor allem unüblich. Gerade letzteres machte Detectiv Maier ansatzweise nervös. Ein Gefühl, das er überhaupt nicht mochte. Zu seinem Leidwesen musste er das Gespräch unter einem billigen Vorwand beenden.

„Meine alte Mutter kommt gerade die Einfahrt hoch. Ich muss zu meinem großen Bedauern auflegen, werde Sie aber später nochmals kontaktieren."

Danach glitt er behände zum Frontfenster, um sich einen Eindruck von dem überraschenden Gast zu machen. Was er sah, ließ ihn nichts Gutes ahnen. Der schießwütige Herr vom Vormittag stand vor seiner Türe und betrachtete gerade abschätzig den Polo.

Während der Detectiv routiniert seine Waffe prüfte, den Holster umlegte, seine Hose noch einmal hochzog und den Gürtel ein Loch enger schnallte, ließ er den Mann vor seiner Türe nicht aus den Augen. Der Mann der zum wiederholten Mal auf die Klingel drückte, machte einen entspannten, fast gelangweilten Eindruck. Detectiv Meier schloss daraus, dass der Mann ihn nicht als ernstzunehmenden Gegner ansah. Das war ohne Zweifel gut.

Er wog seine Möglichkeiten ab. Hereinbitten und gemütlich eine Tasse Kaffee trinken war keine Option. Abwarten, bis der Mann wieder gehen würde war eine gute Möglichkeit aber keine, die er in die Tat umsetzen konnte, denn der Mann hatte sich jetzt in Bewegung gesetzt, um das kleine Häuschen von Detectiv Meier genauer in Augenschein zu nehmen. Vermutlich würde das früher oder später in einen Einbruch münden. War nur zu hoffen, dass der Typ dann immer noch so entspannt agieren würde wie jetzt.

So gut es ging, verfolgte Detectiv Maier, immer darauf bedacht nicht gesehen zu werden, den Weg, den der Mann um das Haus herum nahm. An der Rückfront angekommen, konnte der Detectiv erkennen, wie der Mann einen kleinen Akkubohrer aus seinem weiten Mantel zog und ihn im Bereich des Fenstergriffs ansetzte. Wenige Sekunden später drückte er das Fenster sanft auf. Zumindest versuchte er das. Glücklicherweise hatte der Detectiv vergessen die Umzugskartons, die vor dem Fenster standen, zu leeren. Obwohl einfach ‚Leeren' wäre dem Inhalt gegenüber nicht angemessen. Immerhin handelte es ich um seine Plattensammlung. So etwas leert man nicht einfach. Das Entnehmen aus der Kartonage muss, sobald ein adäquater Platz gefunden wurde, zelebriert werden. Jede einzelne Platte hatte ihren ganz eigenen Wert. Vielleicht würde er eine gute Flasche Rotwein öffnen. In jedem Fall aber würde er einen Moment abwarten, in dem er sehr viel Ruhe haben würde.

Inzwischen versuchte der Mann vergeblich die Kartons mit dem Fensterflügel wegzudrücken. Die guten alten Platten, ging es Detectiv Meier durch den Kopf. Was hatte er sich an diesen Kartons abgeschleppt. Platten sind wirklich schwer. Da die Kartons noch zusätzlich durch einen alten gusseisernen Ofen blockiert waren, den der Detectiv vor einiger Zeit im Sperrmüll gefunden hatte, waren die Chancen, das Fenster aufzudrücken bei Null.

Nachdem er die Wegdrückversuche eingestellt hatte, versuchte der Mann jetzt einen Blick durch das Fenster zu werfen. Der Detectiv konnte gut erkennen, wie der Mann mit seinen Händen das Sonnenlicht abschirmte. Er nahm sogar die Sonnenbrille ab. Trotzdem hatte er keine Chance. Zwischen dem Fenster und den Schallplatten hatte, vom Detectiv unbemerkt, eine Spinne seit geraumer Zeit Quartier bezogen. Staub hatte sich in dem Netz verfangen und so die Fensterscheibe nahezu undurchsichtig gemacht. Als der Detectiv anfing sich darüber Gedanken zu machen, ob er seine für den freien Nachmittag gefassten Putzpläne vielleicht doch noch ein wenig nach hinten schieben sollte – schließlich profitierte er ja gerade davon nicht geputzt zu haben - riss der Mann ihn aus seinen Gedanken.

„Wie kann man nur in so einem miesen, stinkenden Drecksloch wohnen?"

Ohne nachzudenken sprang der Detectiv zu dem Fenster und zog die Hand des Mannes, die durch den schmalen Schlitz des halb geöffneten Fensters gut zu packen war, nach innen. Dann ließ er, noch bevor der Mann reagieren konnte, eine Handschelle einrasten, deren anderes Ende er am Fenstergriff befestigte.

Erst danach setzte die Denkarbeit wieder ein. Ihm wurde klar, dass er die kleine Chance, komplett unbeschadet aus der ganzen Aktion herauszukommen, gerade vertan hatte.

Er seufzte einmal tief und beschloss dann, dem verdutzten Mann seine Sicht der Dinge zu erklären.

„Mein lieber Freund", setzte er mit ruhiger Stimme an. „Du hättest nicht so abfällig über mein kleines Haus reden sollen. Ich mag das nicht. Du hättest nach dem missratenen Einbruchsversuch besser dein Werkzeug einpacken und deiner Wege ziehen sollen. So hast du uns beide in eine sehr unglückliche Situation gebracht. Mir hast du den freien Nachmittag versaut und dir hast du die gewohnte Bewegungsfreiheit genommen. Du bist jetzt bis auf weiteres von meiner huldvollen Regelung dieser unglücklichen Angelegenheit abhängig. So wie ich dich nach deinem Aussehen und deiner Kleidung einschätze, ist das eine Situation, die du nicht täglich trainierst. Liege ich da richtig?"

Der Detectiv konnte den Mann zwar nicht komplett erkennen, aber ihm war trotzdem nicht entgangen, dass er mit seiner freien Hand langsam und möglichst unauffällig seine Waffe gegriffen hatte. Vermutlich würde er nicht zögern auf den Detectiv zu schießen, sobald er eine halbwegs gute Chance dazu hatte. Ein Grund mehr den Versuch der Gesprächsanbahnung weiter zu treiben.

„Möchtest du irgendetwas zu deiner Verteidigung vorbringen mein Freund? Dann wäre jetzt die Gelegenheit gekommen."

„Halt einfach die Fresse und mach diese albernen Handschellen los du Fettsack."

Nein, ein zweites Mal in so kurzer Folge würde es dieser Mann nicht schaffen, den Detectiv aus der Ruhe zu bringen. Vor allem würde es der Mann nicht schaffen die Aufmerksamkeit des Detectivs, die hinter der behäbigen Fassade bis zum oberen Limit hochgefahren war, zu schwächen.

„Gut, dann nenne ich dich wohl auch besser nicht mehr meinen Freund sondern lieber..." Der Detectiv dachte nach, was ein passender Name wäre. „Vielleicht hast du eine Idee?", „Nein? Ich hab's. Ich nenne dich einfach Versager", legte der Detectiv in behäbigem Tonfall fest. „Schließlich ist es dir heute Morgen nicht gelungen, mich aufzuhalten, dann hast du dieses seltsame Mädchen in dem kleinen Park nicht gefunden und schließlich bist du auch noch erfolglos in dem

Versuch, bei mir einzubrechen. Also lieber Versager, vielleicht wirfst du mal zu allererst deine Waffe in einem schönen hohen Bogen in dieses kleine Brennnesselbeet am Ende des Gartens?"

Statt der Aufforderung zu folgen, hob der Versager blitzschnell seine Hand und feuerte mehrere Schüsse in die Wohnung ab. Als der Detectiv gleichzeitig mit dem ersten Schuss auf dem Boden ankam, fragte er sich, ob er wegen seines Gewichtes schneller auf den Boden fallen konnte, als irgendeines der dürren Leichtgewichte, die momentan so modern waren.

Eines jedenfalls war ihm klar. Er kam eindeutig wegen seines Gewichtes um einiges langsamer wieder nach oben als die modernen dürren Gestelle. Im Moment ging es allerdings erstmal nur darum, die wirklich wichtigen Dinge nicht aus den Augen zu verlieren. Und das Wichtigste überhaupt war die Hand des Versagers, die momentan Fortschritte in der Bemühung machte, sich vom Fenstergriff zu lösen. Der Detectiv nahm den Bambusstab, den er vor einiger Zeit zufällig gefunden hatte und hieb mit voller Wucht auf den Handrücken des Versagers.

Dem gellenden Schmerzschrei konnte er nicht bis zum Ende zuhören, da er die Gelegenheit wahrnahm, das Haus zu verlassen und sich ebenfalls in den Garten zu begeben. Gerade, als er vorsichtig um die Hausecke schaute, versuchte der Versager mit schmerzverzerrtem Gesicht, die Waffe wieder aufzuheben. Das war eine nicht ganz einfache Aufgabe, da ihn seine gefesselte Hand daran hinderte, tief genug herunter zu kommen.

„Kann ich irgendwie behilflich sein?"

Der Versager hielt abrupt in seiner Bewegung inne und richtete sich dann ganz langsam auf. Die herablassende Souveränität war komplett verschwunden. Er schaute den Detectiv einfach nur abwartend an. Gleichzeitig versuchte er erfolglos seiner schmerzenden Hand Linderung zu verschaffen.

„Du hättest nicht schießen sollen. Dann wäre das Unglück mit deiner Hand nicht passiert. Das Problem, das wir beide seit deinem Auftauchen hier haben, wird durch jede deiner Aktionen nur noch größer. Wie sollen wir es denn jetzt noch schaffen als zwei freie Männer auseinanderzugehen? Wie sollen wir es schaffen uns gegenseitig zu versichern, dass das alles hier gar nicht stattgefunden hat?"

Der Detectiv war durch die Formulierung dieser beiden Fragen in die Laune gekommen, den Versager noch mehr an seinen Gedankengängen teilhaben zu lassen. Also fing er, mit hinter dem Rücken ineinandergelegten Händen an, vor dem Versager auf und ab zu gehen.

„Wie konnte es überhaupt so weit kommen, dass wir beide uns in einer solch ausweglosen Situation gegenüberstehen? Unter anderen Umständen hätten wir vielleicht sogar Freunde werden können. Verstehst du, was ich damit meine? Echte Freunde! Zwei Menschen, die füreinander einstehen. Die durch dick und dünn gehen. Zwischen die niemand auch nur ein Blatt Papier bekommen kann. Das ist es, wovon ich rede. Meiner Meinung nach wird echte Freundschaft in unserer schnelllebigen Zeit zu sehr missachtet. Alle sind immer nur am Sozialnetzwerken."

Er machte eine wegwerfende Handbewegung und freute sich gleichzeitig darüber, wie gut es ihm gelang, das Gesagte durch seine angepasste Stimmfarbe zusätzlich zu unterstreichen. Wo war er noch stehen geblieben? Richtig: Sozialnetzwerken.

„Das ist alles nichts. Ich möchte nicht wissen, wo das noch alles hinführen soll. Vielleicht erleben wir irgendwann eine Gesellschaft, in der die Kommunikation nur noch auf digitalem Wege stattfindet. Keine Kneipen mehr, keine Verabredungen mehr in irgendwelchen Parks oder Fußgängerzonen. Nicht auszudenken... Aber gut. Das ist jetzt auch eigentlich nicht das Thema. Hast du eine Lösung für unser Problem? Ich bin für alle Vorschläge offen."

Der Versager machte auf den Detectiv nicht den Eindruck, dass er mit der Situation gut umgehen konnte. Statt eine Antwort zu geben, ging der Blick aus seinem schmerzverzerrten Gesicht immer wieder hoch zu der unerreichbaren Hand.

„Du bist nicht wirklich bei der Sache lieber Versager. Deine Gedanken sollten weniger deiner Hand gelten. Das wirklich Wichtige ist die Frage, um es weniger neutral zu formulieren, wie wir auseinander gehen können, ohne dass ich mir darüber Gedanken machen muss, ob du mich an einem der nächsten Tage besuchst und mir dann Probleme bereitest?"

„Ich habe dich schon verstanden, Fettsack. Und ich kann dir versichern, dass du das Problem genau richtig erkannt hast. Meine Familie wird kommen und lange, bevor wir mit dir fertig sind, wirst du dir wünschen, niemals geboren worden zu sein."

„Freut mich, dass ich mich habe verständlich machen können."

„Ich biete dir folgendes an. Hake die alberne Handschelle aus und ich werde ein gutes Wort für dich einlegen. Vielleicht wird es dann ja nicht so schlimm."

„Das ist nicht identisch mit meinem Verhandlungsziel. Mir geht es darum, komplett unbeschadet zu bleiben. Verstehst du?"

„Ist nicht drin, du Penner."

Der Detectiv stützte sein Kinn in die Hand. „Ich wüsste gerne, weswegen du hier so dicke Sprüche ablässt?" Der Detectiv schaute den Versager mit einem sehr kleinen wohl dosierten Lächeln an. „Nicht verstanden? Kleines Wortspiel? Egal. Also: Du bist in der unterlegenen Position. Demzufolge stell ich dir die Frage, warum du dich nicht so benimmst. Du solltest jetzt, auch wenn es nur zum Schein ist, auf meine Angebote eingehen. Vielleicht ein bisschen feilschen. Man will sich ja nicht die Blöße geben. So läuft das jetzt eigentlich. Warum also hältst du dich nicht daran?"

„Das wirst du schon noch merken."

„Du meinst, dass du deinen Kumpels – ich korrigiere mich: deiner Familie - gesagt hast, wo du bist? Nein", setzte er nach kurzem Nachdenken seinen Satz fort, „ich glaube nicht, dass du denen erzählt hast, dass bei dir heute alles schief gegangen ist, was schief gehen kann. Du bist auf eigene Faust zu mir gekommen. Erst, wenn du überfällig bist, werden die irgendwann anfangen deine Spur aufzunehmen. Wir haben also noch einiges an Zeit."

Scheinbar hatte er mit seiner Vermutung ins Schwarze getroffen. Sein Gegenüber war für einen kleinen Moment nicht mehr auf das Gespräch konzentriert und fing wieder an, die kaputte Hand zu bewegen. In seinem Gesicht waren die Schmerzen deutlich abzulesen.

„Ich nehme an, dass die Mittelhandknochen zersplittert sind.", erklärte ihm der Detectiv. „Ein guter Chirurg bekommt das sicherlich wieder leidlich gerichtet. Mit etwas Glück wirst du sogar wieder eine eingeschränkte Bewegungsfähigkeit erlangen. Aber nochmals: Das ist jetzt wirklich nicht das Problem. Lass mich das wirkliche Problem nochmals kurz…"

Eigentlich wollte der Detectiv noch „skizzieren" sagen, ließ das dann aber doch bleiben, da der Versager gerade in sich zusammengesunken war und jetzt mit seinem vollen Gewicht an der lädierten Hand hing. Vielleicht, ging es dem Detectiv durch den Kopf, hätte er ihn nicht immer wieder Versager nennen sollen. Letztlich war der Versager doch auch nur ein armes Schwein, in dessen Leben einfach zu viel schief gelaufen war.

Schließlich ging er ins Haus um den Notruf zu wählen. Mit dem Hörer in der Hand hielt er in seiner Bewegung inne und schaute auf eine kleine Verunreinigung an der Wand. Da ihm sonst niemand zuhörte fing er an, mit sich selber zu reden

„Dreckloch hat er gesagt." Er schaute einmal um sich und nickte dann zustimmend. „Eigentlich hat er Recht. Es sah wirklich schon mal besser aus. Trotzdem sagt man so etwas nicht einfach."

Noch immer mit dem Hörer in der Hand überlegte er laut, was der Versager sonst noch alles gesagt hatte.

"Fettsack hat er auch noch gesagt. Das ist auch nicht nett. Wenn man die Emotionen rausrechnet, dann bleibt zwar die unbestreitbare Aussage übrig, dass ich etwas geräumig bin, aber deswegen kann er noch lange nicht Fettsack sagen."

Er legte den Hörer aus der Hand und nahm mit auf dem Rücken zusammengelegten Händen seine Wanderschaft in dem engen Wohnungsflur auf.

"Scheinbar gehört der Typ zu einem größeren Clan. Jedenfalls hat er sich mit seiner ‚Familie' gebrüstet und versucht, mir Angst einzujagen. Wenn ich den jetzt ins Krankenhaus schicke, wird der irgendwann wieder fit sein und mich dann ohne Gnade fertig machen. Wenn es überhaupt so lange dauern wird. Vermutlich kommen die anderen schon vorher. Die denken dann bestimmt, dass er schneller gesund wird, wenn sie ihm berichten können, dass ich ins Gras gebissen habe oder zumindest ziemlich derangiert aussehe. Gar nicht gut."

Die nächsten Wenden legte er wortlos zurück.

"Tja, was soll ich machen? Mir bleibt kaum eine Wahl."

Er ging zu dem Fenster, an dem noch immer die Hand des Mannes befestigt war. Der Detectiv berührte einen der Finger, ohne dass eine Reaktion des Verletzten kam. Eigentlich erstaunlich, da die Hand von ihrem Äußeren einen extrem schmerzempfindlichen Eindruck machte. Jetzt kam auch noch eine Verfärbung dazu. Vermutlich schnitt die Handschelle die Durchblutung ein wenig ab.

Lange konnte er es nicht mehr hinauszögern, wenn er nicht wollte, dass sich das Problem durch den endgültigen Abgang des ungebetenen Besuchers von selber lösen würde. Der Detectiv schlurfte leise fluchend ins Bad und füllte einen Eimer randvoll mit kaltem Wasser. Draußen angekommen leerte er den Eimer ohne große Vorreden über dem Kopf des bewusstlosen Mannes aus. Der reagierte tatsächlich so, wie die Cowboys aus den alten Western. Nachdem er sich ausgiebig geschüttelt hatte, schaute er den Detectiv abwartend an.

„Also, mein Freund", versuchte der Detectiv erneut sein Glück. „Die Situation ist nicht mehr sonderlich lange haltbar. Wir sollten möglichst schnell ein vernünftiges Ende finden. Ich vermute mal, dass ihr in eurer Familie über ausreichende Verbindungen zur Ärzteschaft verfügt?"
Keine Regung.
„Ich nehme das mal als ein ‚Ja'. Ich vermute weiterhin, dass du kein Interesse daran hast, dich hier von einem Notarztwagen abholen zu lassen?"
Wieder keine Regung.
„Dann nehme ich das mal auch als ein ‚Ja'. Damit bleibt nur noch zu klären, wie du sicherstellen kannst, dass ich in Zukunft von dir und deiner Familie keine weiteren Besuche zu befürchten habe."
Diesmal kam nur ein Grinsen, bei dem der Mann zwei Reihen blitzweißer Zähen zeigte.
„Kein Vorschlag? Okay, es bricht mir das Herz, aber unter den Umständen kann ich dich natürlich nicht frei lassen. Ich gehe jetzt und packe meine Sachen zusammen. Danach rufe ich die Polizei an und fahre mit unbekanntem Reiseziel weg von hier."
Ohne weiter auf den Mann zu achten, schlurfte der Detectiv wieder ins Haus zurück und fing an, seinen Computer mitsamt Zubehör ins Auto zu tragen. Diesmal allerdings in seinen Erstwagen. Einen netten geräumigen LT. Zum einen hatte er darin ausreichenden Stauraum und zum anderen war sein Problem, wo er die nächsten Nächte verbringen würde, gelöst.
Nachdem er noch zwei, drei Koffer mit Kleidung vollgepackt hatte und sich ein letztes Mal in seinem sauberen Zimmer umgeschaut hatte, rief er von seinem Festnetzanschluss den Notruf, verschloss dann seufzend die Türe hinter sich und setzte sich in seinen kleinen Bus, um den gleichermaßen spontanen wie unfreiwilligen Campingurlaub anzutreten.

Trauerarbeit

Der Detectiv hegte keinen Zweifel daran, dass der Mann, der bei ihm am Fenster hing, es nicht eine Sekunde lang bereut hätte, wenn er den Detectiv mit seiner Schießattacke umgebracht hätte. Trotzdem hatte er die Hoffnung gehabt, sich irgendwie mit ihm einigen zu können. Im Nachhinein musste er sich eingestehen, dass diese Idee tatsächlich ziemlich idealistisch gewesen war. Aber ab und zu muss man doch auch mal träumen dürfen.

Mit etwas Wehmut dachte er an das kleine Haus zurück. Es war das erste Mal seit langer Zeit, dass er es geschafft hatte, zumindest einen Raum nicht zu zumüllen. Damit war es jetzt erstmal vorbei. Innerhalb der nächsten Tage würde sich entscheiden, ob er jemals wieder dorthin zurückkehren würde.

Jetzt galt es einen Schritt nach dem anderen zu tun und vor jedem Schritt in Ruhe nachzudenken.

Er lenkte den Wagen zu seinem einzigen verbliebenen Freund. Außer auf Detectiv Maiers Rechner gab es keine Spur zu ihm. Er konnte ihn also nicht in Gefahr bringen.

Nachdem er auf den Klingelknopf gedrückt hatte, meldete sich eine aufgeregte Stimme, die durch die schlechte Qualität des Lautsprechers nicht besser wurde. „Ich habe nichts bestellt und erwarte keinen Besuch. Wer immer du bist, du bist nicht erwünscht."

„Hallo Mister Clean. Ich bin's, der Detectiv."

Er konnte förmlich spüren, wie sein Freund sich von der Überraschung erholte. Danach ging ohne weiteren Kommentar der Türsummer. Wie er es immer gemacht hatte, klopfte der Detectiv dreimal mit den Knöcheln an die angelehnte Türe und betrat dann die penibel aufgeräumte Wohnung.

„Du kommst gerade richtig. Ich habe einen Sterbefall. und kann deinen Beistand bei meiner Trauer gut gebrauchen."

Der Detectiv versuchte sich zu erinnern, wie es bei Mr. Clean mit der Familie stand. Lebten die Eltern noch? Geschwister hatte er jedenfalls keine.

„Das hört sich nicht gut an. Mein Beileid. Wer ist denn gestorben?" wollte der Detectiv wissen, während er den Raum betrat, aus dem die Stimme kam.

„Du siehst es selber. Er ist noch aufgebahrt. Greif ist tot", erklärte ihm Mr. Clean, ohne die Augen von dem toten Körper wegzunehmen. Das gab dem Detectiv genügend Zeit, um seine Gesichtszüge wieder unter Kontrolle zu bringen. Auf dem Küchentisch in einer kleinen Pappschachtel lag, mit nach oben gestreckten Beinchen, ein kleiner Wellensittich.

Nachdem der Detectiv einen seiner Meinung nach ausreichenden Zeitraum einfach nur da gestanden hatte, ohne etwas zu sagen, räusperte er sich und wollte dann wissen, wann es denn passiert sei.

„Ich habe ihn heute Morgen so vorgefunden."

„War er denn vorher schon irgendwie... Ich meine... Merkt man das bei solchen Tieren eigentlich, wenn die..."

„Gestern war alles noch okay. Ein bisschen träge war er schon in der letzten Zeit. Er ist jetzt auch schon seit zehn Jahren bei mir. Insofern ist das schon möglich, dass es für ihn an der Zeit war."

„Und jetzt? Was macht man jetzt eigentlich mit dem... Leichnam?"

„Wir werden gleich noch einen Leichenschmaus halten und dann begräbst du ihn irgendwo im Wald. Ganz einfach."

„Selbstverständlich. Ich helfe dir gerne. Aber willst du nicht mit?"

Jetzt schaute Mr. Clean seinen Freund das erste Mal an. Der Blick alleine war eigentlich schon Antwort genug. Trotzdem erklärte er es mit seiner hellen aufgeregten Stimme.

„Du weißt doch, dass ich es verabscheue, Kleidung zu tragen."

„Mir ist schon aufgefallen, dass du nichts an hast. Ich kenne dich schließlich seit Jahren nicht anders. Aber ich dachte, dass du für deinen toten Vogel eine Ausnahme machen würdest. Ihm zu Ehren so zu sagen."
„Nein", er schüttelte den Kopf. „Er soll mich so in Erinnerung behalten, wie er mich die ganze Zeit gesehen hat. Ich bin wirklich sehr froh, dass du gekommen bist. Sonst hätte ich dich vermutlich angemailt."
„Kein Problem. War wohl so eine Art von Gedankenübertragung."
„Vermutlich." Mr. Clean holte zwei Flaschen Bier aus dem Kühlschrank und stieß mit dem Detectiv an.

Später am Abend fassten sie den Beschluss, das Begräbnis erst am nächsten Morgen stattfinden zu lassen. Sie konnten unmöglich so respektlos sein, die für die Feierlichkeiten kalt gestellten Flaschen nicht zu leeren.

Der Detectiv wachte erst auf, als jemand gnadenlos an ihm rüttelte.
„Aufstehen, du alter Schnarchsack."
Mit größter Mühe gelang es ihm, die Augen zumindest zur Hälfte zu öffnen und seinen, natürlich wieder vollkommen nackten Freund zu fixieren.
„Echt? Hab ich geschnarcht?"
Mr. Clean nickte nur stumm und erklärte dann fröhlich:
„Frühstück ist fertig."
„Wunderbar". Der Detectiv schlurfte Richtung Küche, wurde aber auf halbem Weg überholt.
„Erst ins Bad. Ich will die Dusche hören und will danach sehen und riechen, dass du auch wirklich drunter gestanden hast!"
Der Detectiv gehorchte, ohne Widerstand zu leisten. Er wusste aus der Erfahrung früherer Besuche, dass die Situation nur eskalieren konnte. Außerdem musste er sich eingestehen, dass die letzte gründliche Wäsche tatsächlich schon eine ganze Zeit her war.

Frisch gewaschen setzte er sich etwas später an den Frühstückstisch, an dem Mr. Clean geduldig, Zeitung lesend auf ihn wartete.

„Ist dein Kaffee immer noch so gut wie früher?"

„Selbstverständlich. Warum sollte ich meinen Kaffeeröster wechseln? Kleine Rösterei bedeutet: guter Kaffee. Das ist meine Überzeugung."

„Wenn ich es mal irgendwann geschafft habe, in einer durch und durch aufgeräumten Wohnung zu leben, dann solltest du mir die Adresse geben."

Mr. Clean nahm noch einen Bissen von seinem Brötchen und schaute den Detectiv dann fragend an.

„Du weißt schon, dass du jetzt die Chance dazu hast diesen Start zu machen?"

„Nein?"

„Wenn ich nicht völlig daneben liege, dann ist dein kleines Häuschen letzte Nacht der Raub von Flammen geworden."

Er schob dem Detectiv die Zeitung rüber. „Lies selbst."

Kurz darauf wusste der Detectiv, dass die Polizei schon selber auf die Idee gekommen war, dass sein Haus nicht durch irgendeinen Kurzschluss, sondern durch Brandstiftung Feuer gefangen hatte. Wenigstens hatte man keine verkohlten Leichen gefunden. Man weiß ja nie, was die Typen, zu denen der Versager vom Fensterrahmen gehörte, so alles an Ideen produzierten, wenn sie einen harmlosen Menschen, wie ihn, in Probleme reiten wollten.

Er schmierte sich ein weiteres Brötchen mit Frischkäse und köstlicher, von Mr. Clean selber zubereiteter, kühlschrankkalter Erdbeermarmelade.

„Und? Wie geht es dir sonst so? Machst du dein Geld immer noch mit Webseiten?"

„Klar", antwortete Mr. Clean, wobei er ein bisschen irritiert zwischen seinem Freund und der Zeitung hin und her schaute. „Warum sollte ich mit dem, was ich kann, aufhören. Erst recht, wo ich den Job so wunderbar machen kann, ohne meine Wohnung verlassen zu müssen."

„Wann bist du denn das letzte Mal draußen gewesen?"

„Ich hatte vor ein paar Monaten ein paar Routineuntersuchungen. Zahnarzt, Krebsvorsorge. Da war ich natürlich draußen. Aber ansonsten habe ich keinen Anlass, mein kleines Reich hier zu verlassen."

„Das könnte ich nicht. Ich würde spätestens nach zwei Tagen einen Koller kriegen."

„Jeder so, wie er es für richtig hält. Solange ich fair mein Geld verdiene, kann sich keiner beschweren. Mehr müssen wir jetzt aber auch nicht darüber reden. Mich würde eigentlich viel mehr interessieren, was du jetzt machen willst. Immerhin ist dein Haus abgebrannt. Ich nehme mal an, dass sich der ein oder andere Ermittler für dich interessieren wird."

„Ja, ich weiß", stimmte der Detectiv seinem Freund mit einem Seufzer zu. „Das wird alles sehr lästig werden. Vor allem, weil kurz vor dem Brand noch irgendso ein bescheuerter Verbrecher aus irgendso einer noch viel bescheuerteren ‚Mafiafamilie' mit Handschellen gefesselt an meinem Fenster hing. Damit nicht genug. Der hatte auch noch eine ziemlich übel zugerichtete Hand. Keine Ahnung, ob die jemals wieder voll funktionstüchtig wird."

Er machte eine kleine Pause und bekräftige nochmals: „Wie gesagt, alles sehr lästig."

Mr. Clean lehnte sich entspannt zurück.

„Wie schaffst du das bloß immer, so derartig in den Mist zu rutschen. Lass mich raten: Ich nehme an, du kannst nichts dazu? Es ist einfach passiert?"

Der Detectiv hatte keine Lust die ganze Geschichte, angefangen bei der Bäckerei und der Bank zu erzählen. Deshalb nickte er einfach zustimmend und machte dabei ein leidgeprüftes Gesicht.

Er nutzte die Pause, die dann entstand und brachte das Gespräch auf die Beerdigung von Greif. „Wie hast du dir das vorgestellt? Soll ich den einfach nehmen und irgendwo im Wald vergraben?"

„Nein. Einfach so vergraben hat so etwas Unwürdiges. Außerdem möchte ich in diesem letzten Moment ganz gerne dabei sein."

„Du willst also doch mitkommen?"

„Nein", wehrte Mr. Clean wild mit beiden Händen wedelnd ab. „Ich habe noch genug von meinem letzten Ausflug. Ich werde garantiert nicht raus gehen."

„Und dann? Wie soll das dann gehen?"

„Du nimmst eine Webkamera mit und ich schaue mir das alles hier am Bildschirm an. Ganz einfache Technik. Selbst für jemanden wie dich, dem schon ein einfaches Smartphone zu viel ist."

„Jetzt übertreib mal nicht. So ein bisschen kenne ich mich mit der aktuellen Technik auch aus. Sonst könnte ich meinen Job schließlich nicht ordentlich machen. Ich mache auch sehr viel Recherche im Internet", versuchte der Detectiv die Kritik seines Freundes von sich zu weisen. Trotzdem wusste er, dass sie berechtigt war. Er hatte einfach kein Interesse an dem ganzen modernen Kram. Was war die Detectivarbeit früher noch schön. Keine aufwendige Technik. Einfach nur Geduld, Gespür und gesunder Menschenverstand. Das reichte vollständig aus.

„Also", riss ihn Mr. Clean aus den Gedanken. „Ich werde dich einfach ein bisschen verdrahten. Wir können uns dann auch unterhalten."

„Wozu unterhalten? Meinst du, ich habe Lust laut redend über die Straße zu gehen? Dann denken die Leute doch nur, dass ich einen an der Waffel habe!"

„Du musst ja nicht reden. Hauptsache, du kannst mich hören. Schließlich will ich nicht dazu gezwungen werden, mit ansehen zu müssen, wie du meinen Greif an einer Stelle beisetzt, die mir überhaupt nicht gefällt."

„Okay", nickte Detectiv Meier nach kurzer Bedenkzeit. „So machen wir das."

Audienz beim Onkel (Teil 1)

Obwohl er massenweise Schmerzmittel eingeworfen hatte, tat ihm seine zertrümmerte Hand höllisch weh. Er hatte die ganze Nacht keinen Schlaf gefunden. Endlich war der Familienarzt gerufen worden und wartete nun im Nachbarzimmer darauf, ihn in seine kleine Privatklinik zu fahren und die Hand wieder zusammenzuflicken.

Vorher aber musste er dem Familienoberhaupt Rede und Antwort stehen. Der Patriarch lag auf seinem breiten extraverstärkten Zwischending aus Bett und Couch. Sehr viel mehr, als liegen konnte er auch nicht mehr machen, da er wegen seiner Fettleibigkeit schon die paar Meter bis zum Bad nur mit größter Mühe hinter sich bringen konnte. Trotzdem hatte er die Familie fest im Griff. Bisher war ihm kein Ansatz einer noch so vorsichtig gesponnenen Intrige entgangen.

Jetzt endlich, nachdem er sich genüsslich eine komplette Traube köstlich süßer Weintrauben einverleibt hatte, schaute er zum ersten Mal zu seinem Neffen.

„Hagen, tritt näher zu mir.", forderte er ihn mit seiner leisen Fistelstimme auf. Das bedeutete für Hagen, dass er bis zu dem Podest, auf dem sein Onkel residierte, treten musste. Sobald er den Versuch machen würde, die Stufe zu dem Podest zu betreten, um seinem Onkel zum Beispiel die Hand zu schütteln, würden die Wächter, die rund um die Uhr neben dem Bett standen, nach vorne springen und ihn im günstigsten Fall mit einem Tritt zurückdrängen. Hagen hatte auch schon erlebt, dass ein unvorsichtiger, eingeheirateter Verwandter, als Liegendtransport weggeschafft worden war.

Er stellte sich also brav vor das Podest und wartete darauf, dass sein Onkel erneut das Wort an ihn richten würde. Dabei fokussierte Hagen seine gesamte Konzentration auf die eigenen Gesichtszüge. Das Familienoberhaupt durfte keine Schmerzen in seinem Gesicht erkennen.

„Du solltest zwei kleine Wichtigtuer, die ihre Grenzen nicht kennen, empfangen, ihnen unsere Sicht der Dinge erklären und sie dann wieder in ihr unbedeutendes Kleinkriminellenleben entlassen. Ist es das, was du tun solltest?"

Ganz so war die Aufgabenstellung am Morgen nicht formuliert worden, aber Hagen wusste, dass es auf die Frage nur eine einzige richtige Antwort gab.

„Ja."

Das Familienoberhaupt nickte lächelnd.

„Du hast dann, nachdem sich der Junge mit deinen Erklärungen nicht zufrieden geben wollte, entschieden, ihn zu bestrafen. Habe ich das korrekt wiedergegeben?"

Hagen war sich zu hundert Prozent sicher, dass sein Onkel von dem Fleischermesser wusste, das der Junge gezogen hatte. Mit Sicherheit war der Vorgang von einer der vielen Videokameras aufgezeichnet worden. Der Typ hatte tatsächlich geglaubt, er könne Hagen mit dem Messer beeindrucken und noch ein bisschen mehr aus dem Handel herausschlagen. Hagen war gar nichts anderes übrig geblieben, als ihn umzulegen. Mitglieder seiner Familie werden niemals ungestraft bedroht. Jeder Fremde, der gegen diese Regel verstieß, musste dafür büßen. Die Leiche war mit Sicherheit schon lange weggeschafft und würde für immer unauffindbar bleiben. Der Vorfall bis zu diesem Punkt wäre für seinen Onkel kein Anlass gewesen, ihn zu einer Audienz zu bestellen. Also antwortete er wieder mit „Ja."

„Du kennst die Regeln. Du hättest dem Mädchen klar machen müssen, dass ihre Forderung gegenstandslos geworden ist. Danach hättest du ihr die neue Situation und die unausweichlichen Konsequenzen daraus schildern müssen. Du hast sie aber laufen lassen und dann auch noch außerhalb unseres Anwesens auf der Straße herumgeballert. Das alles war schon schlimm genug. Statt sie dann aber wieder einzufangen und endlich zu ihrem Freund zu schicken, hast du sie ein weiteres Mal entkommen lassen."

Er hob matt die Hand und ließ sich eine Sauerstoffmaske reichen, aus der er einige tiefe Atemzüge nahm, bis sich sein Atemrhythmus wieder soweit normalisiert hatte, dass er auf die erhöhte Sauerstoffkonzentration verzichten konnte.

„Du wolltest deinen Fehler korrigieren und hast diesen kleinen Schnüffler, Detectiv Maier, aufgetrieben. Das ist das Mindeste, was ich von dir erwarten durfte. Und was ist dann passiert? Bedenke deine Antwort sorgsam. Zu diesem Zeitpunkt hatte der Detectiv immerhin schon zwei kleine Duelle gegen dich gewonnen."

Zwei? Hagen hatte keine Idee, woher sein Onkel den peinlichen Vorfall aus dem Park kannte. Für den Moment konnte er sich damit auch nicht befassen.

„Ich habe die Adresse von dem Mann recherchiert und bin sofort hingefahren um aufzuräumen. Bevor ich losgefahren bin, habe ich die Zentrale informiert."

Die Geste, die ihn zum Weiterreden aufforderte zeigte Hagen, dass er erstens nicht die Antwort gegeben hatte, die sein Onkel hören wollte, und dass er zweitens mit seiner Antwort auch nicht völlig falsch lag.

„Bei dem Versuch in die Rumpelkammer, die er sein Zuhause nennt, einzusteigen, hat er mich überrascht. Ein Schlag auf meine Hand."

Er unterdrückte die Versuchung seine schmerzende Hand zur Bekräftigung hoch zu heben.

„Du hast dich wie ein Anfänger benommen." Schreien war mit der dünne Stimme und dem völlig unterdimensionierten Herz nicht möglich. Trotzdem hörte Hagen die leichte, unheilvolle Änderung in der Stimmlage sehr genau.

„Der Mann hatte dich schon zweimal zum Narren gemacht. Und nur weil der dick und behäbig aussieht, hast du dir gedacht, den kannst du in seiner eigenen Wohnung mal eben so im Vorübergehen kalt machen?"

Wieder presste er die Maske vors Gesicht. Diesmal ließ er seinen Neffen keine einzige Sekunde aus den Augen.

„Was gedenkst du jetzt zu unternehmen?" wollte der Onkel mit süßer Stimme und schleimigem Grinsen wissen, nachdem er die Maske wieder fallen gelassen hatte.

„Ich werde ihn aufspüren und ausschalten."

„Einen Scheiß wirst du tun", war die Antwort, die mit sehr ruhiger Stimme kam. Scheinbar hatte er sich vorgenommen, das was er sagen wollte ohne Sauerstoffunterbrechung los zu werden. „Der Mann ist dir überlegen. Er wird auch beim nächsten Versuch der Sieger sein. Und beim Übernächsten und beim Überübernächsten und immer so weiter. Du bist nämlich schlicht und ergreifend zu dämlich für den Mann."

Er machte eine kleine Pause um die Atmung, die trotz allem knapp davor war, aus dem Tritt zu kommen, wieder zu normalisieren.

„Hier ist ein ganz harmloser Handel komplett aus dem Ruder gelaufen. Und das ist ganz alleine deine Schuld. Nachdem dein Onkel Gundolf dich den offiziellen Rettern noch so gerade wegschnappen konnte, hat er mit seinen Söhnen übernommen. Dir erteile ich den Befehl, dich komplett aus der Sache raus zu halten. Du lässt dir jetzt deine Hand versorgen und setzt dich danach in den Flieger. Das Ticket bekommst du beim Doktor."

Hagen wusste, dass er damit noch gut weggekommen war. Also drehte er sich, ohne ein weiteres Wort zu sagen, um und verließ den Raum. Hätte er sich bedankt, dann wäre die Behandlung der Hand vermutlich gestrichen worden. Sein Onkel hätte ihm dann erklärt, dass Dank ein Zeichen von Charakterschwäche sei.

Abschiede

„Siehst du den Baum da vorne? Der wäre doch ideal", schlug der Detectiv vor.

„Nein", kam die prompte Antwort aus dem Headset, „der Baum steht zu sehr am Rand. Da kommen bestimmt andauernd Leute und fangen an, auf das Grab von Greif zu pinkeln. Vergiss den Baum. Geh ein bisschen tiefer in den Wald und halte dann nach einem Pirschpfad oder so Ausschau."

Der Detectiv konnte noch so gerade eben ein Stöhnen unterdrücken. Er ging jetzt schon mindestens seit einer Stunde durch den Wald. Egal, auf welchen Baum er zeigte, Mr. Clean hatte immer irgendetwas dagegen. Zu klein, zu groß, zu einsam, zu dunkel, zu viel Laub, zu viel Tannennadeln. Hätte er sich bloß nicht auf diese dämliche Verkabelung eingelassen, dann hätte er den toten Vogel irgendwo verscharren können, ohne sich das permanente Gemecker seines Freundes anhören zu müssen. Aber er hatte sich darauf eingelassen. Jetzt konnte Mr. Clean alles über zwei Webcams beobachten. Zudem konnten sie sich über das Headset unterhalten. Kurz und gut: Der Detectiv war von der Aktion nicht wirklich angetan. Er fühlte sich gegen seinen Willen in eine ziemlich stressige, fremdbestimmte Situation gedrängt.

„Siehst du die Lichtung dahinten? Da kommt man nur über diesen kleinen Pfad hin. Soll ich mal hingehen?"

Entgegen seiner Erwartung stimmte Mr. Clean zu. „Sieht ganz gut aus. Schau es dir mal an."

Schon nach wenigen Schritten auf dem schmalen Pfad bereute der Detectiv seinen Vorschlag. Irgendwie hatte es das Regenwasser, das vor zwei Tagen gefallen war, geschafft, an der Oberfläche zu überstehen. Er sackte bis über die Ränder seiner Schuhe in die dunkle Masse ein und hätte im Bestreben sein Gleichgewicht zu halten, fasst den Schuhkarton mit dem toten Vogel fallen lassen.

„Wird wirklich Zeit, dass du deine Berührungsprobleme mit Bekleidung ablegst. Guck dir mal den Mist an, durch den ich hier durch muss."

„Ich weiß deinen Freundschaftsdienst zu schätzen. Gleich hast du es ja schon geschafft. Obwohl deine Helmkamera so wackelt, habe ich schon den wirklich idealen Platz ausgemacht. Noch ein paar Schritte und du bist da."

„Das mobilisiert die letzten Kräfte in mir. Verrätst du mir denn auch, wo dieser ideale Platz ist?"

„Die Buche halb rechts vor dir."

Der Detectiv schaute einen kleinen Moment ungläubig auf den Baum, der umgeben von niedrigem dornigem Gebüsch am Rand der Lichtung stand.

„Nein", kam es aus dem Headset. „Das ist keine Buche, das ist eine Birke. Dahinter. Das ist eine Buche."

Der Detectiv ging ein paar Schritte weiter.

„Nun gut. Irgendeinen bestimmten Platz? Nahe am Stamm oder ein bisschen Abstand?"

„Am besten, du buddelst auf der Rückseite. Da hat er einen wunderschönen Blick in den Wald. Ich bin überzeugt davon, dass Greif hier seine Ruhe haben wird."

Ohne einen weiteren Kommentar fing der Detectiv an zu buddeln. Da der Boden erstaunlich weich war, hatte er schon nach wenigen Minuten ein kleines Loch ausgehoben, das für das Begräbnis ausreichte. Er ließ den Vogel möglichst behutsam aus seinem Schuhkarton in das Loch gleiten und trat dann einen Schritt zurück. Dabei achtete er darauf, dass die Kamera genau in das Loch zeigte.

„Willst du noch irgendetwas sagen Mister Clean?"

„Leb wohl mein Kleiner und hab viel Spaß in den ewigen Weiten der Prärie."

„Prärie? Meinst du, der fühlt sich in der Prärie wohl?"

„Keine Ahnung Detectiv. Kam mir gerade so in den Kopf. Am besten, du machst das Grab jetzt zu. Schließlich musst du ja aus den nassen Sachen raus."

Eine halbe Stunde später stieg der Detectiv endlich in seinen LT und wechselte in die ersehnte trockene Hose. Als er danach schon den Zündschlüssel stecken hatte, fiel sein Blick auf ein Fastfood - Restaurant. Er brauchte nicht lange zu überlegen. Jetzt ein leckeres, weiches, mit einem Fladen gebratenem Hackfleisch belegtes Brötchen und dazu einen heißen Kaffee. Das war einfach nicht zu toppen. Wenig später saß er auf der kleinen Terrasse des Restaurants und dachte über den bisherigen Tag und die Zukunft nach. Bei Mr. Clean konnte er jedenfalls nicht mehr lange bleiben. Diese ewige Aufräumerei war auf Dauer viel zu anstrengend. Außerdem hatte Mr. Clean ohnehin ziemliche Probleme damit, Übernachtungsgäste zu beherbergen. Der Detectiv würde wohl ein bisschen in seinem LT wohnen. Das Leben als Vagabund, ohne jegliche Bindung oder Verpflichtung war eine vielversprechende Vorstellung. Er ließ den Gedanken noch ein bisschen sacken. Plötzlich, ohne jede Vorwarnung, flog der LT mit einem mächtigen Knall in die Luft.

***

„Ich sage es dir jetzt zum letzten Mal. Du musst unbedingt die Knochen still halten. Deine Hand ist komplett betäubt. Du kannst keinen Schmerz empfinden. Mehr kann ich nicht für dich tun."
„Aber du fummelst jetzt schon über eine Stunde da dran rum, Doc. Normalerweise bist du schneller."
„Normalerweise lässt du dir auch nicht direkt vier Knochen brechen. Mal eben eine Kugel aus einem Muskel ziehen geht nun mal schneller."
„Dann gips den Kram doch einfach ein und gut ist."
„Du dämlicher Volltrottel. Nur weil du deinen Job vermasselt hast, musste ich über zwölf Stunden warten, bis ich dich überhaupt ausgehändigt bekommen habe. Wenn ich jetzt einfach Gips über die Sache kippe, bekommst du im günstigsten Fall eine nette ausgewachsene posttraumatische Arthrose."
„Dann gibst du mir eben Mittel gegen diese Art Rose! Hauptsache, du wirst hier endlich fertig!"
„Du hast gar keine Ahnung, wovon du redest oder? Willst du den Rest deines Lebens bei jeder Handbewegung vorher überlegen, ob das jetzt wirklich notwendig ist? Vorausgesetzt natürlich, die Hand lässt sich überhaupt bewegen"
„Nein, natürlich nicht."
„Dann lass mich jetzt endlich in Ruhe arbeiten! Schlimm genug, dass der ganze Scheiß auch noch angeschwollen ist."
Hagen konnte sich ein Murren als Antwort nicht verkneifen. Letztendlich wusste er, dass der Doc mit seiner Behandlung, wie auch sonst immer, bestimmt richtig lag. Trotzdem machten ihn die Geräusche der Behandlung krank. Dabei waren jetzt gerade erst zwei Knochen wieder in ihre Originallage gebracht und mit Blumendrähten fixiert worden. Alleine das Geräusch, wenn der Doc wieder einen der Dräh-

te durchschnitt... ‚Kirschnerdraht', so hatte der Doc das genannt, als ihm die Assistentin den Draht gegeben hatte. Bei dem Wort war Hagen ganz flau geworden. Wollte der Doc jetzt seine Hand, wie das Fell eines Raubtieres bearbeiten?

Um sich keine Blöße zu geben, hatte er dem Doc seine Hand mit einem coolen Spruch überlassen. Dann aber, als er nach einiger Zeit die Schweißperlen auf der Stirn des Doktors sah, kam er immer mehr ins Grübeln, ob seine Hand überhaupt jemals wieder funktionieren würde.

Jetzt kam es wieder. Dieses Gefühl, dass an seiner Hand herumgezerrt wurde, war einfach unerträglich.

„Du kommst aber mit der Aufgabe klar, ja?"

In den Augen des Doc's konnte Hagen erkennen, dass er sich mit dieser kleinen Bemerkung endgültig die Blöße gegeben hatte.

„Keine Angst. Ich weiß sehr genau, was ich mache. Das Ganze ist nur dadurch problematischer, dass ich dich, mangels Personal, nicht in Vollnarkose schicken kann. Dadurch und durch deine verständlichen, aber sehr unprofessionellen Ängste, zieht sich alles zusätzlich in die Länge."

„Das bleibt unter uns Doc."

Zum ersten Mal seit Stunden schaute ihm der Doc voll ins Gesicht. Noch dazu, soweit Hagen das unter dem Mundschutz erkennen konnte, mit einem breiten Grinsen.

„Wenn ich jemals über irgendeine Operation, die ich im Auftrag deines Onkels durchgeführt habe, auch nur ein Sterbenswörtchen hätte verlauten lassen, dann würde ich schon lange nicht mehr leben. So werde ich das auch bei dir halten. Nicht das du mich falsch verstehst. Ich habe hier Leute sitzen, die ohne mit der Wimper zu zucken, behandelt werden. Aber es gibt auch welche, die Probleme damit haben. Du bist also in bester Gesellschaft. Es gibt übrigens auch Leute, die mal so und mal so sind. Dich zum Beispiel habe ich auch schon cooler erlebt."

Damit wendete er sich wieder der Hand zu. „Und jetzt will ich von dir nichts mehr hören."

***

„Hey Detectiv, wie geht es dir denn so? Ich hatte dich gerade mal für eine halbe Stunde aus den Augen gelassen, um auf meinem Balkon meine Vitamin D – Produktion anzutreiben. Und was sehe ich, nachdem ich zurückgekommen bin? Einen völlig zerstörten VW-Bus, der vermutlich deiner ist."

Erst jetzt wurde dem Detectiv klar, dass er noch immer die Überwachungsausrüstung trug, mit der ihn Mr. Clean durch den Wald dirigiert hatte. Damit erklärten sich auch die komischen Blicke, die er in dem Restaurant bekommen hatte, als er sich das Essen zusammengestellt hatte.

„Mir geht es rein körperlich eigentlich ganz gut. Ich habe gerade einen hervorragenden Hamburger verspeist."

„Ich hätte jetzt eher eine Aussage zum Zustand deines Autos erwartet."

„Tja, was soll ich da sagen? Du siehst es ja selber. Der macht einen ziemlich zerstörten Eindruck. Du hättest dir das mal vor einer Viertelstunde ansehen sollen. Da war der Wagen so etwas wie eine wirklich heiße Ware". Der Detectiv unterbrach sich, da er über seinen eigenen Witz in glucksendes Lachen verfiel. „Jetzt natürlich nicht mehr", erklärte er, nachdem er sich beruhigt hatte. „Inzwischen haben die Feuerwehrleute alles gelöscht."

„Und?" kam die ratlose Frage seines Freundes.

„Ja, was soll sein? Ich finde das alles extrem lästig. Momentan bin ich mir nicht sicher, was ich an der ganzen Sache am Übelsten finde. Das bald wohl nicht mehr vermeidbare Gespräch mit der Polizei oder diese wirklich sehr lästige Anhänglichkeit dieser komischen Mafiabande."

„Tja. Das kann ich dir auch nicht beantworten. Jedenfalls kann ich dir anbieten noch eine Nacht bei mir zu schlafen. Das bin ich dir wegen Greif schuldig. Danach musst du dir aber etwas anderes suchen."

„Ich weiß das zu schätzen mein Freund", bedankte sich der Detectiv. Eigentlich hatte er damit gerechnet, schon die kommende Nacht im Hotel oder sonst wo zu schlafen. „Ist schon okay. Ich werde also mit dir rechnen." Nach einer Pause fügte Mr. Clean hinzu: „Aber was für dich jetzt eigentlich viel wichtiger sein sollte: Was machst du als nächstes?"

„Je länger ich darüber nachdenke, um so mehr könnte ich ausrasten", erklärte der Detectiv mit gelangweilter Stimme. „Die haben mich innerhalb von nicht einmal einem Tag meines Autos und meines Hauses beraubt. Ich glaube, wenn ich noch mal einen von denen in die Finger bekomme, dann werde ich nicht versuchen, einen für beide Seiten ehrenhaften Ausweg zu finden. Die haben das echt nicht verdient."

„Vermutlich hast du recht." Bevor Mr. Clean den Satz fortsetzte, zögerte er ein bisschen „Ich könnte dir helfen."

„Du willst dich mir zu liebe anziehen und raus aus deiner Wohnung?" wollte der Detectiv mit echter Rührung in der Stimme wissen.

„Nein", kam die schnelle, fast panische Antwort. „Wo denkst du hin? Ich dachte eher daran, ein bisschen im Netz herumzustöbern. Am besten, du nimmst dir jetzt erstmal ein Taxi und kommst in unser Hauptquartier... Also hierhin."

***

Als der Doc endlich fertig war und einen Verband um die Hand gelegt hatte, war es schon früher Nachmittag.

„Wie geht es weiter? Du musst doch bestimmt Fäden ziehen oder so."

Der Doc legte ihm ein Kuvert in die gesunde Hand. „Du wirst mich so bald nicht mehr sehen. Ich bring dich jetzt zum Flughafen. In knapp zwei Stunden geht dein Flieger. Entweder, du ziehst dir die Fäden in 10 Tagen selber, oder du suchst dir einen Kollegen von mir. Ansonsten empfehle ich vor allem Ruhe."

Da es keinen Sinn machte mit dem Doc über das Flugticket zu reden, steckte Hagen den Umschlag weg und bewegte sich vorsichtig Richtung Ausgang.

„Wie lange muss ich die Schiene tragen?"

„So lange es eben geht. Die Knochen müssen schließlich wieder zusammenwachsen. Mindestens drei Wochen. Du hast ja gesehen, wie ich dir die Schiene angelegt habe. Ich gebe dir noch ein paar Packungen Mull mit. Die kannst du dann nutzen, um das Teil immer wieder neu zu befestigen."

Der Doc brachte ihn tatsächlich bis zum Check-In. Als Hagen durch die Schleuse ging, widerstand er der Versuch sich noch mal umzudrehen und seinem „Kindermädchen" - Doc eine Kusshand zuzuwerfen. Auch wenn sie nicht drüber gesprochen hatten, war ihm klar, dass der Doc nichts anderes machte, als die klaren Anweisungen des Clanchefs auszuführen. Mit Sicherheit machte er gerade sogar noch ein oder zwei Beweisfotos mit seinem Handy.

Hagen hatte keine Sekunde daran gedacht, sich vom Familienoberhaupt in einen Flieger setzen zu lassen. Der Moment, in dem er auf dem Ticket das Ziel seiner Reise gesehen hatte, hatte ihn in diesem Entschluss nur bestärkt. Er wusste, dass es enge Kontakte zu einer japanischen Familie gab, die großen Wert auf Disziplin und unbedingten Gehorsam legte. Einer seiner vielen Cousins war vor ein paar Monaten von einem einjährigen Aufenthalt zurückgekommen. Hagen hatte schon bei der Begrüßung gemerkt, dass ein neuer Mensch vor ihm stand. Nichts von seinen spontanen und manchmal provokativen Sprüchen war übriggeblieben. Fast hätte Hagen erwartet, dass sein Cousin den Raum in dem das dicke, fette Familienoberhaupt residierte, auf dem Bauch rutschend betreten und verlassen würde.

Nur um seine Familie nicht direkt mit der Nase darauf zu stoßen, dass er nicht fliegen würde, hatte er sich vom Doc bis zum Check-In bringen lassen. Damit hatte er genau 24 Stunden, die er nutzen würde, um das Mädchen und den Detectiv einzukassieren und dann seinem Onkel auf dem Silbertablett zu servieren.

Im Hauptquartier

„Zunächst mal machen wir einen kleinen Fakten-upate", schlug Mr. Clean direkt nach der Begrüßung vor und fing ohne die Antwort von Detectiv Maier abzuwarten auch sofort damit an.
„Fakt 1: Es gab gestern keinen Banküberfall. Zumindest nicht in der Filiale, vor der du das junge Pärchen aufgegabelt hast. Fakt 2: Die Villa, zu der die beiden gefahren sind, steht tatsächlich zum Verkauf. Ist aber momentan noch bewohnt. Ein altes Ehepaar mit seiner zahlreichen Nachkommenschaft hat es sich dort gemütlich gemacht."
„Das mit dem Banküberfall stimmt gar nicht? Das bedeutet, ich bin völlig unnötig in diesem ganzen Mist gelandet? Ist es das, was du mir gerade gesagt hast?"
„Genau das habe ich dir gesagt", bestätigte Mr. Clean, während er seinem Freund ein kleines Gästehandtuch hinhielt.
„Was soll ich damit?"
„Es wäre mir sehr lieb, wenn du es unter deinen dreckigen Arm legen würdest. Das schont meine Tischplatte. Sieh nur!" Er deutete auf die Tischplatte auf der sich etwas Dreck gesammelt hatte, der sich vom Ärmel des Detectiv gelöst hatte.
Während er den Arm auf das Handtuch legte, wurde ihm die Tragweite des „Nichtbanküberfalls" noch klarer. „Aber, was zum Teufel haben die beiden denn dann in der Tasche gehabt und weshalb mussten die damit unbedingt zu dieser Villa fahren?"
„Das ist dann dein Job. Ich habe dir nur ein paar Fakten ..."
Mr. Clean war inzwischen hinter den Detectiv getreten, und blieb mit offenem Mund stehen. Eine Geste, die dem Detectiv mangels Augen im Hinterkopf entging.
„Du hast mir ein paar Fakten zusammengetragen, wolltest du mir gerade sagen?" versuchte er seinen Freund zum Weiterreden zu bringen, während er sich zu ihm umdrehte.

„Bevor du nicht unter der Dusche verschwunden bist, sage ich dir nichts mehr. Oh Gott!" Er zeigte wortlos auf die Dreckspur, die von der Wohnungstüre zu dem Stuhl führte, auf dem der Detectiv saß. Der erhob sich leise stöhnend und schlurfte ins Bad. Ihm war irgendwie klar, dass er nicht damit argumentieren konnte, dass dann beim nächsten Putzen wenigstens mal richtig was zu tun wäre. Er verstand zwar nicht, weshalb das Argument nicht gut war, aber vertraute dann doch lieber seiner Intuition und sagte nichts.

Bevor er die Türe hinter sich schließen konnte, streckte Mr. Clean den Arm hindurch und zeigte damit auf ein kleines Schränkchen. „Da drin findest du Müllbeutel. Deine Kleidung wandert da jetzt rein und dann gibst du mir den Beutel. Und zwar, bevor du duschst. Es gibt keine Zeit zu verlieren."

„Und was soll ich dann anziehen?"

„Du nimmst ein Badehandtuch." Die Hand wanderte in die entsprechende Richtung. „In zwei Stunden sind deine Sachen wieder wie neu."

Frisch geduscht und in ein übergroßes Badehandtuch eingewickelt, saß der Detectiv etwas später wieder am Tisch.

„Also: Es gab keinen Banküberfall und die Villa steht zum Verkauf. So weit warst du. Was ist das eigentlich für ein nettes altes Pärchen, das in der Villa wohnt?"

„Irgendwer eben. Ich weiß es nicht. Deutsche jedenfalls. Zumindest klingt der Name ziemlich deutsch."

„Und?", wollte der Detectiv wissen, „wie heißen die?"

„Meyer mit Ypsilon"

„Ich hatte schon Angst, es wäre Verwandtschaft", kam die grinsende Antwort. „Hast du auch schon recherchiert, was die machen?"

„Nee. Du brauchst schließlich auch noch Beschäftigung."

„Okay", nickte der Detectiv. „War das alles?"

„Das Auto ist auf eine gewisse Franziska Rudolf angemeldet."

„Woher weißt du das denn jetzt wieder?"

„Du hast einen völlig versauten Zettel bei mir liegen lassen. Mit hässlichen Kaffeeflecken. Eigentlich wollte ich den mit einer Kneifzange anpacken und entsorgen. Aber dann habe ich Gnade vor Recht ergehen lassen und mich an das Entziffern der Nummer begeben. Das Ergebnis habe ich dir gerade genannt. Die Adresse habe ich dann auch direkt rausgeschrieben. Allerdings aus dem Telefonbuch. Es besteht also leider die Chance, dass der Name mehrfach vergeben ist und die Franziska, die du suchst nicht mit der an der Adresse identisch ist. Zumal die jungen Leute heute eigentlich eher ohne Festnetzanschluss auskommen."

Der Detectiv zog sein Handtuch enger um sich und kontrollierte dabei ängstlich, dass nicht mehr von seinem Körper zu sehen war, als die Beine und das, was oben aus dem Handtusch herauskam.

„Danke für deine Hilfe. Ich habe jetzt allerdings eigentlich erstmal ein anderes Problem. Ich wüsste nämlich gerne, wie ich von den Typen einen neuen Campingbus bekomme. Gratis selbstverständlich. Und ein neues Haus oder so will ich auch haben."

„Eigentlich ganz einfach. Du musst nur herausfinden, wo die her kommen und ihnen dann ein entsprechendes Angebot machen."

Nach einem kurzen resignierten Blick, nahm der Detectiv einen sehr langen, tiefen Atemzug. „Hast du zu viele Heldenfilme gesehen? Du bist doch hoffentlich nicht ernsthaft der Meinung, dass ich da reinspaziere, denen mein Problem darlege und die dann sofort voller echter Reue ein paar Autos aus ihrer Garage holen um mir dann die freie Wahl lassen."

„Nein. Bin ich nicht. Ich verstehe aber auch nicht, weshalb du dich nicht an die Polizei wendest. Die sind schließlich dafür da. Die müssten dich doch ohnehin schon suchen. Alleine wegen des abgebrannten Hauses."

„Was weiß denn ich, was die machen. Ich habe jedenfalls keine Lust mich bei denen ins Büro zu setzten und endlose

Fragen über mich ergehen zu lassen. Das ist einfach nur wahnsinnig lästig."

„Das kannst du doch wohl nicht wirklich meinen. Mal ein paar Stunden opfern und dafür die Chance auf ein neues Haus und ein neues Auto erhöhen."

„Doch, das meine ich so. Es gibt nichts, was ich lieber mache, als gemütlich in einem Auto sitzen und auf einen Hauseingang glotzen. Und alles, was darüber hinaus an Zwängen an mich herangetragen wird, ist einfach nur wahnsinnig lästig. Ich will das einfach nicht."

„Wenn ich mich richtig erinnere, hast du über stundenlanges Observieren auch schon mal anders geredet", wandte Mr. Clean ein. „So in der Art: Du kannst dir gar nicht vorstellen, wie langweilig das ist, wenn man nichts anderes zu tun hat, als auf eine Haustüre zu starren."

„Hab ich?" Der Detectiv schaute seinen Freund eine zeitlang an. „Möglich. Vermutlich war ich da noch sehr viel jünger und wusste die ruhigen Momente im Leben nicht wirklich zu schätzen. Wenn man jung ist, dann will man noch die Welt erobern. Man ist gierig nach neuen Dingen. Das ist nicht das Alter, um stundenlang in einem Auto zu sitzen und eine Türe anzustarren. Verstehst du? Du bist doch auch mal jung gewesen. Wolltest was erleben."

„Wenn mich nicht alles täuscht, dann war das letzte Woche", erklärte Mr. Clean in ruhigem Tonfall, während er aus dem Fenster schaute.

„Letzte Woche? Tatsächlich? Ich kann mich gar nicht erinnern. Wie war das denn genau? Erzähl mal. Hilf einem armen, gestressten Mann mal auf die Sprünge."

„Es hat geklingelt, ich habe dich reingelassen und du hast mir von deiner langweiligen Observierung erzählt."

„Daran kann ich mich erinnern", lenkte der Detectiv zögerlich ein, „aber da sah das hier noch anders aus."

„Ich habe umdekoriert. Ich dekoriere öfter um. Immer am ersten Tag des neuen Monats."

„Ich kann mich erinnern, dass der Tisch dort an der Wand stand."

Er zeigte dabei mit der Hand, auf die er vorher seinen Kopf gestützt hatte, schräg hinter sich. Um sich dabei nicht zu sehr verrenken zu müssen, drehte er sich ein bisschen auf dem Stuhl.

„Nein. Da stand der Tisch das letzte Mal vor einem halben Jahr. Du musst dich noch ein bisschen weiter drehen."

Mr. Clean wartete geduldig, bis der Detectiv herum war und jetzt endlich auf die richtige Stelle zeigte.

„Stimmt mein Freund", erklärte der Detectiv. „Ich muss dir recht geben. Dort stand der Tisch. Ich habe es wieder genau vor Augen. Ich hatte einen Arm auf der Rückenlehne des Stuhls und mich dabei gemütlich gegen die Wand gelehnt."

Um dies vorzumachen, ließ er sich mit einem entspannten Lächeln nach hinten fallen. Nur war diesmal keine Wand hinter seinem Rücken. Mit weit von sich gestreckten Beinen fiel er im Zeitlupentempo vom Stuhl und landete auf dem Rücken.

Als er der Reihe nach von seinen Gliedmaßen die Rückmeldungen hatte, dass noch alles in Ordnung war, schaute er sich, ohne aufzustehen nach seinem Freund um, der zu seinem Erstaunen ebenfalls auf dem Boden lag und ihn mit weit aufgerissenen Augen anstarrte.

„Was ist los Mister Clean? Hast du noch nie einen Mann von einem Stuhl fallen sehen?"

„Dreh dich mal vorsichtig um und schau dir das Balkonfenster an."

Während der Detectiv sich mühevoll auf den Bauch drehte, rollte er genervt mit den Augen. So wie sein Freund geklungen hatte, war Widerspruch ohnehin zwecklos.

Der Blick auf das Fenster machte ihm dann klar, weshalb sein Freund den Eindruck leichter Panik vermittelte.

„Das sieht aus, wie ein Einschussloch. Seit wann... seit wann ist das da? Nein sag es nicht. Es ist gerade erst gekommen. Ich hätte es sonst schon vorher gesehen. Scheiße, Scheiße, Scheiße. Wo ist der Typ? Von wo hat er geschossen?"

Mr. Clean zeigte nur stumm aus dem Fenster. Als der Detectiv seinem Blick folgte, sah er das alte Parkhaus auf der anderen Seite des kleinen Parks. Zwar konnte er keine Person ausmachen, aber natürlich konnte nur von dort geschossen worden sein.

„Wo ist meine Pistole? Wo sind meine Klamotten? Ich kann doch keinen Verbrecher verfolgen, wenn ich nur ein Badehandtuch trage."

„Du weißt genau, wo deine Kleidung ist. Es braucht noch einen kleinen Moment."

„Bis dahin ist der über alle Berge!"

„Das ist er jetzt auch schon."

Der Detectiv dachte einen Moment nach. Sein Körper nutzte die Gelegenheit, um wieder in einen etwas muskelschonenderen Tonus zu kommen.

„Okay. Bezahlt das eigentlich die Versicherung?"

„Ich glaube kaum, dass die die Finger krumm machen, wenn ich nicht irgendwie eine Anzeige oder so vorlegen kann."

„Ärgerlich. Sehr Ärgerlich. Dann musst du dich mit der Polizei auseinandersetzen. Tut mir wirklich leid."

„Geht schon irgendwie klar. Schließlich war das mit dem Hauptquartier meine Idee. Ich hätte besser nachdenken sollen. Aber jetzt ist es nun einmal passiert."

„Das ist sehr anständig von dir." In der Stimme des Detectivs schwang fast so etwas wie Pathos mit. „Sehr anständig."

„Ist okay", beruhigte Mr. Clean ihn. „Wichtiger ist, wie es jetzt weitergehen soll."

„Ich könnte eine Spanplatte besorgen und die provisorisch davor stellen."

„Das meinte ich nicht. Ich meinte den Fall."

Der Detectiv rang sichtlich mit sich, bis er sich endlich zu einer Antwort durchringen konnte.

„Ich bräuchte jetzt den schweren Lederkoffer, den ich letzthin hier hoch geschleppt habe."

Er machte eine bedeutungsschwere Pause, die Mr. Clean nicht zu unterbrechen wagte.

„Jetzt, mein Freund", der Detectiv hatte seinen Blick nach draußen in die Ferne gerichtet Ein Sonnenuntergang, in dessen Licht eine wilde, heranreitende Hunnenhorde zu erkennen war, wäre jetzt sehr passend gewesen. Vielleicht noch ein bisschen Musik aus ‚Apokalypse Now'. Das hätte ihm gefallen. Es gab aber keinen Sonnenuntergang, sondern nur eine triste Parkhausfassade.

„Bist du gerade beim Reden eingeschlafen, Detectiv?" wollte Mr. Clean wissen.

„Nein. Sorry. Ich hatte nur gerade so eine Idee. Ist aber noch zu früh, um drüber zu reden. Deshalb mache ich lieber das, was ich kurz vor der Idee verkünden wollte."

Der Detectiv machte eine kleine Pause und fing wieder von vorne an.

„Jetzt, mein Freund, ist es wieder so weit. Ich werde in die Welt rausgehen und in den Reihen der Bösewichte aufräumen. Die Situation ist ernst. Nicht nur mein Leben wird bedroht. Auch du bist nicht mehr sicher. Die Gesamtsituation hat dich aus deinem Rhythmus herausgeworfen. Das kann und will ich nicht hinnehmen."

Ohne ein Wort zu sagen, kroch Mr. Clean zur Zimmertüre und verschwand im Wohnungsflur. Danach hörte der Detectiv das Rücken schwerer Möbel. Während er sich an die Zimmerwand lehnte, schüttelte er den Kopf und murmelte immer wieder „Was für ein anständiger Junge. Er hätte alles Recht mich rauszuschmeißen. Aber er steht zu mir."

„Was ist das Problem?" wollte Mr. Clean, der den Koffer hinter sich her rollend, zurückgekrochen kam.

„Ich merke", erklärte der Detectiv, der den bedeutungsschweren Tonfall, den er eben so gut getroffen hatte, noch einmal hören wollte, „was für ein guter Freund du bist. Ich bereite dir nur Probleme und trotzdem schmeißt du mich nicht raus."

„Kein Problem. Eigentlich wollte ich nur abwarten, bis du wieder mit deiner spinnerten Idee von Zeitreisen um die Ecke kommst."
Darauf fiel dem Detectiv zu seinem großen Bedauern keine Antwort ein, zu der der Tonfall ‚Bedeutungsschwere' gepasst hätte.

Detectiv Maier macht Stress

„Ich habe ihn erwischt."
Hagen schaute in zwei weit aufgerissene Augen, die noch immer davon zeugten, dass massenweise Adrenalin im Körper seines Gegenübers unterwegs war.
„Woher willst du wissen", wollte Hagen mit ruhiger Stimme wissen, „ob du ihn erwischt hast und woher soll ich wissen, dass du ihn erwischt hast?"
„Ich habe ihn erwischt."
Der Tonfall - ein euphorisches, unbeherrschtes und sehr lautes Flüstern - hatte sich nicht im Mindesten geändert. Hagen hatte den Eindruck, dass seine Frage überhaupt nicht angekommen war.
„Ich habe dich was gefragt Sepp. Woher willst du das wissen?"
„Voll getroffen. Mein erster Auftrag und direkt ein Volltreffer. Der Chef wird begeistert sein."
„Der Chef wird dir den Arsch versohlen lassen, wenn du nicht in der Lage bist, zu beweisen, dass du ihn erwischt hast."
„Einfach abgezogen. Schön langsam, damit sie nicht verzieht."
Zu Hagens Entsetzen spielte Sepp die Szene mit einer imaginären Waffe nach.
„Bist du jetzt völlig besoffen oder was? Reiß dich endlich zusammen und antworte auf meine Fragen. Ich bin mir zwar schon jetzt sicher, dass das dein letzter Auftrag war, aber wenigstens den kannst du vernünftig zu Ende bringen."

Zum ersten Mal schaute Sepp wenigstens halbwegs in Hagens Augen und erklärte ihm dann in dem nachsichtigen Tonfall, den Hagen nur von Eltern kannte, die versuchen ihrem kleinen Kind etwas zum zehnten Mal zu erklären:
„Ich habe ihn erwischt. Erst gezielt, dann langsam abgedrückt. Er ist nach hinten umgefallen und liegen geblieben. Ich habe hochprofessionell mit schnellen und extrem präzisen Bewegungen meine Waffe demontiert und eingepackt. Danach bin ich mit einem ganz gewöhnlichen Rucksack bekleidet, durch das Treppenhaus rausgegangen, habe mich unter die Leute gemischt, bin in mein Auto gestiegen und hier hin gefahren. Ich...ha...be...ihn...er...wischt. Der Auftrag ist erledigt. Du kannst mir die Aufwandsentschädigung aushändigen. Sobald der Chef einen neuen Job hat, stehe ich bereit."

Hagen zwang sich mit einigen sehr bewussten Atemzügen zur Ruhe. Es war jetzt nicht der Moment, in dem er Sepp hätte anschreien und packen können. Nein. Jetzt war der Moment, in dem er versuchen musste, möglichst viele emotionsfreie Informationen aus dem Trottel herauszubekommen.

„Wie lange hast du ihn dir nach dem Schuss noch angeschaut?"

„Hä? Hörst du mir überhaupt zu? Ich habe meine Waffe zusammengepackt und mich auf den Weg gemacht. So ist mir das beigebracht worden."

„Schon gut, schon gut. Aber nach dem Zusammenpacken. Da hast du doch noch einen professionellen Blick auf die Zielperson geworfen. Was hast du da gesehen. Erinnere dich genau. Es ist wichtig."

„Warum sollte ich mir den Toten anschauen? Bin ich pervers oder was? Meinst du, mir macht das irgendwie Spaß? Tote anzuschauen?"

„Nein", versuchte Hagen zu beschwichtigen, „ich spreche von einem letzten professionellen Blick. So, wie ein guter Kellner am Ende nochmals auf den festlich gedeckten Tisch schaut."

„Hä? Was hat mein Job mit Tischdecken zu tun?"

„Nur ein Beispiel", gelang es Hagen zu antworten. Damit, musste er allerdings Abschied von dem letzten Rest seiner Selbstbeherrschung nehmen. „Also, Sepp. Du hast dein Werkzeug zusammengepackt und bist gegangen. Und du hast nach dem Zusammenpacken, keinen Blick mehr auf ihn geworfen?"

„Nein! Das sage ich doch schon die ganze Zeit. Also, was ist jetzt? Ich bekomme eine nette Menge an Kohle von dir. Du willst doch wohl nicht der Erste aus der Familie sein, der einem Dienstleister die gerechte Belohnung vorenthält?"

Das feiste Grinsen zusammen mit der völlig unangebrachten Selbstsicherheit seines Gegenübers war einfach zu viel für Hagen.

„Pass mal auf, du kleiner Möchtegernkiller! Du hast den Job komplett versaut und merkst es noch nicht einmal, wenn man dich mit der Nase drauf stößt! Du hast die einfachsten Grundregeln missachtet! Woher soll ich denn bitte wissen, dass dieser blöde..., fette..., träge... Volltrottel von einem Privatschnüffler wirklich ins Gras gebissen hat!?" Nach einer kleinen Pause setzte er, halb stehend, mit noch größerer Lautstärke nach. „Guck mich gefälligst nicht so dämlich an!!! Antworte mir!!!! Woher soll ich das wissen?!?!?!"

Inzwischen hatte sich Hagen weit über den Tisch gebeugt und war mit seinem rot angelaufenen Gesicht höchstens noch eine Handbreit von Sepps Gesicht entfernt.

Erst, als er hörte, wie am Nachbartisch eine Gabel auf den Boden fiel, bemerkte er, wie still es um ihn herum geworden war.

Ihm fiel nach einer viel zu langen Ewigkeit von Schrecksekunden nichts anderes ein, als Sepp mit seiner unverletzten Hand freundschaftlich am Nacken zu greifen – dabei dem Drang zu widerstehen, dessen Stirn auf den Tisch zu knallen – und ihm einen schmatzenden Kuss auf die Stirn zu drücken.

Im Gehen klärte er die anderen Gäste auf „Nur ein Kunstprojekt: Ungebührliches Verhalten in der Öffentlichkeit und die Reaktion der Öffentlichkeit. Sie sind alle durchgefallen."

Dann zeigte er halb hinter sich in die Richtung, in der er Sepp vermutete.

„Du zahlst!"

Nachdem Hagen ein paar Stunden zuvor am Flughafen ein völlig überteuertes Prepaid-Handy gekauft hatte und schon direkt bei seinem ersten Kontakt – einem Cousin - einen Treffer gelandet hatte, war er sich sicher gewesen, dass sein Plan aufgehen würde. Sein Cousin war, so wie er selber, nicht immer glücklich mit den Entscheidungen seines Onkels. Ohne auf Hagens Rückkehr zu warten, hatte sein Cousin schon mit den Recherchen begonnen. Genauer gesagt: Er hatte einfach Gundolfs Sohn, der den Bus des fetten Detectivs hochgehen gelassen hatte, gefragt. Und Gundolfs Sohn war, so wie es sich innerhalb einer guten Familie gehört, freigiebig mit seinem Wissen.

Auf die Weise war Hagen sofort auf dem Laufenden gewesen. Danach hatte er noch schnell einen der ‚Killer in Wartestellung' engagiert und war sich damit sicher gewesen, die erste der beiden selbstgestellten Aufgaben bereits erledigt zu haben.

Bis dann dieser Volltrottel mit dem breiten, unangebrachten Grinsen um die Ecke gekommen war und ihm erzählen wollte, der Auftrag wäre erledigt.

Und was hatte er jetzt? Vor ein paar Minuten war es nur noch das Problem, die Frau vom Vormittag finden zu müssen. Jetzt hatte er das Detectivproblem zurückbekommen und noch zusätzlich das ‚Sepp-Problem'.

„Hey, Hagen, warte! Ich komm' mit!"

Hagen blieb, wie vom Donner gerührt, stehen. Warum schrie der Volltrottel nicht direkt seinen kompletten Namen, seine Adresse und sein Vorstrafenregister in die Welt hinaus? In der irrwitzigen Hoffnung, dass irgendjemand an seine Erklärung mit dem Kunstprojekt geglaubt hatte, drehte sich Hagen langsam und lässig grinsend um.

„Alles klar Sepp. Ich warte gerne."

Danach musste er sich anschauen, wie der ‚Profikiller' Sepp brav die Rechnung beglich und mit strahlenden Augen auf ihn zu kam.

„Du hast mir eben echt Angst eingejagt. Hättest du mir das mit dem Kunstprojekt nicht früher sagen können?"

„Mann oh Mann. Sepp, du machst einem das Leben schon wirklich schwer. Aber macht nichts. Ich erkläre es dir gerne noch mal: Das Kunstprojekt habe ich eben spontan erfunden. Man nennt das ‚Improvisation'. Von Zeit zu Zeit bin ich ganz gut da drin. Das vorher sollte dir Angst einjagen. Freut mich, dass das geklappt hat. Durch die Angst wollte ich dich ein bisschen für die Realität sensibilisieren. Weil du nämlich tatsächlich ein Problem hast."

„Und welches?" wollte der immer noch lächelnde Sepp wissen.

„Tja. Wie soll ich das jetzt erklären?" Hagen ließ bewusst ein paar Sekunden verstreichen. „Ich glaube, das kann man ganz gut mit: ‚Du bist dämlich' beschreiben. Ist das deutlich genug?"

„Wie jetzt? Versteh ich nicht. Ich habe doch genau das gemacht, was von mir verlangt wurde. In Position gehen und den Typen abknallen."

Hagens Blick fiel auf die raue Backsteinmauer, an der sie gerade vorbei gingen. Leider waren zu viele Passanten unterwegs. Was wäre das schön, wenn er das Problem mit Sepp mit Hilfe der Mauer in klare Bahnen lenken könnte. Einmal liebevoll am Hals packen und dann mit kräftigem Schwung... Aber es waren zu viele Passanten unterwegs.

Die Situation wurde nicht besser, als neben ihnen ein fetter Jeep ausrollte. Das konnte nichts Gutes bedeuten.

„Hi boys! Ich glaube, wir kennen uns. Bleibt doch mal eben stehen!"

Hagen musste gar nicht erst hinschauen. Er kannte die Stimme. Zwar hatte sich irgendwas am Tonfall geändert, aber es war ohne Zweifel der Detectiv. Während Hagen weiterging und Sepp, der natürlich sofort stehen bleiben wollte, mit sich zog, raunte er ihm zu:

„Du darfst einen Blick in das Auto riskieren. Ich tippe mal, da sitzt die Person drin, die du eben ‚erwischt' hast."

Aus dem Augenwinkel nahm er war, wie Sepp den Kopf drehte und dann sofort, wie angewurzelt stehen blieb.

„Come on boy!" kam es aus dem Auto. „Du hast eben nicht getroffen. Das kann jedem mal passieren. Du siehst diese wunderschöne Schusswaffe hier in meiner Hand? Betrachte diesen wunderschönen langen Lauf. Die trägt richtig weit. Ein Traum."

Sepp schaute einfach nur.

„Pass genau auf, Sepp. Wenn ich ‚Jetzt' sage, rennst du los. Du solltest dann auch möglichst schnell laufen, es geht nämlich um dein Leben. Sollte ich dich noch sehen, wenn ich bis zehn gezählt habe, dann bist du eigentlich auch schon tot. Ist das verstanden?"

Sepp schaute immer noch in den großen Geländewagen und schien zu keiner Bewegung fähig.

„Ob du mich verstanden hast, mein Freund! Nicken reicht."

Mechanisch nickte Sepp mehrfach mit dem Kopf.

„Ach noch eins sollte ich dir der Fairness halber sagen. Ich habe wahnsinnigen Hunger. Deshalb habe ich nicht viel Zeit. Werde also schnell zählen. Ist das auch verstanden?"

Wieder ein Nicken.

„Okay"…."Jetzt!"

Die Starre fiel von Sepp ab und er rannte, so schnell er konnte, los. Ohne einen einzigen Blick an Sepp zu verschwenden, wandte sich der Detectiv an Hagen.

„Einsteigen!"

Damit kam auch in Hagen Bewegung. Anders als Sepp, lief er in entgegengesetzter Richtung davon. Er zählte darauf, dass der Detectiv sein Gewehr nicht benutzen und durch das Wenden des Jeeps kostbare Zeit verlieren würde. Der Plan ging ganz offenbar auf. Er konnte noch nicht einmal das Quietschen von Reifen hören. Nach ein paar Schritten bog er um eine Häuserecke und war erstmal aus der unmittelbaren Gefahr heraus.

Sobald er die Ecke geschafft hatte, verfiel er erst in leichten Trab und blieb dann endgültig stehen. Es war an der Zeit sich zu sammeln und auf die unerwartete Begegnung zu reagieren. Er hatte den Detectiv zwar nur kurz gesehen, aber wenn ihn nicht alles täuschte, hatte der tatsächlich eine beige, amerikanische Rangeruniform an. Wie konnte man so bekloppt sein?

Bevor er sich eine Antwort geben konnte, hielt ein großes schweres Auto neben ihm. Ungläubig starrte Hagen auf den Jeep. Wieder öffnete sich das Seitenfenster. Diesmal war es die Fahrerseite. Der Detectiv, der tatsächlich eine Rangeruniform trug – selbst der auffällige, breitkrempige Hut saß auf seinem Kopf – ließ einen Arm aus dem Fenster hängen und zeigte damit auf die Beschriftung der Türe.

„Was steht da, mein Freund?"

Hagen merkte, dass ihm vor Schreck die Kinnlade heruntergefallen war.

„Sheriff."

„Richtig. Und was macht man, wenn der Sheriff etwas sagt? Vor allem dann, wenn der Sheriff den Eindruck macht, nicht besonders entspannt zu sein? Ein Wink übrigens, den dein etwas einfach gestrickter Freund sehr gut verstanden hat. Also? Was macht man?"

„Was er sagt?"..."Ich meine: alles, was er sagt?"

„Richtig mein Freund. Du gehst jetzt brav um dieses schmucke Auto herum und steigst dann hier neben mir ein. Danach werden wir eine kleine Ausfahrt machen. Nur wir beide. Weißt du, was das bedeutet?"

Wie von der Tarantel gestochen, sprintete Hagen los. Er musste unbedingt aus der Reichweite des Detectivs kommen. Koste es, was es wolle. Als er wieder um die Hausecke schoss, die ihn eben noch vor einem gezielten Schuss des Detectiv gerettet hatte, musste er einem alten Mann mit Rollator ausweichen. Nicht, das ihn das gestört hätte, wenn er den Mann umgerannt hätte, aber die Erfahrung hatte ihn gelehrt, dass er beim Ausweichen weniger Zeit verlor. Leider war er schon so schnell unterwegs, dass es ihn leicht auf die Strasse trieb. Mit quietschenden Reifen kam ein fetter PS-Bolide neben ihm zu stehen. Der langhaarige Typ hinter dem Steuer sprang sofort aus dem Wagen und fing an, Hagen anzubrüllen, was er da eigentlich für einen Mist bauen würde.

Hagen nahm die Chance beim Schopfe. Ansatzlos rammte er dem Typen seinen Ellenbogen in den Magen, sprang in den Wagen und gab Gas.

Mit einem zufriedenen Grinsen hörte er dem Motor bei seiner Arbeit zu. Der Blick in den Rückspiegel zeigte ihm eine jeepfreie Zone an. „Das war es fürs erste, du dämlicher Detectiv."

Mit quietschenden Reifen bog er auf die Stadtautobahn ein. Der Wagen lag wie ein Brett auf der Straße. Hagen beschloss sich so ein Teil anzuschaffen, sobald das aktuelle Problem gelöst war. Jetzt aber dachte er erstmal nur daran, die anderen Autos als Slalomstangen zu benutzen. Er hatte schon lange nicht mehr so einen Riesenspaß gehabt.

Als er sich schließlich beruhigt hatte, lenkte er den Boliden in moderatem Tempo von der Autobahn und ließ ihn Richtung Innenstadt gleiten. Er hielt sogar brav an der nächsten roten Ampel, obwohl der gut einsehbare Querverkehr mehr als lückenhaft war. Neben ihm tauchte der Schatten eines anderen Wagens auf, der provozierend seinen Motor aufheulen ließ. Eine eindeutige Herausforderung zu einem kleinen Rennen. Das ließ sich Hagen natürlich nicht entgehen. Er ließ seine Maschine ebenfalls ein paar Mal aufheulen, um damit das Zeichen zu geben, dass der Kampf angenommen war. Nur um das Gesicht des zukünftigen Verlierers gesehen zu haben - nach dem Rennen war ja keine Chance mehr - schaute er zu seinem Gegner hinüber.

Der Schock, mit dem er aus seiner Euphorie herausgerissen wurde, als er den Jeep und den freundlich lächelnden Detectiv sah, hätte nicht größer sein können. Ohne auf den Verkehr zu achten, startete er mit qualmenden Reifen. Dass er die Kreuzung unfallfrei passieren konnte, war reines Glück.

Er war nicht in der Lage genau auf den Verkehr zu achten. Seine Gedanken kreisten nur um den einen Punkt: Der Detectiv konnte es nicht geschafft haben, ihm zu folgen. Wieso hatte er dann trotzdem neben ihm gestanden und ihn angegrinst? Das ging einfach nicht. Immer wieder ging sein Blick zum Rückspiegel. Kein Jeep. Gerade übersichtliche Straße. Wo war der Detectiv? War er jetzt doch auf einmal weg?

Als er den Blick wieder nach vorne richtete, sah er die riesige Öffnung eines Müllwagens vor sich. Er trat mit aller Kraft auf die Bremse, die wegen des eingeschalteten Rennmodus auf ABS verzichtete und die Reifen zum Qualmen brachte. Es nutzte nichts. Der Wagen landete mit seiner eleganten Schnauze unter dem Müllwagen. Hagen brauchte gar nicht erst zu versuchen, ihn wieder frei zu bekommen. Noch halb benommen von dem Airbag, der ihm gegen den Kopf geschossen war, öffnete er die Türe und lief oder besser gesagt: stolperte an dem Müllwagen vorbei. Er wollte einfach nur immer weiter geradeaus. Weg von dem Unfallort. Weg von dem Detectiv. Einfach nur weg.

Wie durch einen Nebel nahm er war, dass sich der Verband seiner verletzten Hand rot färbte. Scheinbar war er irgendwo angeschlagen. Was musste er jetzt machen? Er versuchte sich auf diesen einen Gedanken zu konzentrieren. Wo war er eigentlich? Ein paar Blicke reichten ihm. Richtig. Die Straße kannte er. Genaugenommen war er gar nicht so weit weg vom Hauptquartier seiner Familie. Nur konnte er dort unmöglich aufkreuzen. Schon alleine die Geschichte mit dem Detectiv würde ihm keiner glauben. Er musste eine andere Lösung suchen. Während er sich darauf konzentrierte, nach dieser anderen Lösung zu suchen, merkte er gar nicht, dass sein Laufen inzwischen zu einer Art Schlurfen verkommen war.

„Kann ich helfen?"

Hagen starrte mit weit aufgerissenen Augen zu dem Detectiv, der lässig an einem Hauseingang lehnte. Er hatte eine verspiegelte Sonnenbrille im Pilotenbrillendesign auf.

„Darf ich auf eine Antwort hoffen? Oder soll ich direkt mit dem Teil anfangen, der mich eigentlich zu dir gebracht hat?"

Immer noch war Hagen nicht in der Lage, zu sprechen.

„Ich merke schon. Das Gespräch wird mal wieder ziemlich einseitig." Der Detectiv zeigte auf die blutende Hand. „Mir will scheinen, du hast nicht mehr all zu viel Zeit zu verschwenden. Das sieht ja sehr unappetitlich aus. Und das, wo ich so einen Hunger habe. Leerer Magen sieht so was nicht gerne. Zugegebenermaßen hätte ich mit vollem Magen das gleiche Problem. Aber was rede ich?"

Er wartete auf eine Antwort, die wieder ausblieb. Als Reaktion auf die Worte des Detectivs schaute Hagen auf seine Hand, war aber irgendwie nicht in der Lage Schlüsse daraus zu ziehen.

„Wie gesagt: Wir haben nicht viel Zeit. Mein Hunger... Ach lassen wir das. Wer ist das Mädchen von gestern Vormittag?"

„Mädchen? Gestern Vormittag?" Hagen wiederholte die Worte, ohne sie verstanden zu haben und schaute den Detectiv ausdruckslos an.

„Jetzt hör mal mit der blöden Show auf. Was wollte die gestern bei euch? Wer seid ihr überhaupt? Erzähl doch einfach mal ein bisschen. Lass uns ein bisschen plaudern."

Hagen erwachte erst aus seiner Schockstarre, als der Detectiv ihn, wie zufällig, an der verletzten Hand berührte und ein starker Schmerz durch Hagens Körper schoss.

Automatisch versuchte er die Hand irgendwie vor dem Detectiv zu schützen, wusste aber nicht wirklich, wie er das bewerkstelligen sollte.

„Das dürfte bei dem Unfall passiert sein", mutmaßte der Detectiv. „Sieht gar nicht gut aus. Hat aber immerhin den Vorteil, dass du wieder wach bist. Also: Wer war das Mädchen gestern. Was wollte sie von euch? Was ist mit dem Jungen, der dabei war? Leg los. Ich habe nicht ewig Zeit."

Hagen schaute sich hilfesuchend um. Er wusste zwar nicht, wie er aus der Situation herauskommen sollte, aber eines war ihm sonnenklar: Er durfte die Frage nicht beantworten. Sonst würde er sich für die gesamte Familie zum Abschuss freigeben.

„Okay", versuchte der Detectiv erneut sein Glück. „Fangen wir mit einem einfacheren Thema an. Wer von euch Möchtegerngangstern ersetzt mir mein Haus, mein Auto und die Scheibe meines Freundes? Und antworte mir jetzt gefälligst. Mir geht das nämlich gerade ziemlich auf den Zeiger. Ich habe echt besseres zu tun, als drittklassigen Autofahrern durch die halbe Stadt zu folgen. Viel lieber würde ich jetzt schön gemütlich irgendwo was essen."

„Du bist so fett, dass dir ein bisschen Fasten durchaus gut tut. Also hör gefälligst auf, mich mit deiner Fresssucht zu belästigen. Ich kann dir nur den Tipp geben jetzt auf der Stelle abzuhauen und nie wieder in die Nähe dieser Stadt zu kommen. Anderenfalls würde ich keinen billigen Cent auf dein Leben wetten."

Der Detectiv zog in gespielter Überraschung die Augenbrauen hoch. „Kaum hast du dich von deiner Überraschung erholt, schon fängst du wieder an, große Töne zu spucken."

Beide hörten gleichzeitig, dass sich von irgendwo ein Martinshorn näherte.

„Oh, oh, da kommt ja schon dein nächstes Problem. Willst du nicht doch in meinen Wagen einsteigen? Er steht direkt um die Ecke."

„Leck mich, du Fettsack!"

Damit rannte Hagen los. Wenn der Jeep tatsächlich um die Ecke stand, dann hatte der Möchtegernsheriff sicher auch direkt den Schlüssel stecken lassen. Damit wäre er ihn ein für alle male los und hätte auch gleichzeitig wieder ein Auto unter dem Hintern.

Tatsächlich stand das Auto direkt hinter der Ecke. Hagen lief zur Fahrerseite und sprang hinein. Gleichzeitig mit dem

Gekicher neben ihm, stellte Hagen fest, dass das Lenkrad auf der falschen Seite war. Er starrte entgeistert zu der Person, die dort saß. Der Sheriff schien sich bestens zu amüsieren. Hagen schaute verzweifelt zu der Hausecke zurück, hinter der der Detectiv eigentlich noch stehen musste. Der Detectiv war jetzt mehr als einmal an einem Ort aufgetaucht, an dem er gar nicht seien konnte. Hagen bekam keinen klaren Gedanken dazu in seinen Kopf. Ohne weiter nachzudenken, riss er die Türe wieder auf und sprang auf die Strasse.

„Komm wieder rein Hagen. Ist besser für dich. Glaub mir."

„Niemals. Niemals."

Wieder lief er los. Er wusste selber nicht wohin. Wie sich wenige Sekunden später herausstellte, war das auch nicht nötig, da er geradewegs den Polizisten in die Arme lief.

Der Detectiv rieb sich den leeren Bauch und rollte langsam los. „Dieser blöde Idiot hätte es wirklich einfacher haben können. Jetzt erstmal was Leckeres essen. Vielleicht einen Pfannekuchen, dick mit Apfelkraut bestrichen. Ja, ich glaube, das ist jetzt genau das Richtige. Ich muss nur vorher noch ein paar Sachen abchecken. So leid es mir tut."

Der Magen des Detectiv quittierte das mit einem lauten Knurren.

Kaffee

„Du willst mir allen ernstes erzählen, dass du nichts herausgefunden hast?"

Mr. Clean schaute entgeistert auf den Detectiv, der sich langsam und genüsslich durch drei mehrstöckige Hamburger arbeitete. Das Zubereiten von Pfannekuchen war dem Detectiv dann doch zu viel Arbeit gewesen. Außerdem hätte er danach stundenlang die Küche putzen müssen.

„Na, so ganz ‚nichts' nun auch wieder nicht", antwortete er Mr. Clean, nachdem er seinen Mund durch mehrere Schluckaktionen halbwegs geleert hatte. „Immerhin weiß ich jetzt, dass der Typ, der auf deine Wohnung geschossen hat, Sepp heißt. Ist doch auch was. Außerdem ist der irgendwo in der Ecke von strohdumm anzusiedeln."

Der Detectiv hob beschwichtigend die Hand, als er sah, dass sein Freund widersprechen wollte.

„Ich weiß, dass das kein Grund dafür ist, ihn zu unterschätzen, aber in dem Moment war mir dieser Hagen wichtiger." „Ich kann mich ja nicht zweiteilen", schickte er grinsend hinterher.

„Ja und? Warum hast du dann bei dem nichts rausbekommen?"

„Der ist immer wieder abgehauen. Als ich ihn dann das letzte Mal eingefangen hatte, war ich kurz davor, ein endloses Geständnis inklusive Lebensgeschichte von ihm zu hören. Aber leider hatte er vorher einen Autounfall gebaut und die Cops, also die echten Cops, haben ihn einkassiert."

„Und?"

„Ich nehme mal an, die haben ihn erstmal zu einem Arzt gebracht. Die Wunde an seiner Hand war wieder aufgebrochen. Sah irgendwie gar nicht gut aus."

„Und, warum hast du das nicht einfach abgewartet, wo du schon mal so nah dran warst? Es hätte sich bestimmt ein Gelegenheit ergeben."

„Ich hatte schrecklichen Hunger."

Mr. Clean schaute seinen Freund entgeistert an.

„Wie kannst du innerhalb von ein paar Stunden... Lass mich schauen: drei Stunden! Wie kannst du innerhalb von drei Stunden einen solchen Hunger entwickeln, dass du so eine Chance fallen lässt?"

„Mir kam es irgendwie länger vor. Muss wohl an der Art meiner Ermittlung liegen."

„Drei Stunden sind drei Stunden."

„Egal. Immerhin wissen wir jetzt schon etwas mehr. Ich würde vorschlagen, ich schau mich mal in den Krankenhäusern um. Würde mich nicht wundern, wenn er da noch rum liegt. Kann natürlich auch sein, dass sie ihn erkannt haben. In dem Fall muss ich mir wohl eine andere Spur suchen."

„Brauchst du wieder deinen Koffer dafür oder kann ich den wegräumen?"

„Den kannst du wegräumen. In den nächsten Tagen kann ich damit nichts anfangen. Ich muss mich von dem Stress erstmal erholen."

„Also noch mal und ganz ehrlich: Nachdem du so einen Mythos um deine Sheriffuniform aufgebaut hast, hatte ich eigentlich erwartet, dass du mit deutlich mehr Informationen zurückkommst. Eigentlich hatte ich sogar schon erwartet, du würdest den ganzen Fall lösen."

„Hätte ich gerne, aber das ist alles nicht so einfach. Ich kann mit meinen speziellen Fähigkeiten zwar eine Menge an Dingen bewegen aber eben nicht alles."

„Na ja", meinte Mr. Clean leicht frustriert, „ist andererseits natürlich auch komisch, wenn du in einer Uniform von einem anderen Kontinent in der Gegend herumläufst. Insofern ist es dann auch wieder so, dass eigentlich klar ist, dass du nicht so viel rausbekommen kannst."

„Ich erkläre es dir vielleicht später mal irgendwann. Aber mach dir keine Hoffnung. Du wirst es mir ohnehin nicht glauben. Jetzt ist es jedenfalls so, dass ich mich erstmal ein bisschen von dem Stress erholen will. So eine schöne gemütliche Detektivarbeit, wie Krankenhäuser nach Hagen durchsuchen wäre jetzt genau das Richtige, denke ich. Wenn ich ihn dann gefunden habe, sehen wir weiter." „Also morgen natürlich. Heute ist es schon zu spät", schickte der Detectiv hinterher, als er sich entspannt zurücklehnte. „Ich möchte nicht gierig und unhöflich erscheinen. Aber hättest du wohl noch eine Tasse von deinem wunderbaren Kaffee?"

Wenig später stellte Mister Clean das Getränk auf den Tisch.

„Als Gegenleistung könntest du einen Weg für mich erledigen. Ich habe mich in der Planung meiner Vorräte verkalkuliert. Unter anderem auch, weil du so viel Kaffee trinkst. Aber nicht nur deshalb. Ich will es dir nicht anlasten."

Da keine Fortsetzung kam, schloss der Detectiv, dass sein Freund auf eine kleine Unterhaltung aus war.

„Was ist denn das Problem? Irgendwas mit dem Kaffeeautomaten?"

„Gewissermaßen. Genauer gesagt ist es die Füllung, die das Problem darstellt. Mir gehen die Bohnen aus. Eigentlich hätte ich noch bis nächste Woche auskommen müssen. Das wird jetzt aber nicht mehr klappen."

„Und wie kann ich helfen?"

„Naja, du könntest vielleicht eben zu der Rösterei fahren und ein Kilo Espresso kaufen."

Der Detectiv musste schwer mit sich kämpfen. Sah sein Freund denn nicht, wie angenehm und behaglich er in diesem wunderbaren Sessel lag und den Kaffee genoss?

Mit einem nicht unerheblichen Kraftaufwand gelang es ihm diesen Gedanken wegzudrücken.

„Selbstverständlich kann ich das machen", hörte er sich sagen. „Du musst mir nur sagen, wo ich die Rösterei finde."

„Das ist sehr nett von dir. Allerdings gibt es da noch ein anderes kleines Problem. Wobei genau betrachtet ist es eigentlich kein wirkliches Problem. Ich genieße dort einen guten Ruf. Du trägst im Moment Kleidung, die du schon lange dein Eigen nennst. Mir ist klar, dass du diese Kleidung sehr schätzt. Die Rösterei ist allerdings mit einem Café kombiniert. Es wäre angebracht, dass du vielleicht schnell in etwas anderes schlüpfst. Ich habe es dir bereits zurechtgelegt. Natürlich frisch gereinigt und aufgebügelt."

Lange würde er die Gastfreundschaft seines Freundes nicht mehr in Anspruch nehmen können. Das war dem Detectiv klar. Das schlimmste an der Situation war einfach, dass er genau wusste, wann es sich nicht lohnte Diskussionen anzufangen. Und das war jetzt schon wieder so eine Situation. Leise stöhnend erhob er sich aus dem Sessel und zog das Freizeithemd und die Jeans an, die ihm sein Freund ‚rausgelegt' hatte. Der Detectiv fragte sich, ob das bei alten Ehepaaren auch so war. ‚Ich habe dir deine Kleidung für das Büro schon mal rausgelegt, mein Schatz' Irgendwas in der Art. Lange würde er das nicht aushalten können.

Nachdem der Detectiv den prüfenden Blick von Mr. Clean erfolgreich hinter sich gebracht hatte, erhielt er die Visitenkarte mit der Adresse. Irgendwo ein gutes Stück den Rhein rauf. Sicherlich mindestens ein Stunde Fahrt. Aber immerhin. Vielleicht führte die Strasse ja direkt am Rhein entlang. Eigentlich ganz gute Aussichten. Andererseits, er musste ja nach vorne schauen und würde den Blick auf den Rhein dann doch nicht genießen können. Trotzdem eine gute Gelegenheit, die Idioten vom Clan einfach mal ein bisschen zu vergessen und gemütlich einen Kaffee zu trinken. Weshalb sollte er sich also den Stress mit einer weiteren Zeitreise antun? Bis er mit dem Clan durch war, würde er davon noch genug machen müssen.

In dem Moment, in dem er das Café betrat, umfing ihn der Duft frisch gerösteter Kaffeebohnen. An der Wand hinter dem Tresen waren mehrere Kaffeebohnenspender angebracht. Jeder mit einer anderen Sorte. Die Frau hinter dem Tresen bereite die Bestellungen zu. Natürlich immer mit frisch gemahlenen Bohnen.

Zwischendurch schaute sie den Detectiv an und wollte von ihm wissen, ob sie ihm helfen könne.

„Eigentlich sollte ich nur für einen Freund Kaffee kaufen. Aber ich glaube ich nehme erstmal selber einen. Am besten mit einem Stück von dem Käsekuchen."

„Wissen Sie schon, welchen Kaffee Sie möchten?"

Der Detectiv studierte die Karte und entschied sich schließlich für einen Crema Spezial. Obwohl er sich gerne an einem der Tische vor dem Café niedergelassen hätte, entschied er sich im Lokal zu bleiben. Er wollte den köstlichen Duft noch ein wenig genießen. Von einem kleinen Tisch direkt neben der Kaffeeröstmaschine hatte er einen guten Blick entlang der Theke auf die Einkaufsstrasse. Neben ihm waren in einem offenen Regal mehrere süße Köstlichkeiten aufgebaut. Es war einfach nur wunderbar. Der Laden schien geradewegs für ihn gemacht zu sein.

Als ihm der Kaffee mit dem Kuchen gebracht wurde, wollte die Bedienung wissen, was er für seinen Freund mitbringen sollte.

Der Detectiv holte den Notizzettel aus der Hosentasche. „Er will ein Kilo ‚Bio Arabica' und zwei Kilo ‚Brasilien Yellow Bourbon'. Beides ungemahlen, wenn es geht."

„Ungemahlen können wir am besten", lächelte die Bedienung. „Kein Problem. Ich messe Ihnen den Kaffee schon mal ab. Den Arabica hat der Chef erst gestern geröstet."

„Der röstet hier auf der Maschine?"

„Klar. Auf dieser und oben steht noch eine zweite."

„Wahnsinn. Ich dachte, das wäre nur Deko."

„Nix Deko. Hier wird gearbeitet", antwortete die Frau ihm lächelnd und verabschiedete sich dann wieder hinter die Theke, um die weiteren Bestellungen abzuarbeiten.

Krankenbesuch

Irgendwann hatte der Detectiv dann doch die Rösterei verlassen, den Kaffee bei Mr. Clean abgeliefert und sich auf die Suche nach dem richtigen Krankenhaus gemacht. Mehrere Stunden Suche lagen hinter ihm, als er es endlich gefunden hatte. Es wäre wirklich einfacher gewesen, wenn er dem Krankenwagen gefolgt wäre, nachdem Hagen den Polizisten in die Arme gelaufen war.

Mit einem unwirschen Kopfschütteln vertrieb er die Gedanken daran und betrat das Krankenzimmer. Wie erwartet, war Hagen der einzige Patient in dem Zimmer und wie erwartet hatte er keinen besorgten Besuch neben dem Bett sitzen. Die nette junge Dame an der Rezeption hatte dem Detectiv sehr bereitwillig erklärt, dass man noch nicht wusste, wer der Neuzugang war. Deshalb war sie umso erfreuter, dass endlich jemand vor ihr stand, der den Mann scheinbar kannte. Leider hatte sie natürlich auch direkt die Station darüber informiert. Die entsprechende Schwester war glücklicherweise gerade mit anderen Dingen beschäftigt. Damit hatte der Detectiv zumindest ein paar Minuten, in denen er Hagen alleine sprechen konnte.

„Hallo Hagen. Wie geht es dir?"

Der Detectiv konnte problemlos erkennen, dass Hagen noch eine Spur blasser wurde.

„Pass gut auf, Hagen. Wir haben nicht viel Zeit. Gleich kommen hier die Schwestern und Ärzte und wollen wissen, ob ich tatsächlich weiß, wer du bist. Dann ist Schluss mit der Nummer ‚Gedächtnis verloren', die du hier scheinbar abziehst. Also kommen wir direkt zur Sache: Wer ist das Mädchen und was ist mit dem Junge, der dabei war?"

„Keine Ahnung, wovon du sprichst."

„Du verdammter Idiot. Ich frage mich wirklich langsam, ob es richtig war, mit dir auch nur eine einzige Sekunde meiner wertvollen Zeit zu verschwenden. Das nächste Mal gehe ich glaube ich direkt zu deiner komischen Familie."

Ein hämisches Grinsen erschien auf Hagens Gesicht.

„Dann wünsche ich dir viel Spaß dabei. Wir sehen uns im Jenseits. Nur wirst du dir beim Warten schon den Hintern platt gesessen haben, wenn ich dort aufkreuze."

„Falls es so sein sollte, dann ist es eben so. Hat aber auch eine Vorteil. Ich bin dann nämlich diese Ewigkeit, die man dort angeblich verbringt in einem viel jüngeren Körper als du. Schon mal drüber nachgedacht?"

Bevor Hagen, der einen Moment brauchte, um das zu verstehen, über eine Antwort nachdenken konnte, öffnete sich die Türe und eine Schwester, flankiert von einem Arzt, kam in das Zimmer.

„Dr. Busch. Guten Tag", stellte der Arzt sich vor. „Das sieht mir so aus, als ob Sie unseren Neuzugang kennen?"

„Tu ich. Leider aber in einem unglücklichen Zusammenhang. Er schuldet mir nämlich eine ganze Menge Geld. Unter anderem hat er veranlasst, dass mein Haus abgebrannt ist. Sein Vorname ist Hagen, wie der Typ aus der Nibelungensage. Nachnamen kenne ich leider nicht. Er wohnt im Musikantenviertel hier in der Stadt. Sie kennen den Stadtteil?"

Auf das Nicken des Arztes erklärte der Detectiv: „Ziemlich mitten drin steht eine riesige Villa in einer parkähnlichen Umgebung. Da wohnt seine Familie. Ich empfehle Ihnen allerdings dringend, nur über die Polizei mit denen zu kommunizieren. Und noch eine letzte Sache: Nehmen Sie dem die Nummer mit der Amnesie nicht ab. Der Mann ist bei klarem Bewusstsein. Der hat garantiert keine Gedächtnislücke."

Bevor der Arzt, der mit dieser Art von Information ganz offenbar nicht gerechnet hatte, eine Rückfrage stellen konnte, hatte der Detectiv den Raum bereits verlassen.

Der Detectiv holte sich in der Cafeteria einen ‚Coffee to go' – nichts gegen den aus der Kaffeerösterei - und suchte sich ein schattiges Plätzchen mit Blick auf den Haupteingang. Während er überlegte, warum er sich nicht auch ein leckeres Stück Kuchen genehmigt hatte, beobachtete er das Treiben auf dem kleinen Vorplatz.

Manche Leute kamen mit ernsten Mienen aus dem Haus. Andere wiederum waren eher entspannt. Ein Vater brachte seinen kleinen Sohn, der sich den Arm hielt. Der Detectiv hatte den Eindruck, dass beide nicht sonderlich aufgeregt waren. Vermutlich hatte der Junge nicht zum ersten Mal eine Verletzung, die einen Besuch im Krankenhaus notwendig machte.

Gerade, als der Detectiv sich überlegte, ob er sich nicht öfter auf diesen Platz setzen sollte, einfach, um die vielen verschiedenen Leute zu beobachten, kam Hagen, auf den er gewartet hatte, aus dem Haus.

Während sich Hagen ängstlich nach bekannten Gesichtern umschaute, rief ihn der Detectiv, mit beiden Armen wedelnd, lautstark zu sich.

„Hagen! Hier bin ich!"

Die Reaktion, die Hagen zeigte, war ganz nach dem Geschmack des Detectivs. Es war ihm wieder mal gelungen dem Gangster den Schrecken durch alle Glieder fahren zu lassen. Nachdem Hagen scheinbar kurz abwog, ob es besser war zu fliehen oder zum Detectiv zu gehen, entschied er sich schließlich für letzteres.

„Bist du eigentlich völlig bescheuert? Hast du überhaupt eine Idee davon, was meine Familie mit dir macht, wenn die dich in die Finger bekommt?"

„Du hast tatsächlich Angst um mich?" wollte der Detectiv mit ironischem Unterton wissen. „Das hat eben eher so ausgesehen, als ob du Angst um dich selber hast."

„Wie kommst du denn auf die Idee?"

„Du bist noch nicht mal in der Lage, mich anzuschauen. Stattdessen scannst du die ganze Zeit die Auffahrt. Schau mir mal tief in die Augen."

Der Wunsch kam für Hagen so überraschend, dass er ihm tatsächlich Folge leistete. Der Detectiv nahm das amüsiert zur Kenntnis, legte seine Hand auf Hagens Bein und fragte in einfühlsamem Ton: „Warum kannst du dich denn nicht auf deine Familie freuen? Was ist denn vorgefallen?"

Mit einer unwirschen Geste fegte Hagen die Hand von seinem Bein und stand wieder auf.

„Bist du jetzt schwul oder was? Pack mich nie wieder an!"

Als Hagen sich schon zum Gehen wandte, erklärte ihm der Detectiv: „Eigentlich bist du gar nicht hier, oder? Eigentlich sitzt du doch in einem Flieger nach Japan, oder?"

Hagen blieb schon wieder, wie vom Donner gerührt stehen. Der Detectiv nahm sich vor, ihn in Zukunft etwas schonender auf Neuigkeiten dieser Art vorzubereiten.

„Und wenn der liebe Doktor…", der Detectiv machte eine sehr lässige und wage Kopfbewegung in Richtung Krankenhaus. „Busch war der Name, oder? Also, wenn der jetzt deiner Familie die frohe Botschaft überbringt, dass der verwirrte und vermutlich verschollen geglaubte Sohn hier im Krankenhaus herumliegt, dann wird die Familie sich bei dem Doc vermutlich mit zuckersüßen Worten bedanken und sich dann sofort mit großer Liebe und Hingabe dem verlorenen Sohn zuwenden."

Inzwischen hatte sich Hagen umgedreht und dem Detectiv mit ziemlich weit geöffneten Augen zugehört.

„Wie?", stammelte er, „Woher?" Er räusperte sich eindringlich, um seiner Stimme wieder etwas mehr Halt zu geben. „Wer hat...?"

„Nein", versuchte der Detectiv das Gespräch wieder in vernünftige Bahnen zu lenken, „so gibt das nichts. Du musst dir vor dem Sprechen überlegen, was du sagen willst. Dieses gestammelte Auflisten irgendwelcher Fragewörter bringt uns nicht weiter. Also", der Detectiv zeigte auf den freien Platz neben sich, „setzt dich wieder hin, nimm einen tiefen Atemzug und ordne deine Gedanken. Danach stellst du dann die Frage. Wollen wir das so machen?"

Die Art, wie Hagen auf den Platz zu ging, den der Detectiv ihm angeboten hatte, wirkte wie ferngesteuert. Der Detectiv überlegte schon, ob er nicht doch besser Mitleid mit ihm haben sollte, entschied sich dann aber dagegen. Schließlich war der Mann daran schuld, dass innerhalb kürzester Zeit ein beträchtlicher Teil seines Hab und Gut unbrauchbar geworden war. Er nahm noch mal den Becher mit dem Kaffee in die Hand und nahm einen Schluck, den er sofort wieder angewidert ausspuckte. Er hatte ganz vergessen, dass der Kaffee inzwischen kalt geworden war. Vielleicht sollte er doch noch mal zu der Rösterei zurückkehren.

Gerade, als Hagen sich brav neben ihn gesetzt hatte, näherten sich zwei auffällig muskulöse Herren dem Eingangsbereich. Sie trugen gut sitzende schwarze Anzüge und hatten dunkle Sonnenbrillen auf den Nasen.

Der Detectiv zeigte in die Richtung der Muskelpakete: „Schau mal da. Kennst du die?"

Hagens ohnehin schon ziemlich unnatürliche Gesichtsfarbe wurde eine Spur blasser.

„Soll ich die mal eben zu uns rüber winken?" bot der Detectiv an.

„Bist du wahnsinnig? Du hast keine Ahnung, was die anrichten können", wisperte Hagen. „Bleib einfach hier sitzen und verhalte dich unauffällig."

„Dann eben nicht. Okay. Um auf mein eigentliches Anliegen zurückzukommen: Was ist mit dem Mädchen von letzthin? Ist inzwischen schon vorgestern. Und was ist mit ihrem Freund? Erzähl doch einfach mal."

Hagen starrte wie gebannt auf die beiden Muskelpakete und gab dem Detectiv mit keiner Regung zu erkennen, dass er die Frage überhaupt mitbekommen hatte. Also stupste ihn der Detectiv kurz an „Hallo? Jemand anwesend? Ich habe dir eine Frage gestellt."

Erst als die beiden im Krankenhaus verschwunden waren, kam wieder Leben in Hagen. Ohne den Detectiv zu beachten, sprang er auf und lief quer über das Krankenhausgelände weg.

Der Detectiv schaute ihm einen Moment hinterher, betrachtete dann seinen halb geleerten Kaffeebecher, warf nochmals einen letzten Blick Richtung Hagen und stand schließlich kopfschüttelnd auf.

Irgendwie, so wurde ihm langsam klar, befand er sich, vom Kaffeekauf abgesehen, in der Mitte eines völlig verkorksten Tages. Erst hatte er Hagen besucht, dann hatte er auf Hagen gewartet, um ihn endlich bezüglich der jungen Frau ausfragen zu können. Als es dann endlich so weit war, war Hagen einfach weggelaufen. Jetzt musste er auf die beiden unangenehm kräftig wirkenden Typen warten, die gerade erfolglos versuchten, Hagen aus dem Krankenhaus zu entführen. Alles sehr lästig.

Ohne große Eile bewegte er sich zu Mr. Cleans kleinem Wagen, mit dem er gekommen war. Sein Plan war, sich eine Parkbucht zu suchen, von der aus er die beiden Typen früh genug sehen würde, wenn sie in ein paar Minuten unverrichteter Dinge wieder zu ihrem Auto gehen würden. Am Auto angekommen, bemerkte er resigniert, dass er noch immer mit dem Kaffeebecher herumlief. Da er das Auto von Mr. Clean nur bekommen hatte, nachdem er hoch und heilig versprochen hatte, das Auto in keinster Weise mit Müll zu belasten, hielt er Ausschau nach einem Mülleimer. Irgendwo auf diesen Plätzen war doch immer so etwas. Tatsächlich sah er ihn am anderen Ende des Parkbereiches.

Während er sich darüber ärgerte, dass er gerade noch an dem Korb vorbeigegangen war, ohne ihn zu sehen, schlurfte er die Strecke über den Parkplatz wieder zurück und warf dann endlich den Kaffeebecher in den Müll.

Ein Blick in Richtung Krankenhaus zeigte ihm, dass die beiden Typen bereits wieder im Anmarsch waren. Respekt, ging es dem Detectiv durch den Kopf, die sind ja mal echt von der schnellen Truppe. Immerhin ersparte ihm das die Wartezeit. Man muss seine Vorteile auch mal nutzen, wenn sie sich bieten.

Er wartete also freundlich lächelnd ab, bis die beiden in Rufweite waren.

„Meine Herren, auf ein Wort. Ein gewisser Hagen hat bei mir eine erhebliche Menge an Schäden verursacht. Ich nehme an der Name sagt Ihnen etwas?"

Die beiden blieben stehen und tauschten einen kurzen Blick miteinander aus. Ihre Mienen blieben dabei absolut emotionslos.

„Gut. Der Name sagt Ihnen etwas. Ich vermute mal, dass ich mich dann nicht erst vorstellen muss. Sie hingegen, hatte ich noch nicht die Ehre kennenzulernen."

Keine Reaktion.

„Vater und Sohn will mir scheinen? Oder zumindest enge Verwandtschaft?"

Keine Reaktion.

„Scheinbar haben Sie die gleiche Ausbildung wie Hagen hinter sich. Der neigt nämlich dummerweise auch dazu, jedes Gespräch im Keim zu ersticken. Auch wenn er manchmal in unbesonnenen Momenten doch ein wenig plaudert. Insofern vielleicht dann doch nicht exakt die gleiche Ausbildung?"

Die beiden blieben einfach nur breitbeinig stehen. Ihre Hände hielten sie vor dem Schritt gefaltet.

„Hm. Ich würde mich ja nicht an Sie wenden, wenn Hagen etwas kooperativer wäre. Sie verstehen schon. Der kleine Dienstweg ist oftmals für alle Beteiligten der bessere. Aber er wollte nicht. Ich kann jetzt allerdings auch nicht sagen, wie er die ganze Nummer zu einem vorteilhaften Ende hätte bringen können. Aber ich wäre zumindest erfreut gewesen, wenn ich den Willen dazu hätte entdecken können."

Der Detectiv gab den beiden wieder eine Chance, sich zu äußern.

„Irgendwie werde ich noch zum Monologisten, wenn ich noch länger mit Ihrer komischen Familie zu tun habe."

Auf einer der beiden Stirnen bildete sich eine kleine Falte.

„Monologist? Ist Monologist das Problem? Jemand, der dazu neigt Monologe zu halten. Möglicherweise gibt es das Wort überhaupt nicht. Gefällt mir aber trotzdem."

Die Falte verschwand wieder.

„Also. Zum einen wäre eine Entschädigung in finanzieller Form angebracht. In bar, wenn es recht ist. Ich dachte so an 300.000 Euro. Ihr Clan weiß ja selber am besten, was ich in den letzten Tagen so alles abschreiben musste. Es gibt sicherlich jemanden, der darüber Buch führt?"

Der Detectiv war sich nicht sicher, aber er meinte auf dem Gesicht des Sohnes ein Lächeln erkennen zu können. Er kniff ein wenig die Augen zusammen, um besser sehen zu können.

„Wunderbar, ich nehme das als Zustimmung."

Die Gesichtszüge wurden wieder undurchdringlich. Die Augen allerdings vergewisserten sich beim Vater, ob der Fehler aufgefallen war.

„Dann wäre nur noch ein Punkt offen. Es gab da vor kurzem eine unschöne Szene vor Ihrem Anwesen. Hagen. Immer wieder Hagen. Er war darin verwickelt. Er hat auf offener Straße rumgeballert. Offensichtlich wollte er die junge Frau, die in meinem Wagen Zuflucht gesucht hatte, treffen. Sie wurde glücklicherweise gerettet. Nicht ganz so gut ist es ihrem Partner ergangen. So weit ich das in Erfahrung bringen konnte, war auch hier wieder Hagen in einer der Hauptrollen."

Langsam kam Bewegung in die beiden massigen Körper. Vorsichtshalber hob der Detectiv abwehrend die Hand.

„Nur noch kurz eine letzte Information, bevor Sie mir endlich Ihre Antwort geben können. Ich werde am Ende alles herausfinden und je kooperativer Sie sich verhalten, umso besser ist das für die Stabilität Ihrer Psyche. Insbesondere rate ich dringend davon ab, mir irgendwelchen physischen, also körperlichen, Schaden zuzufügen. Das würde in der Endabrechnung ganz schlecht kommen. Schauen Sie sich nur Hagen an. Der ist jetzt schon der Meinung, dass er Geister sieht, obwohl er ‚nur' versucht hat, mich erschießen zu lassen und obwohl er ‚nur' dafür verantwortlich ist, dass mein Haus abgebrannt ist. Das mit meinem Wohnmobil habe ich noch nicht recherchiert."

Der Ältere ging auf den Detectiv zu.

„Pass mal genau auf, du Schießbudenfigur: Wir drei werden jetzt ganz friedlich zu unserem Wagen gehen und dann machen wir eine kleine Spazierfahrt."

„Na, ich weiß nicht, ob das so eine gute Idee ist", gab der Detectiv zu bedenken. „Spazierfahrten sind in den entsprechenden Gangsterfilmen immer so schrecklich tödlich für die eingeladene Person."

Der Mann legte seinen mächtigen Arm um die Schulter des Detectivs und schob ihn mit einer Kraft, die keinen Widerspruch duldete, über den Parkplatz.

„Also gut. Wo soll die Fahrt denn hin gehen?"

„Das merkst du dann schon."

„Nein", beschied der Detectiv mit einem Kopfschütteln, „so geht das nicht. Ich habe eben ehrlich alles vorgebracht, was es zu klären gilt. Jetzt erwarte ich von euch das Gleiche."

„Hey! Du Fettsack! Wo bleibt das respektvolle ‚Sie'? Komm nicht noch mal auf die Idee, mich zu duzen."

„Du verkennst das Problem. Ich komme nur mit, wenn du mir erklärst, wo es hingeht."

„Kannst du dem Typen nicht einfach mal das Maul stopfen", mischte sich der Sohn jetzt ein, während er mit der Fernbedienung das Auto öffnete.

„Ich gebe euch noch eine letzte Chance, um meine Kooperation zu erlangen: Wo geht die Fahrt hin?"

Statt eine Antwort zu bekommen, wurde er Richtung Auto gestoßen.

„Du bist so ein derartiger Penner", kommentierte der Sohn, während er am Türgriff zum Font zog. Im gleichen Moment ging die Zentralverriegelung des Wagens wieder zu.

Vater und Sohn schauten sich irritiert an, bevor der jüngere die Verriegelung wieder öffnete. Als er seine Hand erneut am Türgriff hatte, kam allerdings schon wieder das Bestätigungssignal für die geschlossene Zentralverriegelung.

„Was ist jetzt?" wollte der Detectiv wissen, „gibt es ein Problem mit dem Wagen? Wenn ich an eurer Stelle wäre, würde ich da nicht einsteigen. Wer weiß, was noch alles in Fehlfunktion ist?"

Als Antwort wurde der Haltegriff, mit dem der Detectiv an den Wagen gedrückt wurde, verstärkt. Das jüngere Muskelpaket ging zügig um die Limousine und stellte sich an die Fahrertüre. In der einen Hand den Schlüssel und in der anderen Hand den Türgriff. Auf der Stirn zeugte eine tiefe senkrechte Falte von dem hohen Konzentrationszustand, in dem er sich befand. Mit einem durch Kopfnicken bekräftigten Daumendruck auf den Schlüssel öffnete er die Verriegelung und riss dann sofort die Türe auf.

Als diese weit geöffnet war, erschien ein stolzes Grinsen auf seinem Gesicht.

„Pack ihn rein Gundolf. Keine Ahnung, was das gerade war."

Noch bevor die Türe zum Font geöffnet werden konnte, startete die Alarmanlage des Wagens. Diesmal merkte der Detectiv, dass sich der Griff an seiner Schulter löste.

„Mach das Scheißding aus", forderte Gundolf seinen Sohn auf, der seinerseits bereits wild auf den Knöpfen des Schlüssels herumdrückte. Die Verzweiflung war ihm ins Gesicht geschrieben.

„Mach die Tür zu!"

Der Tipp kam bei seinem Sohn nicht an. Offenbar war der zu sehr mit sich und dem Schlüssel beschäftigt. Schließlich rannte Gundolf um das Auto und knallte die Türe zu. Im gleichen Moment stoppte der Alarm und die Zentralverriegelung schloss das Auto wieder ab.

Irgendwie hatte der Detectiv den Eindruck, dass er mit seiner Frage auch an diesem Tag nicht mehr weiter kommen würde. Er stieß einen resignieren Seufzer aus und wendete sich von dem Auto und den beiden Muskelpaketen ab.

Sofort hörte er eilige Schritte hinter sich „Stehen bleiben, Fettsack! Wir sind noch nicht fertig."

„Klar seid ihr nicht fertig. Ich sehe doch, dass ihr das Auto nicht aufbekommt. Nur kann ich dabei nicht helfen. Oder indirekt vielleicht schon. Möglicherweise löst sich das Problem von selber, wenn ich einfach meiner Wege gehe."

Der Mann zeigte mit dem ausgestreckten Zeigefinger auf den Detectiv. „Du stellst dich jetzt brav hier an den Wagen. Und komm nicht auf die Idee, hier irgendwie rumzuzicken. Ist das verstanden?"

„Ich habe rein akustisch kein Problem." Der Detectiv warf demonstrativ einen Blick über den Parkplatz. „Die anderen Leute hier übrigens auch nicht."

Jetzt bemerkte der Muskelmann auch, dass sie mehr Aufmerksamkeit auf sich gezogen hatten, als ihm lieb sein konnte. Er tätschelte dem Detectiv lächelnd die Schulter und setzte den Parkplatz davon in Kenntnis, dass dies hier nur ein kleiner Spaß unter Freunden sei.

„Na, wenn das so ist, dann kann ich doch eigentlich auch gehen, oder?" wollte der Detectiv in halblautem Tonfall wissen ohne dabei aber ernsthaft den Versuch zu machen, sich in Bewegung zu setzen.

„Klar kannst du gehen, mein Freund."

Wieder setzte die Alarmanlage ein.

„Du verdammter Penner, was hast du jetzt wieder gemacht?"

Der Angesprochene hielt den Schlüssel demonstrativ am Ring in die Luft. Bis auf Daumen und Mittelfinger waren alle Finger abgespreizt.

„Nichts, ich hab nichts gemacht. Ich war noch am Überlegen, wie das sein kann."

„Du verdammter Penner! Mach die Alarmanlage aus!"

„Wie?" In seinem Gesicht spiegelte sich die pure Verzweifelung.

Zum zweiten Mal wurde der Detectiv alleine gelassen, als sein Bewacher erneut zum Fahrer rannte.

„Gib her!"

Der Muskelmann nahm den Schlüssel und drückte auf einen der Knöpfe. Nichts geschah. „Gib mir den Ersatzschlüssel!"

Als er den in der Hand hatte und auf einen der Knöpfe gedrückt hatte, ging der Alarm aus und die Zentralverriegelung öffnete sich. Gundolf feuerte den Originalschlüssel, von einigen Flüchen begleitet in hohem Bogen in die Büsche. Dann gab er seinem Sohn den Schlüssel, und zeigte mit einer Geste, die galant wirken sollte zum Auto.

„Setzt dich rein und pack bloß nichts an, bis ich den Fettsack auch drin habe."

Der junge Muskelmann stieg brav ein und zog die Türe hinter sich zu. Im gleichen Moment schloss die Zentralverriegelung erneut und der Alarm ging wieder los.

„Du Vollpfosten! Mach die Türe auf!"

Der Detectiv, der wegen der großen Lautstärke etwas zurückgegangen war, konnte gut erkennen, wie sich der Fahrer mit aller Kraft gegen die Türe warf. Das Einzige, was er damit erreichte, war allerdings, dass sich der Wagen wie eine behäbige Schaukel hin und her bewegte. Gleichzeitig fing der draußen stehende Mann an, den Wagen mit kräftigen Tritten gegen die Türen zu bearbeiten und bei jedem der Tritte ein neues derbes Schimpfwort zu brüllen. (Anmerkung des Autors: Natürlich weiß ich, welche Schimpfwörter das waren, aber ich kann die beim besten Willen nicht aufschreiben)

Als er dann auch noch anfing, das Autodach mit seinen Fäusten zu bearbeiten, löste sich mit einem dicken Knall der Beifahrerairbag. Noch bevor der zusammengefallen war, hörte die Schaukelei des Wagens auf und der Detectiv konnte sehen, wie sich der Fahrer in Erwartung des Fahrerairbags, mit vor dem Kopf verschränkten Armen, schützte.

Nachdem er eine zeitlang so gesessen hatte, ohne dass etwas passierte, lockerte er die Haltung der Arme und versuchte einen Blick nach draußen zu seinem Vater zu werfen. Der Detectiv hatte sich inzwischen gemütlich an einen Laternenpfahl gelehnt und war gespannt, was als nächstes passieren würde. Gundolf war nach der Airbagexplosion um den Wagen gelaufen um sich mit offenem Mund den erschlaffenden Sack anzuschauen. Danach beugte er sich ein Stück herunter, um mit seinem Sohn Kontakt aufzunehmen.

„Ey, Mätt! Alles klar bei dir?"

Mätt, der seinen Vater gerade neben sich auf der Fahrerseite suchte, drehte langsam und vorsichtig seinen Kopf nach rechts und signalisierte mit einem gehobenen Daumen, dass er okay war.

„Gut" zur Bekräftigung schlug Gundolf mit der flachen Hand auf das Dach. Prompt ging der Kopfairbag auf der Beifahrerseite los, worauf Mätt sich wieder völlig verkrampft zwischen seine Arme zurückzog.

„Scheiße, Scheiße, Scheiße! Was ist das?" Um die Wut über seine Unkenntnis raus zu lassen nahm Gundolf Schwung, um nochmals gegen das Auto zu treten, besann sich aber im letzten Moment und setzte den Fuß übertrieben vorsichtig auf den Boden. Danach bückte er sich wieder zu seinem Sohn herunter und signalisierte ihm mit erhobenem Daumen, dass er alles im Griff habe.

„Wieso hast du das jetzt gemacht?" wollte der Detectiv wissen. „Also das mit dem erhobenen Daumen. Wenn du meine Einschätzung der Situation hören möchtest? Ich denke, ich kann die sehr kurz und präzise formulieren: Du hast hier rein gar nichts im Griff. Das alles hier überfordert dich restlos."

Bevor das Muskelpaket sich umdrehen konnte um dem Detectiv eine Antwort zu geben, erwachten die inzwischen zahlreich erschienenen Schaulustigen zum Leben. Die einen überschütteten das Muskelpaket mit guten Ratschlägen, andere wollten erstmal ins Bild gesetzt werden, was überhaupt passiert sei und eine dritte Gruppe versuchte den im Auto sitzenden Mätt zu befreien. Dafür zogen und rappelten sie an allen Türgriffen, die sie finden konnten.

„Aufhören! Sofort aufhören! Sonst gehen noch mehr Airbags hoch und es erwischt meinen Sohn doch noch!"

Der Detectiv musste dem Muskelprotz zugestehen, dass seine Stimme wirklich gewaltig war. Eigentlich war ihm das eben auch schon aufgefallen, aber er nahm sich einfach mal die Zeit, dies nochmals festzustellen.

Während er dem Gedanken noch nachhing und sich dabei das bunte Treiben an dem Auto anschaute, hörte er in einiger Entfernung bereits ein Martinshorn näher kommen. Klar, fiel ihm ein, das Auto verfügte mit Sicherheit über ein automatisches Meldesystem, das immer dann einen Notruf absetzte, wenn ein Airbag losging.

Gespannt beobachtete er den Muskelprotz. Noch hatte der das herankommende Signal nicht wahrgenommen. Noch war er damit beschäftigt, die Zuschauer im Zaum zu halten und mit einer Geduld, die der Detectiv ihm gar nicht zugetraut hätte, langsam von dem Auto weg zu bekommen.

„Na, da kommt ja schon Hilfe", stellte einer der Zuschauer fest und deutete zu dem Polizeiwagen, der in einiger Entfernung zu sehen war. Der Muskelprotz folgte dem Blick und fixierte den Polizeiwagen.

Und jetzt, überlegte der Detectiv, tippe ich mal auf Weglaufen und den eigenen Sohn schmählich im Stich lassen.

Kaum war der Gedanke fertig gedacht, als der Muskelmann auch schon lospurtete. Die gleiche Richtung, wie zuvor der liebe Hagen, stellte der Detectiv amüsiert fest und zog sich gemütlich noch ein bisschen weiter von dem Auto zurück. Er hatte keine Lust von der Polizei als Zeuge vernommen zu werden. Im Schutz der anderen Zuschauer, sah er, wie der Einsatzwagen anhielt und zwei Polizisten ausstiegen. Nachdem sie schnell gesehen hatten, dass die Person unverletzt, aber eingeschlossen war, baten sie die Zuschauer weiter nach hinten zu treten. Einer der Polizisten stellte sich hinter das Auto, um bei dem Funkruf an die Feuerwehr direkt die Nummer des Wagens mit durchgeben zu können. In dem Moment löste sich die Kofferraumverriegelung und der Deckel schwang langsam auf.

Als der Polizist den Inhalt des Kofferraumes sah, zog er automatisch die Waffe, rief seinem Kollegen eine Warnung zu und schrie in das fallen gelassene Funkgerät nach Verstärkung. Erst, als die Zuschauer auf Distanz gebracht waren, einer der beiden den im Auto sitzenden Mätt mit seiner Waffe in Schach hielt und der andere halb im Schutz des Autos in alle Richtungen sicherte, kehrte absolute Ruhe ein, die nur noch von der letztmaligen Entriegelung der Zentralverriegelung und dem Herunterlassen aller Scheiben unterbrochen wurde. Mätt verfolgte das alles mit gegen das Dach gedrückten Händen und weit aufgerissenen Augen, die sein vollständiges Unverständnis der Situation widerspiegelten.

Kaum eine Minute später wurde die Stille durch die Martinshörner von diversen herankommenden Polizeiwagen unterbrochen.

Der Detectiv war zu diesem Zeitpunkt schon einige hundert Meter weg. Er hatte schließlich noch einiges zu tun. In seiner Hosentasche befand sich der Schlüssel, den er aus den Büschen geholt hatte.

Mr. Clean, the genius hacker

„Du erwartest jetzt aber nicht, dass ich das glaube oder?" Mr. Clean saß lachend auf dem Balkon.

Der Detectiv hob hilflos die Hände „Ich habe dir doch gesagt, dass du mir nicht glauben wirst. Trotzdem bist du glaube ich der Schlüssel zu der ganzen Angelegenheit."

„Seh' ich aus wie ein Schlüssel?"

„Ich meine das natürlich im übertragenen Sinne. Du, mit deinen Fähigkeiten bist glaube ich derjenige, der so etwas machen kann. Also, dass die Schließanlage des Autos so ausrastet."

„Warum?"

„So weit ich weiß, kennst du dich mit der Autoelektronik hervorragend aus. Ich nehme mal an, du wärest tatsächlich dazu in der Lage die Elektronik so zu manipulieren, dass die ganze Geschichte so funktionieren kann, wie ich sie erzählt habe."

„Naja." Mr. Clean lehnte sich zum Detectiv hinüber und flüsterte: „Das mit dem Manipulieren kann ich wirklich. In dem Punkt hast du Recht. Aber wie soll das funktionieren?" wollte er dann wieder in normaler Lautstärke wissen. „Wenn ich dir jetzt das entsprechende Programm einrichte und dich mit einem Laptop losschicke, dann kannst du damit keinen Einfluss auf etwas nehmen, was schon passiert ist. Physikalisch gesehen, oder welche Wissenschaft das auch immer ist, sieht es eigentlich sehr einfach und übersichtlich aus: Die Zeit ist eine lange, lange Gerade. Du kommst nicht zurück. Denk doch nur an all die Probleme, die es geben würde, wenn das möglich wäre."

„Glaub mir, ich kenne all diese Probleme. Tu einfach so, als ob du mir glaubst, dass ich in der Zeit reisen kann. Das hast du doch bisher auch immer gemacht. Wenn ich jetzt jemand anderen suchen muss, der das erledigen kann, ist das schon ziemlich lästig. Du könntest mir das Programm doch zusammenbacken?"

Mr. Clean schaute seinen Freund eine ganze Zeitlang sehr ernst an. Schließlich nickte er. „Pass auf, wir machen das folgendermaßen: Ich bereite den Rechner vor und wenn du den einsetzt, dann lässt du einfach die eingebaute Webcam mitlaufen. Ist das okay für dich?"

„Klar, kein Problem. Ist eventuell sogar ganz hilfreich." Der Detectiv hob die Hand, um die Abmachung mit einem Händedruck zu bekräftigen.

„Wann brauchst du das?"

„Ist genaugenommen egal. Sollte nur nicht zu lange dauern, damit ich noch in Erinnerung habe, was alles passiert ist."

„Dann mache ich mich mal direkt ans Werk."

Alleine auf dem Balkon legte der Detectiv sich behaglich zurück und beschloss den Rest des Tages einfach liegen zu bleiben.

Etwas später ging er dann doch in die Wohnung zurück.

„Das mit dem Laptop vor Ort müssen wir noch mal überdenken Mister Clean."

„Warum?" wollte der Angesprochene wissen, ohne von seiner Arbeit aufzuschauen.

„Es gibt dort keinen Platz, von dem aus ich die Manipulationen machen kann, ohne ein hohes Risiko zu gehen, selber gesehen zu werden."

„Wenn ich mal weiterhin so tue, als ob du in der Zeit reisen kannst, dann gebe ich dir jetzt eben mal ein, zwei Webcams. Die installierst du mit guter Sicht auf das Auto. Dann können wir das von hier aus machen."

„Haben die nicht so eine große Zeitverzögerung?"

„Die nicht. Ich habe die Software ein bisschen gepimt."

„Wunderbar. Wie lange wirst du noch brauchen?"

„In ein, zwei Stunden bin ich durch." Jetzt schaute Mr. Clean doch von seiner Arbeit auf. „Wie kommt das, dass du auf einmal so eine Hektik an den Tag legst? Normalerweise können die Sachen für dich doch gar nicht langsam genug gehen. Und wenn man auch nur eine Spur von Schnelligkeit zeigt, erklärst du einem sofort, dass dich das alles ganz furchtbar nervt."

„Richtig erkannt. Das Problem ist jetzt nur, dass ich die Situation auf dem Parkplatz noch gut in Erinnerung haben muss, damit ich die Bedienung des Autos richtig mache."

„Du bist echt durchgeknallt", konstatierte Mr. Clean kopfschüttelnd. „Aber, was soll es? Ich glaube jetzt einfach mal an deine Story, also zieh ich das jetzt durch und statte dich mit der entsprechenden Software aus." Er wendete sich wieder dem Bildschirm zu. Gerade, als der Detectiv sich in Richtung Balkon in Bewegung gesetzt hatte, kam dann doch noch die naheliegende Frage von Mr. Clean.

„Was hat deine Phantasie eigentlich für den Fall vorgesehen, in dem die Geschichte hier nicht funktioniert. Also wenn du zum Beispiel im falschen Moment die Verriegelung auf oder zuspringen lässt?"

„Kleine Fehler im Timing sind egal. Das ist so, wie wenn du nach einem Unfall die verschiedenen Zeugen befragst. Die machen auch alle leicht unterschiedliche Aussagen. Richtig nervig wird es nur dann, wenn ich das Auto grob falsch bediene. Weil dann kommt wahnsinnig viel durcheinander. Dann würde z.b. kein Polizeieinsatz gestartet. Dann würde auch dieser komische Mätt nicht aus dem Verkehr gezogen."

„Verstehe. Aber du musst doch zugeben, dass das genau der Grund ist, wegen dem Zeitreisen nicht funktionieren können."

„Ich rechne es dir hoch an, dass du mir trotzdem hilfst. Du tust mir wirklich einen Riesengefallen."

Als außer einem grinsenden Kopfschütteln nichts mehr von Mr. Clean kam, ging der Detectiv wieder zurück zum Balkon, um für den kommenden Stress noch etwas Kraft zu tanken.

Einige Zeit später wurde der Detectiv von Mr. Clean wachgerüttelt.

„Alles klar. Ich erkläre es dir kurz und dann kannst du losgehen und deine ‚Zeitreise' machen."

„Super." Der Detectiv war sofort hellwach und verriet dies mit seiner gesamten Körpersprache. Kurze Zeit später hatte Mr. Clean die Bedienung des Programms erklärt. Dabei stellte er fest, dass der Detectiv neben ihm, wie ausgewechselt war. So konzentriert hatte er den noch nie erlebt. Nach ein paar Nachfragen und ein bisschen Probieren klappte der Detectiv den Laptop zu, nahm die Webcams und verabschiedete sich von Mr. Clean „Bis gleich".

Der Detectiv war das, was er jetzt machen musste, ein paar Mal im Kopf durchgegangen. Seine erste Zeitreise führte ihn auf den Parkplatz vor dem Krankenhaus. Mitten in der Nacht, die vor den Ereignissen auf dem Parkplatz lag, montierte er die beiden Kameras an zwei Laternenmasten. Nach dem Prinzip ‚willst du etwas verstecken, dann lege es an eine Stelle, die jeder sehen kann' musste das eigentlich reichen. Warum sollte er sich mit irgendwelchen Montagen in Bäumen aufhalten. Am Ende würden die Kameras dann nur von Vögeln zugekotet oder irgendwelche Blätter versperrten die Sicht oder im entscheidenden Moment kam dann doch ein Windzug auf.

Danach reiste er zu dem Vormittag, an dem er Hagen im Krankenhaus besucht hatte und setze sich an einen schattigen Platz in einem kleinen Park mitten in der Stadt. Er richtete sich den Bildschirm so ein, dass er die Bilder der beiden Webcams sah und als dritte Anwendung das Programm bedienen konnte, das ihm Mr. Clean zur Verfügung gestellt hatte.

Nach einigem Warten kamen die beiden Muskelpakete und stellten ihren Wagen auf dem Platz ab, zu dem sie den Detectiv aus der Originalszene gleich führen würden. Der Detectiv zählte langsam bis 10 und probierte dann mit der Software die Verriegelung des Wagens aus. Ein zufriedenes Grinsen erschien auf seinem Gesicht, als er sah, wie der Wagen mit seinen Blicklichtern signalisierte, dass alles klar war. Danach deaktivierte der Detectiv die Funktionalität der Originalschlüssel. Wieder gab der Wagen das vereinbarte Signal.

Der Rest war warten und dann nochmals zwei Minuten höchster Konzentration. Als der Kofferraum aufging, entspannte sich der Detectiv. Es war geschafft. Er schaute sich noch in Ruhe an, wie Mätt von den Polizisten abgeführt wurde, und reiste dann zu dem Parkplatz ein paar Stunden nach der Festnahme. Der Overall, den er sich organisiert hatte, schien ihn ausreichend zu legitimieren. Niemand sprach ihn an, als er die beiden Webcams wieder demontierte. Danach suchte er sich eine schattige Stelle, verspeiste in Ruhe ein paar Tafeln weißer Schokolade und brachte dann die ganze Ausrüstung zurück zu Mr. Clean.

Ein Balkongespräch

Als er am Abend mit Mr. Clean bei einem Glas leckerem Rotwein zusammen saß, wurde ihm so langsam wieder klar, dass er dem eigentlichen Problem immer noch nicht näher gekommen war.

„Wenn du nach wie vor meinst, du könntest in der Zeit hin und her reisen, dann reise doch einfach zwei Tage zurück und schau dir an, was passiert ist", schlug Mr. Clean vor.

„Im Prinzip ist das natürlich eine gute Idee, ist aber langweilig oder?"

„Warum?"

„Ist doch viel interessanter, wenn man es auch so rausbekommt. Wo bleibt denn sonst die sportliche Herausforderung?"

„Denk doch nur daran, wie schön das wäre, wenn du endlich wieder gemütlich irgendwelche untreuen Ehemänner und Ehefrauen observieren könntest."

„Jedes Problem mit Zeitreisen lösen ist wirklich schrecklich langweilig."

„Ich lass das mal als ganz gute Ausrede gelten. Trotzdem: Früher hast du das doch bestimmt schon mal gemacht oder?"

Der Detectiv stöhnte leicht genervt, riss sich dann aber doch zusammen. „Ich habe eine ziemlich wilde Pubertät durchlebt."

„Und damit soll ich mich jetzt zufrieden geben?"

„Nicht?"

„Nein. Erzähl schon. Wir machen das jetzt wie in allen mittelmäßigen Hollywoodfilmen. In Erwartung der maximalen Eskalation sitzen die Helden zusammen und erzählen sich Geschichten aus der Vergangenheit. Also. Leg los. Was hast du in deiner Pubertät so alles gemacht? Also, mit deiner Fähigkeit in der Zeit zu reisen."

„Naja, ich bin halt ein bisschen in der Gegend rumgereist."

„Aha. Das hört sich ja wirklich richtig wild und verwegen an", kommentierte Mr. Clean mit gespielt beeindruckter Stimme. „Eine wirklich wilde Zeit."

„Ich gehöre zu denen, die ziemlich viele Kopien von sich loszuschicken können."

„Und weil du das gemacht hast, meinst du, du hättest eine wilde Pubertät hinter dir? Und was hat deine wilde Pubertät überhaupt mit ein bisschen Zeitreisen für den guten Zweck zu tun? Zum Beispiel Verbrechensaufklärung."

Der Detectiv lehnte sich resigniert zurück.

„Okay. Nichts gegen deinen Wein, aber hast du auch ein schönes kühles Bier? Dann erzähle ich es dir."

Kurz danach hatten beide den ‚Plöppverschluss' aufspringen lassen und sich zugeprostet.

„Also. Nachdem ich das mit der Zeitreiserei festgestellt hatte, fing ich natürlich an, zu experimentieren. Ich wurde zum Beispiel auf einmal ein saumäßig guter Schüler. Der Trick ist ganz einfach. Wenn man eine Klassenarbeit schreibt, bekommt man sie irgendwann mit den korrekten Lösungen zurück. Beim ersten Durchgang der Arbeit hatte ich immer eine glatte Sechs. Sobald ich dann die ‚Sechs' zusammen mit der korrekten Lösung in der Hand hatte, habe ich dann eine kleine Zeitreise in die Vergangenheit gemacht und die gleiche Arbeit ohne einen einzigen Fehler noch mal geschrieben."

„Nette Geschichte. Die hat nur den Haken, dass du von der Zeitreise nicht mehr zurückkehren konntest, weil du ja sonst wieder bei der Variante mit der glatten Sechs angekommen wärest."

„Das habe ich dann auch festgestellt. Nicht nur, dass ich nicht mehr zurückkonnte. Dazu kam dann auch noch, dass mein Leben aus ziemlich langen Wiederholungsschleifen bestand."

„Tschuldigung", unterbrach Mr. Clean ihn, „was ist denn mit den ganzen Typen geworden, die du verlassen hast. Es muss dann ja Dutzende von Kopien von dir gegeben haben."
„Damals wusste ich noch nicht, dass ich auch eine Kopie von mir selber auf die Reise schicken kann. Das bekam ich erst einen kleinen Moment später heraus. Und als ich das wusste, dachte ich mir eine Lösung aus, bei der ich weiter gute Noten ohne Lernen schreiben konnte und trotzdem nicht in diesen ewigen Wiederholungen landete."
„Jetzt bin ich gespannt."
„Eigentlich ganz einfach. Ich hab' erstmal so getan, als ob ich brav an den Aufgaben arbeiten würde. Dann habe ich mich als eine Kopie von mir auf eine kleine Zeitreise in die Zukunft geschickt. Da habe ich mich dann mit meinem Original getroffen und mir von dem die Lösungen geben lassen. Die habe ich dann ein paar Mal abgeschrieben und dabei auswendig gelernt. Mit diesem Wissen bin ich dann zurück in mein Original, das noch vor der Klassenarbeit saß und so tat, als ob es konzentriert nachdenken würde. Quasi in Sekundenbruchteilen wusste mein Original dann, wie es geht und hat die Arbeit perfekt niedergeschrieben. Hat eigentlich immer ganz gut geklappt."
„Aber dann?" wollte Mr. Clean wissen.
„Mir wurde das irgendwann ziemlich lästig. Irgendwie kam die Kopie immer öfter nur noch mit dem größten Mist zurück. Gleichzeitig merkte ich so langsam, dass ich immer weniger Überblick darüber hatte, wann ich wegen welcher Klausur mich selber treffen musste. Kannst du dir vorstellen, was das für ein Chaos war? Innerhalb von zwei Wochen mal eben vier oder fünf Arbeiten schreiben. Die bekommst du nicht alle zur gleichen Zeit zurück. Du musst aber beim Schreiben trotzdem wissen, wann du die Zukunftsausgabe von dir selber triffst. Einmal war ich wieder in die Zukunft gereist und die Ausgabe von mir, die mich da empfing teilte mir dann nur mit, dass ich es in einer Woche noch mal versuchen sollte. Falls aber keiner da wäre, sollte ich einfach bei

mir zu Hause vorbeigehen. Meine Zukunftsvariante hat mir dann erklärt, dass in meinem Zimmer ein Zettel liegen würde, auf dem alle Termine stünden, die in der Vergangenheit und in der Zukunft eingehalten werden müssten."

„Ich bin mir nicht sicher, ob ich dir folgen kann", meinte Mr. Clean.

„Einfach ausgedrückt: Ich hatte den Überblick verloren. Scheiß drauf, dachte ich mir, dann lass ich es eben bleiben. Also stellte ich die Reiserei für die Klausuren mit sofortiger Wirkung ein. Ich ließ mein Original schön weiter in die Schule gehen und vergnügte mich auf Zeitreisen. Was sollte schon passieren? Es gab immer irgendwo etwas, wo man sich essenstechnisch durchschnorren konnte. Das Leben eines Zeitreisenden ist einfach nur geil. Dachte ich damals zumindest."

„Und was war mit den ganzen Klausuren, bei denen du dich in der Zukunft schon mit dir selber getroffen hattest?"

„Geduld, Mister Clean. Das kommt noch. Also: Ich genoss das Leben in vollen Zügen. Den ersten kleinen Rückschlag erlebte ich, als ich auf einmal von wildfremden Menschen angepöbelt und festgehalten wurde. Genaugenommen dachte ich in dem Moment nur, das wären irgendwelche gewaltbereiten Idioten. Es war aber wesentlich mehr. Ich hatte keine Ahnung, wo diese unmotivierte Pöbelei hinführen sollte. Glücklicherweise schrien einige von denen nach der Polizei, die dann auch ziemlich bald kam. Statt mich aber von den Leuten zu befreien, nahmen die mich einfach mit und erzählten mir, dass es diesmal wohl zu einem längeren Aufenthalt auf Staatskosten kommen würde. Auf meine Frage, was denn überhaupt los sei, schauten die mich nur kurz an. Dieser kurze Blick reichte mir, um zu verstehen, dass ich irgendein ziemlich großes Problem hatte, das außer mir scheinbar alle Anwesenden kannten. Gerade als die losfahren wollten, stellte sich jemand in den Weg, der den Polizisten den Stinkefinger zeigte. Dabei lachte der aus vollem Hals. Mister Clean, ich weiß echt nicht wer erschrockener darüber war. Die Polizisten oder ich. Der Typ war mir, wie aus dem Gesicht geschnitten. Also, ich wusste ja, wie das war, wenn ich mir selber gegenüberstand. Aber in der Situation war das schon ziemlich überraschend. Außerdem war mir der Typ - also eigentlich war das ja auch ich - extrem unsympathisch. Der benahm sich echt Scheiße."

Mr. Clean hörte gebannt zu. „Weiter, was ist dann passiert?"

„Der Typ hat sich in aller Ruhe einkassieren lassen. Also in Ruhe nur in sofern, als dass er nicht versucht hat, wegzulaufen. Was dabei an Beleidigungen aus seinem Mund gekommen ist, war völlig daneben. Am Ende saß er hinten im Auto neben mir und grinste mich breit an. Er fing dann so einen Mist von ‚hallo Bruder' an. Die Polizisten sortierten uns natürlich als Zwillingsbrüder ein. Also fuhren sie mit uns beiden los. Allerdings nicht weit. Schon an der nächsten Ecke, legte sich vor unserer Nase ein Fahrradfahrer auf die Nase. Du ahnst es schon?""

Mr. Clean nickte. „Noch eine Ausgabe von dir?"

„Noch eine Ausgabe von mir. Und danach noch eine. Du kannst dir vorstellen, dass die beiden Polizisten so langsam anfingen, an sich zu zweifeln. Und jede meiner Kopien benahm sich schlimmer als der Vorgänger. Echt peinlich. Als ich dann die vierte Kopie sah, die in beiden Händen eine Maschinenpistole trug, war ich mir sicher, dass mein letztes Stündchen geschlagen hatte. Aber dann, als ich schon sah, wie seine Arme unter den Rückschlägen der Waffen anfingen unkontrolliert herumzuzucken, war auf einmal alles eingefroren."

„Wie? Eingefroren?"

„So, wie, wenn du einen Film siehst und auf die Pause-Taste drückst. Nur eben ein bisschen anders. Die Pause galt nur für die anderen. Wir fünf konnten uns scheinbar noch immer frei bewegen. Wobei das so frei auch nicht war. Wir sind nämlich alle fünf losgelaufen. Wir dachten scheinbar irgendwie, wir könnten aus der Situation abhauen. War aber nicht so. Wir liefen alle zu einer Parkbank und setzten uns ganz dicht aneinander drauf. Das war wie ferngesteuert. Du musst dir das mal vorstellen. Ich saß mit vier total üblen Kopien von mir auf einer Parkbank. Gerade so, als ob wir Tauben füttern wollten, oder so."

„Und dann?"

„Dann kam meine erste Begegnung mit Oma Bender. Mach dir noch mal klar: Ich dachte, wir wären die einzigen, die sich frei bewegen könnten. Alle anderen waren, wie eingefroren. Wie Standbilder. Dann kommt auf einmal so eine alte Frau auf uns zu. Ich dachte mir noch, was ich jetzt bloß machen sollte, wenn die anderen wieder ausrasten würden. Und tatsächlich legte der Letzte schon mit so seinem widerlichen dreckigen Lachen eine von seinen MG's an. Ich weiß nicht mehr, was ich gesagt oder gedacht hatte, jedenfalls schaute der mich mit hassverzerrtem Gesicht an. Irgendwas in mir schrie ‚NEIN' und im gleichen Moment war er weg. Verstehst du Mister Clean? Er war einfach weg. Von einer Sekunde auf die andere."

„Ich verstehe. Aber drei Kopien hattest du dann ja noch."

„Die hatten nur keine MG's Dafür hatte der vorletzte, der dazu gekommen war aber so ekelige Schlagringe an den Fingern. Er schrie mich an, was ich da gemacht hätte. Einfach den eigenen Bruder umbringen. Er würde mich schon lehren, wie man sich zu benehmen hätte. Mir war klar, dass das kein gutes Ende nehmen würde. Irgendwie nahm ich unter dem dreckigen Gelächter der beiden anderen meine Hände vor das Gesicht und hoffte, dass es nicht ganz so schlimm kommen würde. Es passierte aber nichts. Auch das Lachen hörte schlagartig auf. Stattdessen hörte ich, wie die alte Frau, anfing zu reden. ‚Keifen' ist wohl passender. Mann, ich kann dir sagen, die war so was von angefressen. So wie die redete, schien das nicht die erste Begegnung mit meinen Kopien zu sein. Jedenfalls kam die eine zeitlang aus dem Aufzählen von Fehltritten überhaupt nicht mehr raus. Ich muss schon sagen, in dem Moment bewunderte ich die Frau. Wenn eine meiner Kopien angefangen hätte, die zu verprügeln, dann hätte die keine Chance gehabt. Aber es ging gut. Als sie dann endlich fertig war, schaute sie einen nach dem anderen an.

Der Letzte, den sie fixierte, war ich. Und dann kam es. Hast du eine Idee, was dann passierte?"
„Nein."
„Sie setzte sich gemütlich neben mich."
„Wie geht das? Da waren doch noch die anderen."
„Eben nicht. Die waren auf einmal alle weg. Das hatte ich aber auch erst in dem Moment gemerkt. Also setze die sich gemütlich neben mich und lächelte mich an. Du kannst dir das nicht vorstellen. Das war so ein grundgütiges Lächeln. Der Wahnsinn. Und dann fing sie an zu reden. Mit so einer lieben ruhigen Stimme. Ich weiß das noch wie heute:
Lars, ich grüße dich. Wir sind uns noch nicht begegnet. Ich bin Oma Bender. Normalerweise lerne ich die Zeitreisenden anders kennen, als das bei dir der Fall war. Wenn mich nicht alles täuscht, dann hast du gerade eben das erste Mal mitbekommen, dass du nicht die einzige Kopie deines Originales bist. Deshalb ist das jetzt alles sehr überraschend für dich. Leider habe ich gerade heute nicht viel Zeit. Deshalb teile ich dir mit, dass dir mit sofortiger Wirkung die Fähigkeit mit Kopien von dir in der Zeit zu reisen entzogen ist. Muss ich dir erklären, was zu dieser Entscheidung geführt hat?"
Nein, das musste sie nicht. Ich war noch immer komplett durcheinander. Die Typen, die genauso aussahen, wie ich, hatten Sachen gemacht, die ich niemals gemacht hätte. Also schüttelte ich den Kopf. In der gleichen Sekunde saß ich in der Schule. Welche Ironie. Wir, oder genauer gesagt, die anderen, diskutierten gerade über Jules Verne: ‚Die Zeitmaschine'."

„Ich wusste gar nicht, dass du so eine rege Phantasie hast", meinte Mr. Clean, während er lachend nach seiner Bierflasche griff. „Aber jetzt mal ganz im Ernst. Gestern wurde noch auf dich geschossen." Im gleichen Moment wurde sein Gesicht aschfahl. „Woher wollen wir eigentlich wissen, dass das gleiche nicht jeden Moment wieder passiert?"
Ängstlich begann Mr. Clean die Gegend nach potenziellen Scharfschützen zu durchsuchen.

„Ich denke mal, dass der Auftrag von Hagen kam. Alles andere würde nicht wirklich zu dem Verhalten von diesem komischen Sepp und dem Treffen zwischen Sepp und Hagen passen. Und im Moment ist Hagen glaube ich viel zu sehr mit sich selber beschäftigt."

„Hört sich logisch an. Du musst mir dann nur noch erklären, weshalb die dir den Bus hochgejagt haben."

Mr. Clean hatte inzwischen seinen Stuhl verlassen und lag flach auf dem Boden.

„Hm", ließ sich der Detectiv nach einiger Zeit vernehmen. „Da ist was dran. Das ist wirklich lästig."

Bevor er weiter nachdenken konnte, klingelte es an der Türe. Die beiden schauten sich überrascht an. Danach hatte der Detectiv mit einer Geschwindigkeit, die ihm Mr. Clean niemals zugetraut hätte, seine Waffe gegriffen und entsichert.

Als es wieder klingelte, bedeutete er Mr. Clean, auf dem Boden liegen zu bleiben und ging langsam zu der Gegensprechanlage.

„Ja?"

„Hm. Hier ist Fran. Ich glaube, wir kennen uns. Wäre ganz praktisch, wenn ich mal eben rein kommen könnte."

Der Detectiv drückte auf den Öffner und wartete mit deutlich sichtbarer Waffe auf die junge Frau, die noch immer in den gleichen Klamotten steckte, wie vor zwei Tagen.

Mit Blick auf die Waffe meinte sie nur, „Ja, ja. Man kann heute nicht vorsichtig genug sein", kam dabei aber, ohne zu zögern weiter die Treppe hoch. Sie blieb erst stehen, als sie feststellte, dass der Spalt, der sich zwischen der Wohnungstüre und dem Detectiv auftat, zu klein war, um problemlos durchzukommen.

„Wie sieht es aus? Kann ich rein oder müssen wir jetzt im Treppenhaus reden?"

„Das mit dem Reinkommen ist ein kleines Problem. Ich bin hier nicht im Besitz der Hoheitsrechte, da ich selber nur Gast bin."

Im gleichen Moment hörte er von hinten Mr. Cleans Stimme: „Lass sie rein. Umso schneller kann die ganze Angelegenheit beendet werden. Hoffe ich zumindest."

Der Detectiv hob resigniert die Augenbrauen und ließ Fran durch. Während er noch überlegte, wie er sie auf die Kleidung oder besser das Fehlen der Kleidung ihres gemeinsamen Gastgebers aufmerksam machen wollte, war Fran bereits bis zu Wohnzimmer gekommen und drehte sich amüsiert zum Detectiv um.

„Hab' ich euch bei irgendwas gestört?"

„Nein", klärte Mr. Clean sie auf, „ich laufe immer so rum und verlasse meine Wohnung deshalb auch nur selten. Sollte das für dich ein Problem sein, dann ist jetzt der Zeitpunkt gekommen, sich zu verabschieden. Anderenfalls bist du gerne eingeladen den Grund deines Besuches vorzutragen."

„Na, das ist mal ne Ansage", gab Fran lachend zur Antwort. „Ist für mich völlig in Ordnung, Nur eines sage ich sofort. Ich behalte meine Kleidung an."

„Das ist kein Problem. Du kannst mich übrigens Mister Clean nennen. Komm ruhig rein in mein kleines Reich. Entschuldige bitte nur, dass ich auf dem Boden liege. Im Moment befürchte ich, das jemand durch das Fenster hindurch versuchen wird, mich oder den Detectiv zu erschießen."

Fran trat, ohne in irgendeiner Weise auf die Information zu reagieren ein und setze sich auf einen der Stühle. Damit kam sich der Detectiv, der mit der immer noch schussbereiten Waffe nach wie vor an der geöffneten Wohnungstüre stand, auf einmal ziemlich dämlich vor. Er schaute kurz um sich, ob es irgendwelche verborgenen Beobachter gab, die ihn im Moment auslachten. Dann sicherte er die Waffe, steckte sie in den Hosenbund und ging ebenfalls zurück zu Mr. Clean.

Fran schaute sich demonstrativ in dem Zimmer um und meinte dann an Mr. Clean gewandt: „Ich tippe mal, du hast unseren gemeinsamen Freund hier ziemlich gut im Griff. Wenn ich es nicht selber sehen würde, dann würde ich für kein Geld der Welt glauben, dass der hier wohnt."

„Alles eine Frage von klaren Absprachen. Kein Problem unter echten Freunden, die schon so manche Höhen und Tiefen durchstanden haben."

„Na dann…"

Als keiner der beiden anderen etwas sagte, wandte sich Fran wieder an Mr. Clean.

„Nicht, dass ich dir hier irgendetwas vorschreiben möchte, aber warum liegst du auf dem harten Fliesenboden? Die Stühle hier sind mit Sicherheit bequemer."

„Wie ich bereits sagte: Ich befürchte, dass man auf mich schießen will."

„Dafür ist es zu hell."

„Hä? Ich mein: Wie bitte?"

„Es ist hell draußen. In deiner Wohnung ist es damit vergleichsweise dunkel. Du hast Spitzengardinen vor den Fenstern. Wenn dich jemand erschießen will, muss er warten, bis sich die Lichtverhältnisse ändern."

„Ist was dran", nickte der Detectiv anerkennend.

„Natürlich ist da was dran. Das ist sozusagen das kleine Einmaleins. Deshalb bin ich aber nicht hier."

„Sondern?"

„Ich bin im Moment gezwungen auf der Straße zu leben. Nicht, dass ich mich darüber beschweren will, aber so manchmal möchte man doch mal in Ruhe unter einer Dusche stehen. Da du dich als Möchtegern-Detectiv bereits ziemlich intensiv in meine Geschäfte hineingedrängt hast, dachte ich mir, dass ich – quasi als Gegenleistung – hier mal in Ruhe duschen kann."

Ohne auf eine Antwort zu warten, ging sie in den Wohnungsflur und fand im zweiten Versuch die korrekte Türe. Als die Dusche schon eine Weile rauschte und der Detectiv noch immer nichts gesagt hatte, räusperte sich Mr. Clean.

„Also dafür hast du jetzt dein Leben und Teile meines Lebens so ziemlich komplett aus der Bahn gebracht? Dafür, dass die junge Frau hier bei mir reinspaziert und ungefragt mal eben duschen darf?"

„Du findest mich nicht weniger überrascht als dich", antwortete der Detectiv, der noch immer zu dem kleinen Wohnungsflur schaute, in dem Fran verschwunden war. „Mit dem Fenster und der Helligkeitsdifferenz hat sie allerdings recht."

Mr. Clean warf nochmals einen langen und genauen Blick aus dem Fenster. Schließlich erhob er sich und setzte sich wieder an den Tisch.

„Andererseits könnten die natürlich auch mit einer Panzerfaust...", gab der Detectiv zu bedenken. Nachdem Mr. Clean kurz gezuckt hatte, fing er an, etwas gequält über den Scherz seines Freundes zu lachen.

„Aber jetzt mal ganz ernsthaft. Was will die junge Frau hier? Außer duschen."

„Vielleicht will sie mir ja endlich erzählen, was vorgestern wirklich passiert ist."

„Wir werden es gleich erfahren. Immerhin ist die Dusche wieder aus."

Ein paar Minuten später kam Fran mit nassen, aber augenscheinlich fettfreien Haaren aus der Dusche. Sie schaute kurz zu den beiden rein und meinte dann „Tschüß und besten Dank für die Dusche."

Als die Wohnungstüre ins Schloss gefallen war, schauten sich der Detectiv und Mr. Clean überrascht an.

„Was war das denn jetzt?" wollte Mr. Clean schließlich wissen.

„Das war Fran. Die junge Frau, die bei mir ins Auto gestiegen ist. Du weißt schon. Das war der Tag, an dem ich noch ein kleines Häuschen und einen wunderbaren kleinen Campingbus hatte."

„Sehr lustig. Erklär mir jetzt bitte mal noch eben, was die hier wollte."

„Duschen."

„Also", erklärte Mr. Clean nach einer Pause, „ich bin mir nicht so sicher, ob das hier alles so läuft, wie ich mir das vorgestellt hatte."

„Du hast Recht. Ich hätte eine Idee, wie wir etwas aktiver werden könnten."

Audienz beim Onkel (Teil 2)

„Ich schaue um mich und warte geduldig darauf, dass mir meine Augen die Anwesenheit deines Sohnes melden."
Gundolf stand, wie ein begossener Pudel vor dem Clanchef. Ihm war klar, dass eine Antwort wie ‚Du weißt doch genau, dass die Polizei ihn hat', nur die erhoffte Steilvorlage für den Chef sein würde. Da ihm aber nichts Besseres einfiel, zog er es vor, einfach nichts zu sagen.
„Und?" wollte die Fistelstimme hören. „Wo ist dein Sohn?"
„Wir wollten Hagen im Krankenhaus abholen. Er war aber schon getürmt. Auf dem Weg zum Auto haben wir den fetten Detektiv entdeckt und einkassiert."
Als er nicht wusste, wie er den Rest der Geschichte am geschicktesten verpacken konnte, kam er leicht ins Stocken, was den Clanchef zu einer freundlichen Aufforderung bewog, doch bitte mit dem Bericht vorzufahren.
„Mätt hatte ein Problem mit der Zentralverriegelung des Wagens."
„Welcher Art?"
„Der Wagen verhielt sich unvorhersehbar. So, als ob ihn jemand fernbedienen würde."
„Und? Hat ihn jemand fernbedient?"
„Wie sollte das gehen? Jedenfalls flogen Mätt dann auf einmal die Airbags um die Ohren. Der automatische Alarm hat dann die Bullen gerufen. Mir blieb nur die Option, mich kontrolliert zurückzuziehen und aus der Entfernung auf meine Chance zu warten."
„Du hast deinen eigenen Sohn im Stich gelassen. Und nicht nur das", erklärte der Chef zuckersüß, „du hast ihn auch noch mit einem Wagen im Stich gelassen der unsere aktuelle Kollektion in schöner bedienerfreundlicher Weise im Kofferraum präsentiert."

Gundolf musste schlucken, um seine sehr trockene Kehle zu befeuchten.

„Wir hatten einen Auftrag zu erledigen. Die Taxifahrt für Hagen kam uns dazwischen."

„Und? Ist der Auftrag erledigt?"

„Wie denn? Ich war von einem auf den anderen Augenblick alleine und ohne Waffen unterwegs."

Der Chef nahm einen tiefen Atemzug und erklärte dann in immer noch sehr freundlicher, verständnisvoller Weise: „Erst glaubt Hagen, er könne hier eigenmächtige Entscheidungen treffen, dann kommst du und erklärst mir, dass du bei einer einfachen Taxifahrt nicht nur deinen eigenen Sohn an die Gegenseite verloren hast, sondern auch noch einen voll ausgestatteten Wagen. Und das wieder einmal, rein zufällig, genau in dem Moment, in dem dieser komische wohlgenährte Detektiv unter den Zuschauern ist."

„Die Situation war durch die Zentralverriegelung kurzzeitig außer Kontrolle."

Mit hochrotem Kopf und unter Aufbietung aller zur Verfügung stehenden Atemluft schrie der Chef die Antwort heraus. „Schon Hagen hat den Mann unterschätzt! Dann war Mätt nicht in der Lage ihn zusammen mit seinem Auto in die Luft zu jagen! Nein! Mätt musste unbedingt das Auto ohne den wohlgenährten Herren in die Luft jagen!"

Es trat eine Pause ein, in der nur die Geräusche zu hören waren, die die Sauerstoffmaske erzeugte. Danach fuhr der Chef mit ruhigerer Stimme fort.

„Du wirst ihn erledigen. Und du wirst es so machen, wie du es gelernt hast. Emotionslos, professionell und ohne Spuren."

Danach winkte er ihn mit einer müden Geste aus dem Raum.

Vorbereitungen

„Die Notebooks sind fertig!"
„Wunderbar Mister Clean. Wo müssen die hin?"
„Irgendwo in der Nähe des Grundstückes. Am besten, du nimmst wieder die Webcams mit. Dann kann ich prüfen, ob ich deren WLAN finde oder nicht."
„Mit einer Webcam?"
„Ja klar. Webcams machen WLAN sichtbar. Wusstest du das nicht?" antwortete Mr. Clean ihm lachend.
Wenig später saß der Detectiv wieder in dem kleinen Wagen seines Freundes und steuerte zu dem Anwesen der Gegner. Mr. Clean hatte vorher die öffentlich zugänglichen Luftaufnahmen des Grundstücks untersucht und dem Detectiv ein paar Stellen markiert, die vermutlich einen guten Zugang haben würden. Also war der Detectiv jetzt wieder so verkabelt, wie vor zwei Tagen bei der Beisetzung von Greif. Er stellte den Wagen einige Strassen entfernt ab und machte sich zu Fuß auf den Weg. Zwar war nicht wirklich zu befürchten, dass er jemandem auffallen würde, da es erst zwei Uhr morgens war, aber man kann ja nie wissen. Und bei dem ganzen Stress, den er in den nächsten Tagen zu erwarten hatte, wollte er in keinem Fall noch zusätzlichen Stress einsammeln, indem schon die erste Aktion, die er machen musste, durch irgendeinen dummen Zufall aufflog.
„Was machst du Detectiv?"
Fast hätte der Detectiv vor Schreck das Notebook, das er bereits in der Hand hielt, fallen lassen.
„Wieso?"
Eigentlich stellte er die Rückfrage mehr automatisch, denn ihm war im gleichen Moment aufgefallen, dass er an der letzten kleinen Kreuzung hätte abbiegen müssen. Das kam davon, dass man ihm seinen wohlverdienten Schlaf nahm. Da er aber einsah, dass Ärger jetzt keinem weiterhelfen konnte, änderte er die Richtung und war wenig später an der Grundstücksgrenze zu dem Anwesen des Clans angelangt.

„So, warte mal eben Detectiv. Ich checke mal, ob ich irgendeinen Compi finde, der zu der netten Familie gehören könnte."

Der Detectiv versuchte währenddessen einen geeigneten Platz für das Notebook zu finden. So weit er das im Licht einer nahen Laterne erkennen konnte, war das Grundstück von wuchernden Hecken umgeben, die schon lange keine Pflege mehr erfahren hatten. Scheinbar versuchten die Leute aus dem Clan hier ein kleines Biotop für verschiedene Tiere zu schaffen, die sich heutzutage ja angeblich in immer größeren Mengen in der Stadt aufhielten. Er nickte anerkennend mit dem Kopf, ermahnte sich aber gleichzeitig dazu, jetzt bloß nicht sentimental zu werden und am Ende sogar Sympathie für die Leute aufzubringen.

„Detectiv?"

„Ja?"

„Du kannst das Teil da, wo du bist, deponieren. Geht das?"

„Kein Problem."

Damit fing der Detectiv an, sich langsam kriechend durch das Gestrüpp durchzuarbeiten. Dabei lobte er sich dafür, dass er in weiser Voraussicht bereits dicke Arbeitshandschuhe angezogen hatte. Als er schließlich an der Mauer angekommen war, stellte er fest, dass die Mauer ihre besten Tage wohl schon länger hinter sich hatte. Ihm sollte es egal sein. Er lehnte den Laptop mit dem leistungsstarken Zusatzakku an die Wand und gab, wie verabredet Mr. Clean bescheid. Kurz danach kam die ernüchternde Antwort.

„Das Signal ist nicht mehr stark genug. Du musst ein andere Stelle finden."

Der Detectiv leuchtete mit der Taschenlampe an der Mauer entlang, ohne eine Stelle zu finden, die irgendwie besser aussah.

„Warte mal Detectiv. Leuchte noch mal hoch."

Ohne zu fragen, wofür das gut sein sollte, kam der Detectiv dem Wunsch von Mr. Clean nach.

„Hab' ich's mir doch gedacht. Leg das Teil einfach oben auf die Mauerkrone!"

Der Detectiv folgte dem Lichtstrahl seiner Taschenlampe „Bist du verrückt geworden? Wie soll ich denn bitte da hoch kommen? Das sind bestimmt drei oder vier Meter!"

„Du spinnst. Stell dich mal hin und strecke dann deine Hand nach oben aus."

Der Detectiv befolgte die Anweisung und stellte fest, dass die Mauerkrone tatsächlich nicht so hoch war, wie es vom Boden aus noch erschienen war.

„Gutes Augenmaß Mr. Clean. Ich gratuliere."

„Danke. Und? Bekommst du das hin?"

Der Detectiv schaute sich um und fand nach einigem Suchen ein paar Steine, die sich wohl mal vor einiger Zeit von der Mauer gelöst hatten. Er krabbelte wieder auf allen vieren unter den Büschen hin und her und stapelte die Steine zu einem kleinen Turm zusammen.

„Hast du das kleine Solarmodul dabei?" wollte Mr. Clean wissen.

„Klar hab ich das. Alles im Rucksack."

„Okay, dann nimm gleich nicht den Zusatzakku sondern das Modul. Eigentlich müsste das auf der Mauer genug Sonne abbekommen. Wenn die Sattelitenaufnahmen mich nicht völlig in die Irre geführt haben, ist die Mauer breit genug, damit du alles deponieren kannst, ohne dass man das von unten zwangsläufig sehen muss."

Als sich der Detectiv schließlich auf den wackeligen Steinhaufen gehievt hatte, fand er tatsächlich eine breite, von Moos bedeckte Mauerkrone vor, die auf der Gartenseite zudem noch von einigen Bäumen verdeckt war.

„Was ist mit den Bäumen?" wollte er von Mr. Clean wissen.

„Du meinst wegen Schatten? Kein Problem. Das ist die Südseite."

„Ah."

Der Detectiv brauchte noch eine gute Viertelstunde, bis er die Steine wieder verteilt und sich aus den Büschen herausgekämpft hatte. Inzwischen war es bereits drei Uhr.

„Wenn ich bei jedem Mal so lange brauche, werden wir heute nicht mehr fertig."

„Höre ich da einen gewissen hektischen Unterton heraus?"

„Hm", meinte der Detectiv, „wenn ich so genau darüber nachdenke, dann muss ich dir wohl recht geben. Schau mal einer an. Da hat mich doch tatsächlich die Aufregung des Raubtieres gepackt, dass seine Beute vor Augen hat."

„Eigentlich würde ich sagen, dass das genau der Punkt ist, an dem das Raubtier sich sagen sollte, dass jetzt mal Ruhe angesagt ist."

„Meinst du?"

„Ja klar. Wenn jetzt zum Beispiel ein Gepard an eine Herde Antilopen heranpirscht, dann darf der nicht nervös sein. Sonst würde der sich nämlich nicht mehr darauf konzentrieren können, schön leise zu sein."

„Ah."

„Nur wenn er sehr nah an die Herde herankommt, hat er eine Chance, Beute machen zu können."

„Aber der ist doch viel schneller, als die Antilopen. Ist der nicht sogar der schnellste Vierbeiner? Ich meine schon. Insofern kann die Herde dem doch gar nicht abhauen."

„Oh Mann! Detectiv! Wie soll ich dir das jetzt bloß erklären? ... Ich habe es: Stell dir vor ein Top 100-Meter Läufer und ein Top Marathonläufer verabreden sich zum Nachlaufen. Du weißt schon. Was die Kinder spielen. Mit ‚Hab dich' und so. Du kannst mir folgen?"

„Ist nicht wirklich schwer."

„Also. Beim ersten Versuch stehen die beiden ziemlich nah beieinander. Der Marathonläufer ist als erster mit dem Weglaufen dran. Also läuft er los. Die sind ganz schön schnell diese Typen, aber für den 100-Meter Läufer natürlich nicht schnell genug. Der sprintet also los und schwupp die

wupps hat er den Marathonmann eingeholt und abgeschlagen."
„Sehr interessant Mister Clean. Nur was hat das mit Afrika zu tun?"
„Warte doch einfach mal ab. Danach muss der Marathonmann den 100-Meter Läufer fangen. Und was meist du was passiert?"
„Keine Ahnung. Der hat wohl keine Chance."
„Genau. Der Sprinter läuft am Anfang natürlich schnell weg und baut einen Abstand auf und da er nicht völlig untrainiert ist, kann er auch in einem guten Tempo weiterlaufen. Aber der Marathonmann bekommt ihn dann doch irgendwann. Vielleicht erst nach einer Stunde oder so. Fest steht jedenfalls, dass der Sprinter keine Chance hat."
„Ich meinte eben eigentlich den Anderen, aber egal. Und was hat das jetzt mit dem Gepard und der Antilopenherde zu tun?"
„Ist doch klar. Der Gepard ist der 100-Meter Läufer und die Antilopen sind der Marathonläufer."
Als Mr. Clean ins Stocken kam, fing der Detectiv an, zu lachen. „Du hast die Geschichte genau falsch herum erzählt. Und jetzt bekommst du sie nicht zurechtgebogen. Du hättest dem Marathonläufer nämlich irgendwie ein bisschen Vorsprung geben müssen und dann hättest du sagen können, dass der Sprinter am Anfang zwar den Abstand schnell verkürzen kann, dann aber immer weniger und immer weniger. Und am Ende müsste der Sprinter frustriert einsehen, dass er den Marathonläufer nicht mehr ein bekommen würde. So hätte die Geschichte gepasst."
„Stimmt. Da war ich wohl irgendwie aus dem Tritt gekommen."
Der Detectiv hörte, wie sich auf der anderen Straßenseite ein Fenster öffnete.
„Können Sie Ihre Selbstgespräche gefälligst irgendwo anders abhalten? Was machen Sie hier überhaupt mitten in der Nacht?"

„Sorry mein Herr. Ich komme vom Gartenbauamt der Stadt. Wir probieren hier in den Büschen ein neues Rattengift aus. Das darf allerdings nur nachts ausgebracht werden. Sorry noch mal."

„Wollen Sie mich verarschen? Rattengift nur nachts ausbringen? So etwas habe ich ja noch nie gehört!"

„Habe ich den Leuten auch gesagt. Aber die haben uns Studien vorgelegt. Und ich muss sagen: Das scheint zu klappen. Noch mal: Sorry für die Störung."

„Naja, wenn's klappt. Ist schon lange überfällig!"

Damit wurde das Fenster wieder geschlossen.

„Das war echt eine coole Idee mit den Ratten", lobte Mr. Clean. „Ich finde auch, dass man da gar nicht genug gegen tun kann."

Da der Detectiv erst ein bisschen Abstand zwischen sich und den Mann vom Fenster bringen wollte, konnte er bei Mr. Clean nicht nachfragen ob er das ernst gemeint hatte oder ob er einfach nur noch einen kleinen Scherz zur Abrundung drauf setzen wollte.

Trotz der inzwischen schon ziemlich fortgeschrittenen Zeit, gelang es dem Detectiv vor dem Morgengrauen noch die beiden anderen Notebooks zu platzieren. Ihm kam dabei zur Hilfe, dass es noch zwei, schon ziemlich zugewucherte, mit einem Gittertor gesicherte Nebeneingänge gab. Hier wurde der Zugang zum WLAN glücklicherweise nicht abgeschirmt.

Am Nachmittag desselben Tages musste sich der Detectiv nach längerem Kampf dann doch dem Rütteln an seiner Schulter geschlagen geben und seinen kleinen Schlaf beenden.

„Werd' endlich wach, du Schnarchtüte! Es ist Zeit für deinen Einsatz."

Ohne die Augen zu öffnen - dadurch konnte er den Restschlaf besser auskosten - wollte der Detectiv wissen, ob alles vorbereitet sei.

„Was soll vorbereitet sein? Du bist schließlich der Typ, der in der Zeit rumhüpfen kann. Erwartest du jetzt, dass ein Raumanzug oder so etwas hier rumliegt?"

„Nein. Ich würde nur ganz gerne erstmal in Ruhe frühstücken."

„Aber du musst in einer halben Stunde beim Clan sein!"

„Wenn ein Zeitreisender irgendwas nicht haben muss", endlich gelang es ihm, die Augen zu öffnen, „dann ist das Hektik. Ob ich jetzt oder in einer Stunde dahin reise, wo ich hinreisen soll, ist eigentlich ziemlich egal. Wichtig ist nur, dass die Zeit am Zielort stimmt."

„Naja, wenn man es so sieht, stimmt das natürlich. Aber irgendwie dachte ich…"

„Du glaubst das noch immer nicht so richtig. Stimmt's?" wollte der Detectiv wissen.

„So ganz einfach ist das nicht, an so etwas zu glauben."

Detectiv Maier, das Bewegungstalent

Der Detectiv hatte sich, gestärkt durch ein echt amerikanisches Frühstück mit vielen Eiern und noch mehr Speck, dazu entschieden, den Sheriff mit seinem schmucken Jeep diesmal in der Garage zu lassen. Man will schließlich auch mal variieren. Dadurch kam es, dass ein ziemlich echt aussehender amerikanischer Motorradcop vor dem Haupteingang des Clans anhielt und mit sicherer routinierter Geste, seine mächtige Harley abstellte. Gerade, als der Detectiv sich mit seinen, auf Hochglanz polierten Stiefeln, lässig vor der Maschine postierte, glitt das Eingangstor auf. Der Detectiv sah eine Edelkarosse auf sich zu kommen, die dem Auto, das auf dem Krankenhausparkplatz leider den Besitzer wechseln musste, sehr ähnlich sah. Da der Detectiv den Halbvisier Helm nicht abgenommen hatte und natürlich auch wieder die verspiegelte Pilotenbrille trug, konnte er von dem Fahrer nicht sofort erkannt werden. Das war auch gut so, da der sonst vielleicht Vollgas gegeben hätte und damit den Detectiv gezwungen hätte mit Bewegungen, die alles andere als lässig und souverän gewesen wären, zur Seite zu springen.

Die Rechnung ging auf. Der Wagen hielt in der imposanten Tordurchfahrt. Das Fahrerfenster glitt runter und das Gesicht von Gundolf erschien.

„Ey, du Karnevalsfigur! Mach dich vom Acker!"

Mit festen, wieder sehr souveränen Schritten ging der Detectiv bis zur Front des Autos. Danach machte er eine Bewegung, die er zuvor so lange mit Mr. Clean geübt hatte, bis sie wirklich saß und – was auch sonst? – sehr souverän wirkte. Mit einer Zeitlupe hätte Gundolf die Bewegung in Ruhe analysieren und in folgende Teile zerlegen können:

Zunächst ging die sehnige, sonnengebräunte rechte Hand des Detectiv an die linke Gürtelseite, um den Griff des Schlagstocks zu umfassen. Fast gleichzeitig beschleunigte der mächtige Körper des Detectivs in einen dynamischen, gesprungenen Rechtsspin. In Etwa nach Abschluss einer Vierteldrehung war der rechte Arm mitsamt Schlagstock leicht erhoben und nahezu in seiner vollen Länge ausgestreckt. Kurz vor Ende der halben Drehung hatte die Beschleunigung des Armes in eine Abwärtsbewegung noch nicht ihren Maximalwert erreicht. Das geschah, unterstützt durch ein schnelles Einknicken des Rumpfes erst exakt bei Abschluss der halben Drehung. Gleichzeitig war dies auch der Moment, in dem der Schlagstock den linken Scheinwerfer des Autos berührte. Unnötig zu erwähnen, dass ebenfalls erst in der Zeitlupe zu erkennen war, wie sich die durchtrainierte Muskulatur unter der gebräunten Haut des Detectivs abzeichnete, als er mit leicht durchfedernden Knien wieder auf dem rauen Asphalt landete.

Der Rest der Bewegung war dann wieder etwas langsamer. Der Detectiv drehte sich zum Auto und steckte den Schlagstock an seinen Platz im Gürtel zurück.

„Hat dir einer ins Gehirn geschissen oder was?!"

Während er die Türe öffnete, bellte Gundolf seinem Beifahrer den Befehl zu, der Wachmannschaft bescheid zu sagen. Das war für der Detectiv der Moment, in dem er sich mit wenigen sicheren, aber rückwärts gesetzten Schritten bis zum fahrerseitigen Pfosten der Toreinfahrt zurückbewegte und dann mit einem Seitschritt aus der Sicht von Gundolf verschwand. Er konnte sich die kindische Geste, mit der linken Hand ‚WinkeWinke' zu machen, nicht verkneifen.

Nachdem Gundolf einen entsetzten Blick auf den zertrümmerten Scheinwerfer geworfen hatte, sprang er mit geballten Fäusten bis zum Pfosten, um dem Typen, der sich das erlaubt hatte, schon mal vorab die Visage zu demolieren. Er hatte kein Interesse daran, dies den anderen aus dem Clan zu überlassen.

Gleichzeitig mit der Meldung seines Sohnes, dass das ‚Scheißhandy' tot sei, raste Gundolfs Faust ins Leere. Während er noch überlegte, wie es sein konnte, dass der Typ, der noch vor einer Sekunde um den Pfosten gebogen war, jetzt auf einmal verschwunden sein konnte, hörte er hinter sich eine Stimme.

„Kuckuck, hier bin ich."

Gundolf wirbelte herum und sah den Cop an der anderen Säule der Einfahrt lehnen und ihm fröhlich mit angewinkeltem Arm zuwinken. Ohne nachzudenken spurtete Gundolf in Richtung des Cops. Der schien nur darauf gewartet zu haben und zog sich sehr schnell hinter die Säule zurück.

Gundolf war sofort klar, dass dies der letzte Versuch des Cops war, ihm zu entkommen. Dort gab es nämlich nur noch den Gitterzaun. Mit seinem letzten Schritt schwang Gundolf sein linkes Bein mit aller Kraft um die Säule. Sein spitzer mit einer sehr harten Brandsohle ausgestatteter Schuh musste unvermeidlich sein Ziel irgendwo in den Weichteilen des Cops finden. Der Rest wäre dann Formsache.

Erst als der Fuß nicht mehr zu stoppen war, bemerkte Gundolf, dass der Platz vor dem Gitter leer war. In dem Moment in dem sein Schienbein ungebremst gegen die Ecke der Säule krachte, sah er den Cop, der auf der anderen Seite des Gitters stand und in Erwartung des unangenehmen Geräusches, das Gundolfs Schienbein jetzt machen würde, leicht das Gesicht verzog.

Danach ging der Detectiv in sicheren, wohlgesetzten Schritten um die Säule herum, zog dem noch vollkommen hilflosen Gundolf die Waffe aus dem Holster und sicherte ihn mit Handschellen an dem Gitter. Ganz in Profistellung ging er dann, die Waffe mit der einen Hand umfassend und mit der anderen Hand stützend in langsamen, leicht gebeugten Schritten auf den Wagen zu. An der Fahrerseite angekommen, zielte er in den Wagen. Die weit aufgerissenen Augen von Gundolf-Junior (Sohn Nummer 2) fixierten die Mündung der Waffe.

„Na, mein Kleiner, wie heißen wir denn?"

„Gundolf-Junior."

Der Detectiv grinste einen Moment in sich hinein. Die schönsten Witze schreibt doch immer noch das reale Leben. Dann jedoch konzentrierte er sich wieder auf seine Aufgabe.

„So, so. Gundolf-Junior... Dann wollen wir jetzt mal Folgendes machen. Du wirst jetzt schön langsam deine Waffe aus deinem Holster nehmen und dann ganz", zur Sicherheit wiederholte der Detectiv das letzte Wort noch einmal, „gaaaanz langsam zu mir herüberreichen. Du kennst das aus dem Fernsehen. Du musst die Waffe natürlich so anpacken, dass deine Finger ganz weit von der Sicherung und noch viel weiter vom Abzug entfernt sind."

Er schaute den immer noch ziemlich nervösen jungen Mann an.

„Damit das für dich einfacher wird, richte ich meine Waffe immer schön auf dich. Reine Konzentrationshilfe."

Zur Bekräftigung nickte der Detectiv langsam mit dem Kopf. Gerade so, als wolle er Gundolf-Junior diese Bewegung beibringen. Tatsächlich tat er es ihm dann auch nach und nickte ebenfalls mit dem Kopf. Dann zog er brav seine Waffe mit spitzen Fingern unter dem Jackett hervor und reichte sie sehr langsam zum Detectiv, der sie dankend entgegennahm.

„Das klappt doch wirklich ganz wunderbar. Ich gebe dir auch etwas als kleine Belohnung."

Er reichte ihm ein paar, mit rosa Plüsch ummantelte Handschellen.

„Wenn du dich freundlicherweise an dem Haltegriff, der sich seitlich oberhalb deines Kopfes befindet, sichern würdest? Das wäre wirklich sehr nett."

Gundolf-Junior schaute auf die Handschellen und verzog automatisch das Gesicht

„Du spinnst ja wohl. Die sind rosa!"

„Das hast du sehr richtig erkannt. Nur leider gerät mein Zeitplan aus dem Ruder, wenn du jetzt mit irgendwelchen Diskussionen anfängst."

Der Detectiv zielte auf das Lenkrad und ließ eine Kugel durch den schallgedämpften Aufsatz seiner Waffe schießen. Er wusste zwar vorher nicht, ob das funktionieren würde, aber es funktionierte. Wieder einmal ging ein Airbag mit lautem Knall auf. Gleichzeitig war vermutlich ein Großteil der Fahrzeugelektrik unbrauchbar oder zumindest sehr störanfällig geworden. Wieder an Gundolf-Junior gewandt erklärte er:

„Das ist nur für deine Motivation. Ich frage mich gerade, ob ich den Airbag auf deiner Seite auch treffen kann."

Damit war offenbar ein ausreichend großer Anreiz geschaffen worden. Gundolf-Junior legte die Handschellen in der gewünschten Weise an und schaute dann wieder ängstlich zum Detectiv.

„Hast du gut gemacht. Großes Lob mit drei Extrasternchen. Damit wäre eigentlich auch schon so gut wie alles erledigt. Ich werde mit der Waffe, die du mir freundlicherweise überlassen hast, jetzt noch ein bisschen Designerarbeit leisten. Ich darf mich von dir allerdings schon jetzt verabschieden. Ich hoffe, die Vorstellung hat dir Spaß gemacht. Du warst ein wundervolles Publikum."

Danach entleerte er das Magazin in die Reifen und Scheiben des Luxusautos und setzte sich mit einem sehr zufriedenen Lächeln auf seine wunderbare Maschine. Bevor er den

Motor startete wendete er sich noch mal an Gundolf, der mit schmerzverzerrtem Gesicht versuchte, seine freie Hand irgendwie als Schiene für seinen gebrochenen Knochen zu verwenden.

„Habe ich deine Aufmerksamkeit?"

Statt eine Antwort zu bekommen, wurde der Detectiv nur mit wütenden Augen, die aus einem hassverzerrten Gesicht herausschauten, fixiert.

„Ich finde, es gehört irgendwie zu den Spielregeln, dass ich dir jetzt einfach mal sage, dass euer ganzer Clan hier ziemlich unerwünscht ist. Das ward ihr eigentlich schon lange, wie ich dieser Tage erfahren habe. Was sich jetzt aber geändert hat ist ganz einfach Folgendes: Ein Freund von mir wurde durch euch bedroht. Wir haben die Mittel und Wege, euch der Reihe nach unschädlich zu machen. Also empfehle ich euch: Macht euch vom Acker, lernt ein bodenständiges Handwerk und verdient eure Brötchen, wie andere brave Steuerzahler auch, mit eurer Hände Arbeit."

Der Detectiv lauschte demonstrativ in die Ferne, um Gundolfs Aufmerksamkeit auf die näherkommenden Martinshörner zu lenken.

„Das Rufen der Kollegen von der hiesigen Polizei durch Zerstören eurer Autos macht irgendwie Spaß. Mal schauen. Vielleicht mach ich das zu meinem Erkennungszeichen."

Er tippte freundlich lächelnd an den Helm „Ich empfehle mich."

Damit gab er wohldosiert Gas und glitt mit seiner herrlichen Maschine langsam aus Gundolfs Sicht. Falls das irgendwann mal einer verfilmen sollte, dann musste jetzt definitiv eine glutrote, riesige Sonne vor ihm liegen. Er selber würde dann als dunkler Schatten, von flirrendem Licht umgeben auf der endlos wirkenden Landstrasse in diese gigantische Sonne fahren. Seine Lederweste würde um seinen austrainierten Körper flattern. Jeder würde begreifen, dass er, der souveräne Held der Neuzeit die Mittel hatte, endlich wieder für Ordnung in diesem vom Clan dominierten und tyrannisierten Dorf zu schaffen.

Im letzten Moment sah er die Kurve und schaffte sie noch so gerade eben. Der Teil müsste in dem Film dann allerdings herausgeschnitten werden. Das war sehr uncool.

„Ich verstehe zwar noch immer nicht, wie das wirklich funktioniert, aber ich frage mal trotzdem: Hat alles geklappt? Ich meine hast du jetzt, obwohl du nur mal eben auf dem Klo warst, all die Dinge geschafft, die vor zwei, drei Stunden passiert sind? Ich meine zu der Zeit, zu der du definitiv noch hier gewesen bist?"

Der Detectiv konnte es seinem Freund nicht übel nehmen. Wie sollte er auch glauben, dass das, was eigentlich nicht funktionieren kann, dann doch funktioniert.

„Alles bestens. Hat einen ungeheuren Spaß gemacht. Und alles nur deshalb, weil die ihr System so schlecht geschützt haben. Und weil du scheinbar das verborgene Talent des genialen Hackers raus lässt."

„Ich lade gerade die Videos runter", nahm Mr. Clean den Faden auf. „Hast du Lust zu schauen?"

„Klar. Warum nicht?"

„Okay. Film ab!"

Mit einem Mausklick erwachte das Standbild auf dem Bildschirm zum Leben.

Die Kameraeinstellung zeigte das Tor vom Grundstück aus. Der Detectiv konnte sich sehen, wie er die wunderbare Maschine quer vor der Einfahrt parkte und dann in bequeme Wartestellung ging. Bei der Szene, in der er den Scheinwerfer zertrümmerte verzog er das Gesicht und schaute zu Mr. Clean, der ihn breit grinsend beobachtete.

„Okay", gestand der Detectiv ein, „Den Scheinwerfer habe ich getroffen. Die Bewegung allerdings war... ausbaufähig."

Danach konnten die beiden dabei zuschauen, wie Gundolf erst hinter dem einen Pfosten ein Loch in die Luft schlug, dann mit reichlich dämlichem Gesicht zum anderen Pfosten schaute und sich danach das Schienbein brach. Erst dann kam der Detectiv wieder ins Bild. Auch jetzt war seine Performance nicht restlos zufriedenstellend. Die perfekte Haltung, in der er sich zu dem Wagen bewegt hatte und den Beifahrer entwaffnet hatte, um danach das luxuriöse Auto zu zerstören, war auch dieses mal nicht ganz so perfekt, wie er sie empfunden hatte.

„Das ist ein bisschen die Toilettensitzhaltung", schlug Mr. Clean lachend vor. „Aber trotzdem besser als die krumme Pirouette von eben. Ich denke, du solltest erstmal deine langsamen Bewegungen perfektionieren."

„Danke mein Freund. Man muss immer in der Lage sein, aus seinen Fehlern zu lernen."

Die beiden schauten sich das Video weiter an. Nachdem der Detectiv mit der schweren Maschine aus dem Bild geglitten war, kam wieder Leben in Gundolf-Junior. Er schaute auf seine Handschellen und startete mit dem irrsinnigen Versuch, diese durch Rappeln zu öffnen. Und es gelang ihm tatsächlich zumindest eine Hand zu lösen. Danach rannte er, ohne sich um seinen Vater zu kümmern zurück zur Villa.

In der entstehenden Pause schaute der Detectiv entschuldigend zu Mr. Clean „Die Handschellen waren ein billiges Model aus dem Sexshop. Wirklich sehr schlechte Qualität. Ich hatte gerade nichts anderes zur Hand."

Wenige Sekunden später sahen sie, wie ein Polizeiwagen vor dem Tor hielt. Einer der Beamten kniete sich zu Gundolf und rief offenbar einen Rettungswagen dazu, während der andere Beamte zum Auto ging. Scheinbar wollte er sich davon überzeugen, dass hier kein weiterer Verletzter lag.

Bevor er allerdings eine genauere Inspektion unternehmen konnte, kamen mehrere Muskelpakete ins Bild getrabt.

„Die haben scheinbar erst durch Gundolf-Junior mitbekommen, dass etwas passiert ist", kommentierte der Detectiv. „Das heißt, du hast das Programm mit dem Endlosfilm laufen lassen?"

„Klar. Ist wirklich genial."

Auf dem Video hörte sich der Polizist kurz an, was die Muskelmänner zu sagen hatten und deutete dann auf den verletzten Gundolf und den zerstörten Wagen.

„Schade, dass es keinen Ton gibt. Ich hätte zu gerne gehört, was die so von sich gegeben haben", meinte der Detectiv.

„Zaubern ist dein Metier. Ich kann dir nur das beschaffen, was es auch in meiner kleinen normalen Welt gibt."

Als nächstes sahen sie, wie der Beamte, der am Auto stand in aller Ruhe ein Notizblöckchen aus seiner Brusttasche zog. Scheinbar wollte er anfangen, ein Protokoll aufzunehmen.

„Sehr schön. Die Mühlen fangen an zu mahlen. Kannst du das Originalvideo wieder dahin packen, wo es hingehört?"

„Schon längst passiert. Und die Endlosschleife ist spurlos verschwunden."

„Perfekt!"

Audienz beim Onkel (Teil 3)

Wenn das pfeifende Atmen des Clanchefs nicht so laut gewesen wäre, hätte man in dem Raum eine Stecknadel fallen hören können. Gundolf-Junior stand vor ihm. Die rosa Plüschhandschelle baumelte noch von seinem linken Handgelenk herab.

„Ich war immer rücksichtsvoll mit dir", eröffnete der Chef den Monolog. „Jetzt muss ich erkennen, dass ich einen schweren Fehler gemacht habe. Dies trifft mich umso härter, da es ein Feind der Familie war, der mir die Augen öffnete."

Ohne, dass man es seiner Stimme wirklich angemerkt hätte, machte der Chef die erste Pause, um ein paar Züge Sauerstoff zu sich zu nehmen.

„Es ist nicht lange her, da habe ich dich noch im Arm gehalten und als dein Pate geschworen alles, was dir schaden kann, von dir fern zu halten. Und nicht nur das: Ich schwor auch, dich zu schulen, damit du eines Tages ein vollwertiges

Mitglied im innersten Führungskreis unserer Familie werden könntest."

Wieder hielt er mit der für die Fettberge, die sich an seinen Armen türmten viel zu kleinen Hand die Sauerstoffmaske für ein paar Atemzüge vor das Gesicht.

„Du hast dir ohne jeden Widerstand vom Feind Handschellen anlegen lassen. Und nicht nur das. Diese Handschellen sind aus rosa Plüsch! Du bist schwul! Schau dich nur an! Sogar die Hose hast du dir vollgepinkelt!"

Wieder ein tiefer Atemzug aus der Maske. Danach winkte er Gundolf-Juniors Bewachern mit der Hand, ihn hinauszuschaffen. „Zieht ihm eine Schürze an und lasst ihn die Klos reinigen. Ich will ihn nie wieder zu Gesicht bekommen."

Danach trat Stille ein, die nur von seinem schweren Atmen unterbrochen wurde.

„Bringt die Jungs aus dem Überwachungsraum her."

Als die beiden vor ihm standen sagte er erst lange Zeit nichts. Er nahm nur einen Atemzug nach dem anderen und nagelte die beiden mit seinen kleinen Äugelchen fest.

Endlich nahm er die Maske ab.

„Was ist eure Aufgabe? Aron? Anton?"

Die beiden schauten sich fragend an. Dann räusperte sich Aron.

„Wir halten über die Kameras das Grundstück im Auge."

„Und was genau sollt ihr machen? Einfach nur schauen?"

„Nein. Eindringlinge erkennen."

„Richtig", nickte der Chef. „Und was sollt ihr noch machen? Anton?"

„Wir haben Tordienst. Also checken, wer reinkommt und wer rauskommt."

„Und was ist da heute passiert?"

„Nichts."

„Nichts?"

„Nichts."

Der Clanchef schnippte mit dem Finger. Daraufhin projizierte der Beamer das Video auf eine Leinwand, das die Szene zeigte, die sich an dem Tor abgespielt hatte.

„Nun? Anton? Nichts?"

„Ich schwöre. Wir haben die Monitore nicht aus den Augen gelassen. Auf unseren Monitoren ist nichts passiert. Keine Ahnung, was das ist."

„Aron?"

Der Angesprochene war schweißnass. Er bewegte zwar seinen Mund, war aber nicht in der Lage auch nur einen einzigen Ton herauszubringen.

„Bringt sie in den Keller. Gebt ihnen die Gelegenheit in sich zu kehren, bevor ihr sie entsorgt. Niemand in der Familie hat jemals andere Familienmitglieder so schmählich im Stich gelassen, wie die beiden."

„Aber wir haben wirklich nichts…"

Weiter kam Anton nicht.

Als die beiden abtransportiert waren, herrschte bleischwere Stille in dem Raum. Der Clanchef schaute einfach nur zu der Türe, durch die die beiden geschleift worden waren.

„Ruft den Familienrat zusammen."

Mr. Clean hat Spaß

Nach den letzten Anstrengungen war der Detectiv in einen tiefen Schlaf gefallen und erst am nächsten Morgen wieder aufgewacht.

„Diese ewigen Zeitverschiebungen sind wirklich sehr anstrengend."

„Ja, klar", stimmte ihm Mr. Clean zu, während er sich ein Brötchen mit Quark und kalter Marmelade bestrich. „Du bist aber in der letzten Zeit auch viel unterwegs."

Kopfschüttelnd biss der Detectiv in sein Brötchen. Immer wieder das gleiche Thema. Eigentlich hatte er keine Lust dazu, seinem Freund schon wieder zu erklären, weshalb Zeitreisen so anstrengend waren.

„Hast du denn heute schon nachgeschaut, was unsere Gegner vom Clan so vor haben?"

„Die versuchen einen ganz normalen Tag durchzuziehen. Das bedeutet bei denen, dass der Auftrag, den die beiden Typen vom Krankenhaus eigentlich erledigen sollten, jetzt endlich abgehakt werden soll. In einer halben Stunde wird der Oberguru persönlich ein paar Worte an die beiden Herren richten, die das erledigen sollen. Das wird bestimmt aufregend."

„Was ist daran aufregend, wenn ein Auftragsmord in die Wege geleitet werden soll?"

„Ich hab mir auch mal was überlegt. Müsste eigentlich klappen."

„Aber zum Frühstücken ist noch genug Zeit will ich hoffen?" In der Stimme des Detectivs schwang ein bisschen Panik mit.

„Klar. Ich sagte bereits. Die Besprechung ist erst in einer halben Stunde."

„Und? Verrätst du mir, was du vor hast?"

„Nicht alles", verkündete Mr. Clean schmunzelnd. „Nur so viel. Mir ist es gelungen, die Headsets der Security-Typen anzuzapfen. Ich kann jetzt unter anderem alles hören, was deren Mikro hört."

„Unter anderem? Was kannst du noch?"

„Lass dich überraschen."

Die Vorfreude stand Mr. Clean ins Gesicht geschrieben. Also sorgte der Detectiv noch in aller Ruhe dafür, dass sein Körper genug Nahrung aufnahm und ging dann zu Mr. Clean, der sich schon vorher an seinem PC gesetzt hatte.

„Es geht los."

Zwei Leute vom Personenschutz standen mit unbeweglichen Mienen vor dem Clanchef.

„Ihr wisst, dass in den letzten Tagen sehr stümperhafte Arbeit abgeliefert worden ist."

Die Fistelstimme erwartete keine Antwort der beiden.

„Man hat uns zum Gespött der Branche gemacht."

Wieder nur professionelles Warten.

„Ihr werdet die Geschäfte unserer Familie heute wieder auf die Spur bringen. Sollte euch eine wohlgenährte Person in amerikanischer Polizeiuniform in die Quere kommen, dann ist dies genau der Moment, in dem ihr ihn durch gezielte Schüsse für immer aus dem Weg räumt. Habe ich mich klar ausgedrückt?"

Beide nickten ohne dabei irgendeinen Gesichtsmuskel zu bewegen.

„Nur, damit ihr versteht, wovon ich spreche: Dieser wohlgenährte Herr hat eine eigenartige Fähigkeit, sein Gegenüber so zu bequatschen, dass jede Vorsicht verloren geht. Deshalb sofort schießen."

Wieder nickten beide. Statt aber den Kopf danach wieder mit weiterhin unbewegter Miene in die senkrechte Stellung zurückzubringen, rissen sich beide den Knopf ihres Headsets aus dem Ohr.

Für den Bruchteil einer Sekunde meinte der Clanchef, ein sehr durchdringendes Piepsen gehört zu haben. Danach herrschte in dem Raum absolute Ruhe. Die beiden Personenschützer pulten mit ihrem Zeigefinger in ihrem Ohr herum und schauten sich dabei ratlos an.

„Was soll das?" wollte der Clanchef wissen. „Warum nehmt ihr den Knopf aus dem Ohr? Warum reinigt ihr eure Ohren nicht morgens im Bad? Das ist widerlich."

Der Ältere der beiden übernahm das Antworten.

„Eine Rückkoppelung. Wir werden das Equipment von der Technik austauschen lassen."

Bevor der Chef antworten konnte, zog einer der vier Bewacher, die bisher unbeweglich an den vier Bettpfosten gestanden hatten, ebenfalls den Knopf aus dem Ohr. Diesmal war allerdings mehr zu hören, als ein kurzes Piepen. Aus seinem Knopf kam das Kinderlied „Alle meine Entchen". Mangels Basstöner hörte es sich nicht wirklich gut an, aber es war für jeden im Raum deutlich zu vernehmen.

Der Clanchef griff nach seiner Sauerstoffmaske und nahm einige Atemzüge. Gleichzeitig fixierte er den „alle meine Entchen" - Mann.

„Ich will sofort den Leiter der Technik vor mir stehen haben!"

Der Mann gab den Befehl, mit Griff an sein Revers in das dort angebrachte Mikro weiter und versuchte dann irgendwie dafür zu sorgen, dass das Kinderlied verstummte.

„Wie wäre es mit ‚Stecker ziehen' mein Freund", gab der Clanchef mit gefährlich freundlicher Stimme als Tipp von sich.

Während alle versuchten, möglichst professionell auszusehen, zogen auch die anderen drei Bewacher des Bettes ihre Knöpfe aus den Ohren. Überall waren Kinderlieder zu hören.

Der Chef nahm sich mit heftig arbeitendem Brustkorb die Zeit, um sich einmal in dem Raum umzusehen.

„Meine Herren. Nehmen wir mal an, jetzt, genau in diesem Moment würde von der Zentrale eine wirklich wichtige Botschaft übermittelt werden. Was meint ihr wohl. Wer von euch wird sie an mich weiterleiten?"

Damit setzten sich endlich die beiden Personenschützer, die den Mordauftrag erledigen sollten in Bewegung. Sie verließen im Laufschritt den Raum, um den Kontakt mit der Zentrale herzustellen. Gleichzeitig zogen die vier Wächter, die im Raum geblieben waren, ihre Waffen und sicherten den einzigen Zugang zu dem Raum, indem sich zwei von ihnen außen vor die Türe stellten und durch permanentes Wiederholen von „Posten vor der Türe meldet: Alles ruhig", Kontakt zu den beiden im Raum verbliebenen Kollegen hielten. Diese wiederum standen breitbeinig links und rechts neben der Türe, pressten ihren Rücken gegen die Wand und hielten die entsicherte Waffe mit beiden Händen zur Decke gerichtet.

Der Clanchef saß in seinem Bett, hielt die Sauerstoffmaske in der Hand und wusste nicht so richtig, ob er wegen der Unfähigkeit seiner Männer verzweifeln sollte oder nicht.

Durch all die Dinge, die wegen des seltsamen Detectivs in der letzten Zeit schief gegangen waren, hatte er bereits einiges an Kraft und Energie verloren. Und jetzt schien das ganze Kommunikationsnetz zusammenzubrechen und seine besten Männer hatten nichts anderes zu tun, als permanent „Posten vor der Türe meldet: Alles ruhig" zu rufen. Langsam reifte die Erkenntnis, dass er nur noch von Vollidioten umgeben war, zur Gewissheit heran.

Zur gleichen Zeit saß der Detectiv ehrfürchtig staunend neben Mr. Clean.
„Wow. Und die können auf ihren Bildschirmen nichts von dem sehen, was du hier machst?"
„Natürlich nicht."
Der Detectiv zeigte auf einen weiteren Bildschirm.
„Ist das auch deine Software?"
„Gewissermaßen. Ich habe dort eine weitere Anwendung der Software gestartet, mit der die ihre Hausanlage steuern. So was ist glücklicherweise immer multitaskingfähig."
Der Detectiv zeigte auf einen roten Softwarebutton.
„Was ist das?"
„Ich denke mal, dass das das ist, was drauf steht. Soll ich den mal drücken?"

Der Feueralarm machte sich durch eine automatische Lautsprecheransage bemerkbar, die permanent den Befehl

„Feueralarm. Ausgänge sichern. Brand lokalisieren. Den Chef evakuieren"

wiederholte.
Die beiden im Raum des Clanchefs verbliebenen Personenwächter, warfen sich erst einen Blick zu, steckten dann ihre Waffen weg und rannten zu einem kleinen Bedienpult in der Nähe des Bettes. Nach ein paar Tastendrücken schwangen die Stufen im Fußbereich des Bettes weg. Die beiden drückten weiter auf den Knöpfen herum. Das Bett wurde

ein kleines Stück angehoben und in einer der Wände öffnete sich eine große Schiebetüre.

Das Bett, das jetzt auf Rollen stand, wurde von den beiden zu der geöffneten Türe geschoben. Der Chef hatte erst Befehle erteilen wollen, musste dann aber doch schnell zur Maske greifen. Gegen den Lärm konnte er mit dem spärlichen Lungenvolumen, das ihm noch zur Verfügung stand, nicht anschreien. Er musste also hilflos mit ansehen, wie er in den Aufzug geschoben wurde. Die Türen schlossen sich und die Kabine brachte ihn mitsamt seiner beiden Bodyguards ins Kellergeschoß. Dort schoben die beiden ihren Chef auf die Ladefläche eines bereitstehenden LKWs.

Danach spurteten sie zur Fahrerkabine um ihren Chef, der sich noch immer an seiner Sauerstoffmaske festklammerte, vom Grundstück zu evakuieren. Auf halbem Weg startete der Motor des Lastwagens und als sie an der Kabine angekommen waren, fuhr der Laster los.

Sie konnten so gerade eben noch erkenne, dass ein Mann mit amerikanischen Rangerhut am Steuer saß und sich durch freundliches Tippen an die Hutkrempe bei ihnen bedankte.

Detectiv Maier, der Alleinunterhalter

Der Detectiv war rundherum zufrieden. Nachdem Mr. Clean ohne nennenswerte Zeitverzögerung den Evakuierungsplan gefunden hatte, hatten sie nicht mehr lange gebraucht, um den Plan zu entwickeln. Jetzt saß er am Steuer des 7,5-Tonners und donnerte über die Ausfahrt zu dem schönen großen Tor, das natürlich weit geöffnet war, um ihn mit seiner kostbaren Fracht durch zu lassen.

Viel Zeit würde ihm nicht bleiben, bis die ganze Meute mit den noch verbliebenen Autos die Verfolgung aufnehmen würde. Vielleicht hätten er und Mr. Clean sich noch irgendwie die Zeit nehmen sollen, die Autos unschädlich zu machen. Aber jetzt war es so wie es war.

Also bewegte er den Laster ein bisschen durch das Viertel. Er versuchte dabei auszuloten, wie schnell er um die Kurven fahren konnte, ohne dass sich der schwere Wagen zu sehr neigte. Mit der Zeit stellte er fest, dass so einiges möglich war. Gleichzeitig stellte er auch fest, dass das Bett hinten im Laderaum scheinbar noch immer auf den Rollen stand und damit lustig hin und her rollte.

Bei der Betrachtung des Armaturenbrettes hatte er schon, als er auf seine Fracht gewartet hatte, den Knopf gefunden, mit dem er sich im Laderaum bemerkbar machen konnte. Als ein Stückchen gerade Wegstrecke vor ihm lag, drückte er den Knopf.

„Sehr geehrtes Familienoberhaupt!

Mein Name ist Detectiv Maier. Es ist mir eine große Freude, Sie auf unserer heutigen Fahrt ins Blaue begrüßen zu dürfen. Auf unserer Fahrtstrecke erwarten wir leider einige Turbulenzen. Ich darf Sie also bitten, den Sicherheitsgurt angelegt zu halten. Bitte lassen Sie auch sämtliche elektronischen Geräte ausgeschaltet. Erst, wenn das entsprechende Licht erscheint, können Sie die Geräte wieder nutzen. Unsere heutige Fahrt ist vollständig dem Zufall überlassen. Ich, als Ihr Kapitän bin somit so wenig, wie jeder andere im Bilde, welches Ziel die Reise hat und wie lange die Reise dauern wird. Zu meinem großen Bedauern muss ich Ihnen mitteilen, dass Sie diese Reise ohne das sonst an Bord übliche Unterhaltungsprogramm ertragen müssen. Wegen der kurzfristigen Anberaumung hat sich leider niemand finden können, der diesen Service hätte stellen können. Andererseits: Man weiß ja nie.

Ich darf mich für den Moment von Ihnen verabschieden. Sobald es Neuigkeiten gibt, werden Sie der Erste sein, den ich informiere."

Ohne bestimmtes Ziel steuerte der Detectiv den Laster entspannt lächelnd durch die Stadt. Während er das machte, wurde ihm klar, dass der gesamte Plan dann doch mit ziemlich heißer Nadel gestrickt war. Er wusste nämlich nicht, was er jetzt eigentlich mit dem Fettklos auf der Ladefläche anfangen sollte. Leider gab es keine Gegensprechanlage. Sonst hätte er sich mit seinem Fahrgast darüber austauschen können. Auch wenn der vermutlich ähnlich verstockt reagiert hätte, wie dieser Hagen oder dieser Gundolf.

Irgendwann dämmerte dem Detectiv dann doch, was er aus der Situation machen konnte.

„Sehr geehrter Fahrgast,
soeben erfahre ich, dass unsere Fahrt eine erste konkrete Zielvorgabe bekommen hat. Ich habe die Koordinaten des örtlichen zentralen Polizeireviers erhalten. Sobald wir das Ziel erreicht haben, sind Sie der Erste, der es von mir erfahren wird."

Dabei versuchte er den letzten Satz in diesem schleimigen Tonfall auszusprechen, in dem unbedeutende Showmaster ihrem kaum vorhandenen Publikum gerne mitteilen, dass es das beste Publikum sei, vor dem sie jemals gestanden hätten.

Als er nur noch ein paar Straßenzüge von seinem Ziel entfernt war, bot sich eine geräumige Parklücke an, die der Detectiv spontan ausnutzte, da ihm gerade eingefallen war, dass er von dem beleibten Herren im Laderaum noch etwas benötigte.

„Sehr geehrter Fahrgast, das ist das Schöne an diesen Überraschungsfahrten. Man weiß nie so richtig, was einen erwartet. Wir machen jetzt einen kleinen spontanen Zwischenstopp, um unser Unterhaltungsprogramm mal so richtig auf Fahrt zu bringen. Im Namen der Crew darf ich Sie um einen kleinen Augenblick Geduld bitten."

Kurz danach hatte sich der Detectiv bei einer kleinen Zeitreise die nötigen Zutaten für die nächsten Minuten besorgt. Er öffnete die Türe zum Laderaum und wollte gerade umständlich anfangen, in den Laderaum zu klettern, als er bemerkte, dass der Lastwagen in diesem Bereich über eine ausziehbare Treppe verfügte.

„Ach, wie praktisch. Das spart mir eine Klettertour."

Im Laderaum erkannte er zu seiner Freude, dass trotz des Kingsize Bettes noch einige Quadratmeter Fußfreiheit übrig geblieben waren. Der mächtige Clanchef hielt seine Sauerstoffmaske vor das Gesicht gepresst, wirkte ansonsten aber nicht übermäßig angespannt. Wobei sich Detectiv Maier bei diesem Gedanken fragte, ob ‚angespannt' überhaupt ein Zustand wäre, den der Clanchef vermittels seines Körpers darstellen konnte. Um seinen Auftritt nicht unnötig in die Länge zu schieben, schob der Detectiv den Gedanken beiseite und schaute den Clanchef freundlich lächelnd an.

„Ich darf mich noch mal vorstellen. Mein Name ist Maier. Wie Sie an der feschen Uniform, die ich trage, erkennen können, bin ich ein Detectiv. Nennen Sie mich also einfach Detectiv Maier."

Als außer kleinen funkelnden Augen keine Reaktion kam, zeigte der Detectiv auf einen zusammengefalteten Wandschirm, den er mit in den Lastwagen gebracht hatte.

„Dies ist ein wunderbarer Paravent. Mir scheint, dieses Möbel ist ein wenig aus der Mode gekommen, wobei ich das gar nicht so richtig verstehen kann. Denn: Welches andere Möbel erlaubt es, beim Umkleiden von den anderen Personen im Raum nicht gesehen zu werden, aber gleichwohl die Unterhaltung mit eben diesen Personen nicht abbrechen zu lassen?"

Wieder kam keine Antwort, was den Detectiv nicht weiter verwunderte, da er dieses unkommunikative Verhalten ja bereits bei seinen anderen Begegnungen mit dem Clan erlebt hatte. Er stellte den Paravent also in Ruhe auf, verschwand dahinter und kam sofort wieder zum Vorschein. Nur hatte er diesmal einen sehr ‚klassischen' Turnanzug an. Eigentlich war es mehr ein eng anliegender Overall aus blau weißem Ringelstoff. Die Knopfleiste ging vom Hoseschlitz bis zum Halsausschnitt, Arme und Beine waren nur halblang. Um den Gesamteindruck zu vervollständigen, hatte sich der Detectiv zudem einen breit ausladenden gezwirbelten Schnäuzer auf die Oberlippe geklebt.

Der Clanchef quittierte den Auftritt mit einem Hustenanfall. Er hatte sich an seiner eigenen Spucke verschluckt. Als endlich wieder Ruhe eingetreten war, erklärte der Detectiv das weitere Vorgehen.

„Mir wurde zugetragen, dass Sie einen etwas zu völligen Körper Ihr Eigen nennen. Deshalb kam mir die Idee, ein paar kleine Sportübungen könnten geeignet sein, einen Grundstein für die unvermeidliche Abmagerungskur zu legen."

Der Detectiv fing an, mit kerzengeradem Rücken und eng aneinander gestellten Beinen, im Wechsel den linken und den rechten Arm zu heben. Dabei begleitete er sich selber mit den Worten „und heben und senken... und heben und senken..."

Nach einigen Durchgängen stellte der Detectiv die Arbeit ein und schaute mit in die Hüften gestemmten Armen böse auf den Clanchef.

„Das war jetzt mal nichts. Wenn wir hier in der Schule wären, würde ich Ihnen glattweg eine sechs geben. Und ich kann Ihnen sagen, diese Note kann man im Sportunterricht nur bekommen, wenn man zur totalen Arbeitsverweigerung neigt. Selbst der unsportlichste Schüler bekommt eine bessere Note, wenn er sich nur redlich bemüht."

Diesmal meinte der Detectiv im Gesicht des Clanchefs einen Schimmer von Irritation ablesen zu können. Immerhin, dachte er sich, zeigt der dicke Mann Reaktion.

„Also gut. Ich verstehe. Dann wollen wir den Tagesordnungspunkt mit dem Sport mal einfach als erledigt betrachten. Sie erlauben, dass ich mir schnell einen kleinen Schluck Wasser genehmige? Schließlich habe ich im Gegensatz zu Ihnen geschwitzt."

Er langte hinter den Wandschirm und hielt dann eine Flasche Wasser in der Hand. Mit einem Blick auf den Clanchef, vergewisserte sich der Detectiv, dass dem Clanchef nicht entgangen war, dass die Wasserflasche hinter dem Wandschirm eigentlich nicht existieren konnte. Der Detectiv nahm einen ausgiebigen Schluck und ging dann mit der Flasche hinter den Schirm, nur um sofort wieder in seiner Polizeiuniform zu erscheinen. Jetzt war trotz Sauerstoffmaske ein deutlich wahrnehmbarer Ausdruck der Angst zu erkennen.

„Nun, mein Lieber. Ich möchte Sie nicht noch viel länger im Unklaren lassen. Ja, ich bin der Mann, den der eine oder andere aus Ihrem Clan bereits getroffen hat. Nun ist jetzt nicht ausreichend Zeit, um all diese unschönen Begegnungen in Ruhe zu reflektieren. Darum möchte ich das auch unterlassen, kann mir aber trotzdem nicht verkneifen, darauf hinzuweisen, dass ich durchaus Mittel und Wege habe, um der Reihe nach jeden einzelnen aus Ihrer seltsamen, gewaltbereiten Familie aus dem Verkehr zu ziehen und ihn dem Gewahrsam der hier ansässigen Polizei zuzuführen."

Der Detectiv hatte die Hände hinter den Rücken gelegt und ging in dem LKW hin und her. Er liebte diese Art der Bewegung, wenn er im begriff stand, weltbewegende Gedanken kund zu tun.

„Aus staatsbürgerlichem Pflichtgefühl heraus, sollte ich eigentlich auch genau das machen. Nun möchten Sie sehr gerne wissen, was mich daran hindert. Ganz einfach. Ich bin wirklich sehr faul. Es bereitet mir körperliches Unbehagen, wenn ich jeden Tag solche Einsätze, wie diesen fahren muss."

Er machte eine kleine Denkpause und stimmte sich dann nickend zu.

„Ja, ich glaube das trifft es sehr gut. Damit wären wir dann auch schon an dem Punkt angekommen, der mich die ganze Zeit in Trab und somit von meinem gemütlichen Sofa fern hält. Halt." Der Detectiv hob die Hand. „Ich bitte um Entschuldigung. Es sind zwei Punkte, die mich umtreiben. Zum einen sorgt mich das Geschick des jungen Mannes, der letzthin auf Ihrem Grundstück verschwand. Zum anderen habe ich Ihnen den Verlust meines kleinen schönen Hauses und meines ebenfalls sehr geliebten kleinen Campingmobiles zu verdanken. Nicht Ihnen persönlich. Versteht sich. Aber trotzdem natürlich in Ihrem Verantwortungsbereich. Sie kennen das Geschwafel mit der ‚politischen Verantwortung'?"

Als von dem, inzwischen sehr steif wirkenden Mann – trotz der Fettwallungen war dies tatsächlich zu erkennen, zumindest andeutungsweise. Als also von dem steif wirkenden Clanchef keine Antwort kam, setzte der Detectiv seine Ausführungen fort.

„Fangen wir mit dem jungen Mann an. Ich will Ihnen verraten, dass ich bereits recht sicher bin, dass ihm etwas zugestoßen ist. Seinen Sie jetzt so nett, dies kurz zu bestätigen und zu präzisieren."

Mit dem festen Vorsatz, dass der verlieren soll, der als erster blinzelt, fixierte der Detectiv die kleinen Äugelchen des Clanchefs. Der schien auf das Spiel eingehen zu wollen und hielt dem Blick in sehr überzeugender Manier statt. Selbst die Atemgeräusche traten ein wenig in den Hintergrund. Der Detectiv merkte, wie er immer mehr Spaß an dem kleinen Kinderspiel bekam. Andererseits hatte er natürlich auch nicht endlos Zeit.

„Nun, mein Freund", erklärte er ohne den Blick abzuwenden, „wir haben noch einiges zu erledigen, bevor ich über Ihr weiteres Schicksal entscheiden werde. Deshalb kürze ich das jetzt ein bisschen ab. Ihr Personal hat den armen jungen Mann ermordet und dann irgendwo verscharrt. Das ist nicht schön und da Sie nicht willig waren, mir dies freiwillig und in eigenen Worten zu gestehen, wird die Beantwortung der zweiten Frage ein wenig intensiverer Unterstützung durch meine Person bedürfen."

Im Bewusstsein, das Spiel mit dem Blickkontakt verloren zu haben, verschwand der Detectiv wieder hinter dem Paravent. Auch diesmal kam er sofort wieder heraus. Er trug jetzt eine römische Gladiatorenuniform. In der Hand hielt er eine mächtige Streitaxt. Um dem Clanchef sofort klar zu machen, in welche Richtung die Unterhaltung ab jetzt laufen konnte, führte der Detectiv einen kraftvollen Hieb an einen der Bettpfosten. Zu seiner eigenen Freude schaffte er es, den Pfosten komplett zu durchtrennen.

„Im Gegensatz zu Ihrem Bett", wollte der Detectiv wissen, während er das scharfe Blatt tätschelte, „ein fein gearbeitetes Stück deutscher Handwerkskunst. Meinen Sie nicht auch?"

Eigentlich hatte er so schnell nicht damit gerechnet, aber der Clanchef nickte tatsächlich vorsichtig mit dem Kopf.

„Ich nehme das als Zustimmung und darüber hinaus, als ein Signal des Entgegenkommens", rief er dann auch mit völlig übertrieben euphorischer Stimme aus. „Weiter so. Weiter so."

Der Detectiv schaute den Clanchef mit weit geöffnetem Mund und strahlenden Augen an, musste dann aber erkennen, dass die Freude wohl doch ein bisschen zu früh gekommen war.

„Okay, vielleicht sind Sie doch noch nicht so weit. Macht ja auch keinen Sinn hier Geschäfte in entspannter Freundschaftsatmosphäre zu machen. Das führt nämlich in der Regel dazu, dass einer der beiden Partner vom anderen über das Ohr gehauen wird."

Der Detectiv wog die scharfe Klinge der Axt in der Hand, als er eine Assoziation, die zufällig in den Kopf kam, aussprach.

„Bekommt manchmal einen ganz anderen Klang, so ein abgedroschener Spruch. Finden Sie nicht auch? Übers Ohr hauen. Was genau war damit eigentlich so ganz ursprünglich gemeint?"

An den kleinen Augen über der immer noch am Platz befindlichen Sauerstoffmaske war deutlich zu erkennen, dass der Clanchef dem Gedankengang folgen konnte.

„Die Beantwortung der Frage stelle ich einfach mal als Hausaufgabe. Kommen wir also zum zweiten Punkt unseres heutigen Treffens. Wie gedenken Sie mir mein abgebranntes Haus und den ebenfalls abgebrannten kleinen Reisebus zu ersetzten?"

Scheinbar war sein Gesprächspartner wieder in seinen vollständig passiven Zustand zurückgefallen. Quasi als Weckruf hieb der Detectiv auch den zweiten Bettpfosten entzwei und schrie danach mit weit aufgerissenen – wie er hoffte: wahnsinnig aussehenden – Augen:

„Ich will Ihre volle Aufmerksamkeit! Ich habe keine Lust, hier länger den Alleinunterhalter zu spielen! Entweder, Sie

kooperieren jetzt oder ich zerlege dieses hässliche Bettungetüm! Und damit hier keine Missverständnisse aufkommen: Ich garantiere in keinster Weise dafür, dass Sie diesen Akt der Gewalt ohne körperliche Schäden überstehen! Habe ich mich klar ausgedrückt?!!"
Nicken.
„Dann ist ja gut."
Der Detectiv verschwand wieder hinter dem Paravent und kam diesmal als Buchhalter mit schwarzen Ärmelschonern zu Vorschein. In der Hand hielt er ein Klemmbrett mit einigen zusammengehefteten Papieren.
„Mit der Unterschrift unter diesen Scheck weisen Sie die Summe von einer Millionen Euro auf ein nettes kleines Konto an, das ich mein Eigen nenne."
Mit einem möglichst schleimigen Grinsen reichte der Detectiv das Klemmbrett nebst einem Kugelschreiber an seinen ‚Geschäftspartner'.
„Ich darf bitten?"
Der dicke Mann nahm die beiden Gegenstände entgegen, zögerte dann aber bei der Unterschrift.
„Kennen Sie Hulk?" wollte der Detectiv wissen. „Diesen grünen, großen, starken Mann, der immer so schrecklich unbeherrscht und wütend ist? Wollen wir mal schauen, ob der eventuell auch hinter diesem wundersamen Paravent auftauchen kann?"
Wenige Sekunden später war der Scheck unterschieben.
„Jetzt bitte noch eben die darunter befindliche Erklärung auf der letzten Seite unterzeichnen. Dann haben wir es auch schon."
Seit der Erwähnung der grünen Comicfigur lief der Schweiß in Strömen vom Gesicht des Clanchefs. Es gab keinen Widerstand mehr. Der Detectiv nahm das Klemmbrett mit allen Unterschriften zurück und versicherte seinem Gegenüber, dass er den Kugelschreiber als kleine Aufmerksamkeit behalten dürfe. Danach ging er wieder hinter den Wandschirm, kam diesmal als der gute alte Officer hervor, faltete den Paravent zusammen, verließ den LKW und über-

ließ den inzwischen hyperventilierenden Clanchef für kurze Zeit sich selber.

Ein paar Minuten später parkte er den Lastwagen rückwärts vor der Polizeistation ein, öffnete wieder die hintere Ladetür, stellte mit einem kleinen Streichholz die Hupe auf Dauerbetrieb und verschwand von der Bildfläche.

In der gleichen Sekunde, aber einige Tage zuvor – Beschreibungen von Zeitreisen sind manchmal auch unlogisch – tauchte er in einer Bankfiliale auf und überwies mit den kurz zuvor unterschriebenen Belegen das Geld auf sein Konto.

Zwei Tage später setzte er sich in ein Internetcafe und überwies das inzwischen gutgeschriebene Geld auf verschiedene andere Konten die er schon seit sehr langer Zeit unterhielt, um eben solche Transaktionen zu bewerkstelligen.

Dann endlich saß er sehr entspannt neben Mr. Clean, der noch immer seine Bildschirme beobachtete.

„Ist super gelaufen", lobte er seinen computerbegabten Freund. „Wir sollten das öfter machen. Haben die deine Software noch immer nicht entdeckt?"

„Was denkst du? Natürlich haben die das nicht entdeckt. Aber wir werden uns trotzdem verabschieden müssen. Inzwischen sind die nämlich dahinter gekommen, dass ihr System angegriffen wurde. Ist als einzige Erklärung übrig geblieben. Ich sichere nur noch so viele Daten wie möglich und dann wird sich meine Software mit einem großen Abschiedskonzert verabschieden."

„Was heißt das?"

„Ich werde ein paar kleine hungrige Bytefresser von der Leine lassen. Hätte nie gedacht, dass es heute noch Systeme gibt, die sich so gar nicht dagegen wehren. Oder zumindest nicht richtig dagegen wehren."

„Kommst du danach wieder rein? Irgendwann? Also in deren System?"

„Keine Ahnung. Jedenfalls musst du die Notebooks wieder einsammeln. Die werden eventuell das ganze Grundstück durchsuchen. Ich habe zwar mein bestes getan, damit die Notebooks keine Spur zu mir legen, falls die eines finden sollten, aber so ganz kann man das nie verhindern."

„Mach ich. Insgesamt hat sich der Aufwand wirklich gelohnt. War eine wirklich gelungene Aktion."

„Dann erzähl mal. Ich habe nur mitbekommen, dass der Laster mit dem Chef weggefahren ist."

„Ich bin ein bisschen mit ihm in der Stadt herumgefahren. Als ich davon genug hatte, habe ich ihn bei der Polizei geparkt.

„Ah, ich verstehe", nickte Mr. Clean.

„Wie? Ich verstehe."

„Nun. Ich konnte gewisse Aktivitäten im Netz erkennen. Die haben natürlich mitbekommen, dass ihr Chef entführt worden ist. Von dem Fuhrpark waren wegen der anderen Aktionen nur noch eine Edelkarosse und ein paar Durchschnittsautos übrig. Soweit ich das mitbekommen habe, sind die mit den Autos ausgeschwärmt. Dabei haben die immer wieder versucht das Signal vom Chef zu orten. Natürlich habe ich die dabei ein bisschen gestört. Ganz so einfach sollten die es dann ja auch wieder nicht haben."

„Hast du gut gemacht", meinte der Detectiv. „An die Möglichkeit hatte ich gar nicht gedacht. Bei mir ist jedenfalls keiner aufgetaucht."

„Sieht so aus, als ob sie den nicht mehr retten konnten. Zumindest machen die Sprüche damit auf einmal Sinn."

„Na dann ist doch alles ganz wunderbar. Ohne dich hätte diese ganze Aktion mit Sicherheit nicht funktioniert. Vielen Dank dafür."

„Gerne geschehen", versicherte Mr. Clean seinem Freund, wobei er sich nicht sicher war, ob Detectiv Maier das vor dem Tiefschlaf, den er von einem auf den anderen Moment gestartet hatte, noch mitbekommen hatte. Mit einer gewissen Rührung legte Mr. Clean eine Decke über den Detectiv und legte sich dann auch hin.

Audienz beim Onkel (Teil 4)

Am nächsten Morgen gönnte sich der Detectiv einige mit kaltem Quark und kalter Bananenmarmelade belegte Brötchen. Die Notebooks lagen wieder in Mr. Cleans Büro. Zwar hatte das Aufstehen mitten in der Nacht einiges an Mühe bereitet, aber solange das Ergebnis stimmte, wollte der Detectiv nichts sagen.

Mit seiner persönlichen Situation war er ebenfalls sehr zufrieden. Durch die ganzen Aktionen war es ihm gelungen, seine Konten wieder ordentlich aufzufüllen. Er konnte sich nicht vorstellen, der einzige Zeitreisende zu sein, der über solche Konten verfügte. Es bot sich immer mal wieder die Gelegenheit, den einen oder anderen Verbrecher um ein paar Euro zu erleichtern. Man musste allerdings im engeren Bekanntenkreis ziemlich zurückhaltend mit dem Offenlegen der Vermögensverhältnisse sein. Es stellten sich sonst nämlich viel zu schnell irgendwelche Neider oder Schmarotzer ein.

Während der Detectiv noch ganz in sich und seine Zufriedenheit versunken war, blätterte Mr. Clean die Tageszeitung durch, bis er endlich den Artikel gefunden hatte, den er schon die ganze Zeit gesucht hatte.

„Hier steht es Detectiv. Die haben den dicken Mann wieder nach Hause geschickt. Anders als bei den Typen in den waffenstarrenden Autos, konnte man ihm kein Vergehen nachweisen."

Mr. Clean ließ die Zeitung sinken.

„Das ist es in Kurzfassung."

„Ärgerlich. Und dafür die ganze Mühe. Ich hatte echt nicht daran gedacht, dass die zum Einbuchten natürlich auch immer irgendeinen Grund brauchen."

„Ist nicht dein Fehler. Du kannst ihm ja schlecht Waffen in sein Bett schmeißen. In der Hoffnung, dass er die schön liegen lässt und auf keinem Fall anfängt damit in der Gegend herumzuballern."

„Nein, das geht wohl eher nicht."

„Meinst du denn, dass wir jetzt Ruhe vor denen haben?"

„Zumindest habe ich mir Mühe gegeben, den Clanchef davon zu überzeugen."

Wenn man die Luftlinie betrachtet, dann war dieser Clanchef gar nicht so furchtbar weit entfernt. Zieht man allerdings andere Maßstäbe zu Rate, dann konnte man auch zum Schluss kommen, dass er ziemlich weit entfernt war. Die gesamte Führungsriege war um das Bett, das wieder an seiner alten Stelle stand, versammelt. Schon auf dem Weg in den Raum wurde gemunkelt, dass der Chef, der liebe Onkel, Schwager, Bruder, seinen unfreiwilligen Ausflug nicht ganz so leicht weggesteckt hatte, wie man hätte erwarten sollen. Angeblich sollte er von einem Zauberer gesprochen haben. Man war sich allerdings nicht sicher, ob sich damit der Zusammenbruch eines überstrapazierten Hirnes ankündigte oder ob es einfach nur ein unglücklicher Alptraum war, wie ihn in dieser oder anderer Form jeder mal hatte.

Jetzt jedenfalls standen sie in der seit Jahren geübten Form in ausreichendem Abstand um sein Bett herum und warteten darauf, dass er das Wort ergriff. Wie immer musterte er jeden Einzelnen. Auch wenn sein Blick diesmal ein kleines Stückchen dieser besonderen Bosheit und Hinterlist vermissen ließ.

Schließlich fixierte er seinen Finanzbeauftragten.

„Du hast das Konto gesperrt. Der erpresste Zahlungsausgang wurde nicht realisiert."

Der Angesprochene war viel zu nervös, um sich darüber Gedanken zu machen, weshalb sein älterer Bruder eine Frage stellte und trotzdem keine Frage daraus machte.

„In dem in Frage kommenden Zeitraum wurden keine Überweisungen von dem Konto getätigt."

Die kleinen Augen verweilten auf dem Gesicht des Finanzbeauftragten.

„Warum betonst du den Zeitraum?"

Der Herr der Finanzen merkte wie ihm das Blut ins Gesicht schoss. Natürlich hatte er die Frage nach der Überweisung erwartet. Natürlich hatte er sich auch überlegt, wie er darauf antworten sollte. Er hatte verschiedene Varianten entwickelt und verworfen und war dann schließlich bei den Worten gelandet, die er gerade zum Vortrag gebracht hatte.

„Gibt es etwas, das du mir sagen möchtest?" schickte der Chef hinterher.

„Die fragliche Überweisung wurde bereits vor fünf Tagen getätigt. Ich habe die Unterlagen eingesehen. Alles war genau so, wie es sein soll." Der Finanzmann räusperte sich. „Auch der Überweisungsträger war zweifelsohne der, den du mir beschrieben hast. Der Fettfleck. Er war an der beschriebenen Stelle."

Die Sauerstoffmaske landete wieder an ihrem angestammten Platz. Die Farbe im Gesicht des Clanchefs hatte sich ziemlich schnell zu einem weißlichen Ton gewandelt. Erste Schweißtropfen lösten sich von der Stirn.

„Das muss ein Ende haben. Das muss endlich ein Ende haben", hörte man ihn unter der Maske sagen. Schwer verständlich zwar, aber man hatte ja Übung. Keiner wusste so richtig, was darauf zu antworten war. Selbst den vier Bodyguards war die Irritation anzusehen.

„Du sorgst dafür, dass das Geld zurückkommt. Bruder. Ich vertraue auf deine Fähigkeiten."

„Selbstverständlich habe ich die Bank sofort angewiesen, den Auftrag rückabzuwickeln."

Der Clanchef fixierte seinen Bruder eine gefühlte Ewigkeit.

„Und?"

„Bedauere. Das Konto, auf das die Überweisung getätigt wurde ist bereits aufgelöst. Es ist anzunehmen, dass das Geld in kleinen Portionen verteilt wurde. Zumindest ist dies die Vorgehensweise, zu der ich raten würde."

Danach dauerte es zehn tiefe Atemzüge, bis der Clanchef die Maske wieder zur Seite legte.

„Wir lassen uns kein Geld klauen. Wenn du auf legalem Weg nicht herankommst, dann müsst ihr diesen ‚Detectiv' einkassieren und so lange bearbeiten, bis er mir das Geld mitsamt horrendem Zins zurück bezahlt. Opfer auf der Gegenseite sind dabei gerne gesehen."

Er winkte die gesamte Mannschaft aus seinem Zimmer hinaus und ließ sich dann schwer in die Kissen sinken. Der letzte Funken Energie schien aus ihm gewichen zu sein.

So langsam nervt es

„Ich würde jetzt gerne mal ein bisschen Ruhe einkehren lassen, Mister Clean. Mal den inneren Pol wiederfinden. Tief durchatmen. Verstehst du, was ich meine? War alles ziemlich anstrengend."

„Vermutlich hast du Recht", stimmte ihm Mr. Clean schon fast euphorisch zu. „Ich habe mich gar nicht getraut, dir das vorzuschlagen. Schließlich habe ich dich ja zu mir eingeladen. Es war meine Idee, hier das Lagezentrum einzurichten."

„Das wäre dann auch der Moment, deine Gastfreundschaft nicht mehr weiter in Anspruch zu nehmen. Ich muss mich um eine neue Bleibe kümmern. Auf Dauer kann das hier nicht funktionieren. Eigentlich bin ich schon viel zu lange hier. Ich rechne dir hoch an, dass du das ausgehalten hast und ich rechne dir hoch an, dass du mich mit deinen Computerkenntnissen sogar unterstützt hast."

„Dann ist ja alles gesagt."

Wenn der Detectiv seinen Freund nicht so gut gekannt hätte, dann wäre der Gedanke naheliegend gewesen, dass dies das letzte Treffen für die nächsten Jahre gewesen wäre. Aber er kannte ihn gut. Es war also alles in Ordnung. Er musste nur einfach seine Sachen nehmen und die Wohnung verlassen. Dann wäre er schon nächste Woche wieder ein gerne gesehener Gast für eine Tasse Kaffee. Wirklich guten Kaffee.

Also nahm er seine Sachen, packte sie in seinen kleinen Wagen und fuhr ein kleines Stückchen durch das Viertel, bis er an einem relativ einsam gelegenen Parkplatz angekommen war. Dort seufzte er einmal tief und machte sich auf die nächste Zeitreise. Nur eine halbe Stunde zurück.

Er betrat das Parkdeck, von dem aus vor einigen Tagen durch diesen komischen Trottel auf ihn geschossen worden war. Beim Verlassen der Wohnung hatte er einige verdächtige Bewegungen auf dem Deck gesehen und jetzt, als er wieder in seiner Uniform steckte, sah er diese Beobachtung bestätigt.

Ein schwarzer Van stand rückwärts eingeparkt vor ihm. Wenn sich der Detectiv nicht völlig täuschte, dann konnte man bei dem Model die Fenster der rückwärtigen Ladetüren herunterdrehen. Damit waren die Vorraussetzungen ideal, um in aller Ruhe Mr. Cleans Wohnung in Augenschein zu nehmen und ggf. zu beschießen.

Seine Hand ging an den Schlagstock, den er in den Gürtel gesteckt hatte. Er näherte sich dem Wagen schräg von vorne und stand bald an der Seitenwand. Gedämpfte Stimmen waren zu vernehmen. Leider nicht deutlich genug um die einzelnen Worte zu verstehen. Der Detectiv ging also vorsichtig bis zur hinteren Kante des Wagens und konnte sich davon überzeugen, dass die Fenster tatsächlich heruntergelassen waren. Aus einem der Fenster stieg sogar regelmäßig Zigarettenrauch auf. Das typische Verhalten von zwei Leuten auf Warteposition. Die Stimmen waren jetzt auch besser zu verstehen.

„…meinte, er hätte ihn noch nie so erlebt. Was meinst du? Du bist doch schon lange dabei."

„Aber glücklicherweise heute nicht in seiner Höhle."

„Sag doch mal. Was ist los mit ihm?"

„Zu viele Fragen sind in dem Fall nicht gut. Ich kann dir nur raten, den Mund zu halten und deinen Job mit hundert Prozent Konzentration zu machen."

Das war es dann wohl mit der Unterhaltung. Eigentlich hätte der Detectiv ganz gerne mitbekommen, was sich in der Villa so abgespielt hatte. Allerdings war es ihm dann auch wieder nicht so wichtig, dass er dafür eine weitere Zeitreise machen wollte. Die Frage, die sich jetzt stellte, war einfach nur, was er mit den beiden anfangen sollte. Ein Blick in die Wohnung zeigte ihm, dass Mr. Clean nicht zu sehen war. Vermutlich war er die nächsten Stunden damit beschäftigt das keimfreie Badezimmer noch keimfreier zu machen.

„Wieso kann dieser nackte Idiot nicht endlich mal ins Visier kommen?"

„Verstehst du eigentlich, weshalb wir den abknallen sollen und den Dicken in keinem Fall treffen dürfen?"

„Ich habe irgendwas von verdammt viel Geld gehört, das der Dicke dem Chef abgezogen haben soll. Das will der natürlich zurück haben. Wenn der Dicke ausgepustet ist, wird das ein bisschen sehr schwierig. Also legen wir der Reihe nach alle um, die etwas mit ihm zu tun haben. Dann wird er schon irgendwann weich. Ist doch klar."

„Ich hatte es mir schon gedacht."

„Warum fragst du dann?"

Die Antwort verkniff sich der Angesprochene.

Dem Detectiv war auch vorher schon klar gewesen, dass er ein gefährliches Spiel spielte – zumindest für andere – aber, dass die so wenig Skrupel hatten, war dann doch überraschend. Er zog den Knüppel aus dem Gürtel und fing an, die Wagenwand damit zu bearbeiten.

Als die beiden auf der gegenüberliegenden Seite aus dem Wagen sprangen, verschwand der Detectiv von seinem Platz und stand jetzt etwa zehn Meter entfernt hinter einer Säule. Die beiden arbeiteten sich mit gezogenen Waffen langsam um den Wagen herum. Genau so, wie man es im Fernsehen immer sieht. Kopf schnell vor und sofort wieder zurück. Danach zur Decke schauen und nachdenken, was die Augen für Bilder gemeldet haben. Irgendwann wuchs die Erkenntnis, dass rund um den Wagen niemand zu sehen war. Noch ein schneller Blick. Man hätte ja ein kleines Detail übersehen können. Wieder nichts zu sehen. Und dann kam das, was der Detectiv am lustigsten fand.

Die beiden gingen zu der Stelle an der der Detectiv ein paar kleine Beulen in das Blech geschlagen hatte, steckten entspannt die Waffen in den hinteren Hosenbund und begutachteten die Beulen mit den Fingern. Als ob erst damit die Existenz wirklich betätigt werden könnte. Die Geräusche der Entstehung und die Meldung der Augen waren wohl nicht ausreichend.

„Das sind Beulen, die ich mit meinem Schlagstock erzeugt habe meine Herren", erklärte der Detectiv, um auch die letzten Zweifel zu zerstreuen.

Beide wirbelten blitzschnell herum und schafften es dabei sogar, die Waffen unfallfrei aus dem Hosenbund zu ziehen. Also verschwand der Detectiv wieder hinter der Säule und machte eine kleine schnelle Reise zu einer weiter entfernten Säule. Er sah die beiden jetzt von der Seite, wie sie mit leicht angewinkelten Beinen langsam auf die Säule zugingen, hinter der er sich eben hatte blicken lassen. Sah irgendwie ganz lustig aus.

„Das machen Sie schon ganz gut…" Mehr konnte er leider nicht mehr sagen, da die beiden herumwirbelten und sofort auf ihn schossen. Also musste er schon wieder ‚Säulchen wechsele dich' spielen. Zurück hinter der ersten Säule sah er die beiden wieder von der Seite. In aller Ruhe zog er seine Waffe und legte mit ruhiger Hand auf den ersten der beiden an. Der Schuss löste sich und augenblicklich erschien ein dicker roter Fleck auf dem weißen Hemd. So in etwas auf Höhe des Bauchnabels, nur eben an der Seite. Der so Getroffene gab verständlicherweise einen Schmerzlaut von sich und griff mit der Hand an seine Seite. Dabei ließ er seine eigene Waffe höchst unprofessionell fallen. Mit weit aufgerissenen Augen starrte der Mann auf seine rote Handfläche und dann zu seinem Kumpel. Letzteres untermalte er mit dem Einknicken seiner Knie.

„Er hat mich erwischt. Mach ihm kalt."

Scheinbar war der Mann von der Erkenntnis besessen, dass Gevatter Tod unmittelbar und unausweichlich vor ihm stand. Bis zu einem gewissen Grad hatte der Detectiv dafür sogar Verständnis. Um nichts zu riskieren wechselte er schnell noch die Säule und hatte damit wieder einen guten Blick auf die beiden. Der letzte Verbliebene merkte scheinbar gerade, dass er jetzt alleine da stand. Der Detectiv verzog angewidert den Mund, als er sah, dass der Angeschossene und nach eigenem Bekunden schwerst verletzte Gangster von seinem unverletzten Gangsterkollegen als Schutzschild genutzt wurde.

In aller Ruhe legte der Detectiv ein weiteres mal an und kurz danach prangte auf dem Bauch, des bislang Unverletzten ebenfalls ein dicker roter Fleck. Wieder kam die gleiche Nummer mit Hand drauf legen, in die Hand schauen, rot sehen, bleich werden.

„Er hat mich auch erwischt. Was sollen wir machen?"
„Du blöde Sau wolltest mich als Schutzschild benutzen!"
„Nein! Garantiert nicht. Ich habe nur versucht, dich zu stützen."
„Wo hat er dich erwischt?"
„Bauchschuss."
„Und dann kannst du noch so gut reden?"

Aha, dachte sich der Detectiv. So langsam fängt das Gehirn an, die Ungereimtheiten der Verletzungen aufzudecken. Er wollte die beiden nicht länger im Ungewissen lassen.

„Paintball, meine Herren. Ihr seid auf einen einfachen Beschuss durch Paintballs hereingefallen. Wenn ich bedenke, wie lange ihr jetzt schon ohne Deckung vor mir hockt, dann komme ich zum Schluss, dass ihr genau so dämlich seid, wie all die anderen Idioten, die ich bereits bei euch kennengelernt habe."

Einer der beiden versuchte sein Pistole wieder aufzunehmen. Da der Detectiv keine Lust hatte den ganzen Tag lang von einer Säule zur anderen zu hüpfen schoss er mit seiner Pistole die er gegen die Paintballwaffe getauscht hatte in den nächstliegenden Reifen des Van.

Der Schreck, den der ungedämpfte Schuss auslöste, reichte um den Versuch des Verbrechers zu beenden.

„Gut beobachtet. Ich verfüge auch über richtige Waffen. Damit wir unser Gespräche etwas entspannter fortsetzen können bitte ich euch, mal eben aufzustehen und den beiden Waffen auf dem Boden einen gut gezielten Kick mit dem

Fuß zu geben. Oder halt. Besser nicht. Ihr seid noch in der Lage so zu kicken, dass sich ein Schuss löst. Geht also lieber ein paar Schritte zur Seite. Das muss es auch tun."

Der Detectiv beobachtete in Ruhe, wie die beiden seinem Befehl Folge leisteten und ihn danach erwartungsvoll anschauten.

„So, meine Herren. Dann wollen wir mal rekapitulieren, was hier gerade passiert ist. Wer möchte anfangen?"

Die beiden schauten ihn weiterhin erwartungsvoll an.

„Wie mir das auf die Nerven geht. Dieses ewige Schweigen bei euch. Egal, wen ich treffe. Alle schweigen nur blöde in der Gegend herum."

Was auch sonst? Keine Reaktion.

„Nun gut", meinte der Detectiv nach einem tiefen Atemzug. „Ich mache mal den Anfang. Also: Ihr ward in eurem Van. Ihr habt euch über den Clanchef unterhalten. Oder genauer gesagt, wollte der eine von euch über ihn reden. Der andere war aber klug und hat das Gespräch sofort beendet. Man weiß ja nie, ob solche Autos Ohren haben. Danach habt ihr Schläge an der Fahrzeugwand vernommen und seid freundlicherweise herausgekommen, um nach dem Rechten zu sehen. Ihr habt – dazu meine Gratulation – die Beulen gefunden und in Augenschein genommen. Danach habe ich mich zu Wort gemeldet. Wo stand ich zu der Zeit?"

Als keiner antworten wollte, zeigte der Detectiv auf den, dem er den ersten Paintballtreffer versetzt hatte.

„Du"

Der schaute den Detectiv aber nur an.

„Das darf doch jetzt nicht wahr sein. Warum antwortest du mir denn nicht?"

Der Detectiv gab einen Schuss auf den Van ab, der die Seitenscheibe der Fahrertüre zerstörte. Danach schaute er den Gangster auffordernd an. Endlich bewegte der sich und zeigte in Richtung der richtigen Säule.

„Geht doch. Du hast jetzt einen Moment Pause. Verfolge aber das weitere Gespräch aufmerksam. Kann sein, dass du schon bald wieder dran bist." Der Detectiv fixierte den anderen Gangster. „Was passierte dann?"

„Du hast…Sie haben meinen Kollegen mit einem Paintball getroffen."

„Sehr gut. Von wo kam der Schuss?"

Der Gangster zeigte auf die Säule.

„Das geht doch schon ganz gut. Großes Lob. Jetzt oder präziser, spätestens jetzt, stellt sich natürlich die Frage, wie das gehen kann."

„Weiß nicht? Zwilling?"

„Falsch. Was passierte dann. Der erste war getroffen, glaubte, seine letzte Stunde hätte geschlagen. Du hast ihn als Schutzschild genommen und dann?"

„Wurde ich auch getroffen."

„Richtig. Von wo?"

Wieder zeigte er auf die richtige Säule.

„Mal nachdenken. Ich habe innerhalb kürzester Zeit mehrfach die Säule gewechselt. Wie macht man das? Ich meine als normaler Fußgänger: kein Problem. Ich bin aber offensichtlich nicht gemütlich hin und her gegangen. Hättet ihr ja gesehen."

Wieder kam nur Schweigen als Antwort.

„Ich stelle die Frage mal anders. Geht das überhaupt?"

Beide schüttelten, fast synchron sehr langsam den Kopf.

„Und jetzt die letzte Frage: Ist es sinnvoll Streit mit Leuten zu suchen, die so etwas können, was man eigentlich nicht können kann?"

Der Einfachheit halber setzten die beiden die langsame Schüttelbewegung fort.

„Na wunderbar", freute sich der Detectiv, „dann sind wir uns ja schon mal in dem wichtigsten Punkt einig."

Das Schütteln ging in ein noch immer sehr langsames Nicken über.

„Gut. Dann seid doch bitte so nett und entledigt euch eurer Kleidung."

Die beiden hörten auf zu nicken und schauten sich gegenseitig entsetzt an. Das wiederum fand der Detectiv ein wenig enttäuschend. Nachdem er den Hinterradreifen ebenfalls zerschossen hatte, kam allerdings Bewegung in die beiden Gangster. Wenige Minuten später standen sie in Unterhosen vor ihm. Der Detectiv schwang die Waffe auf die beiden Kleidungsstücke.

„Soll ich erst mit dem Paintball drauf schießen? Ich hätte noch grün im Angebot oder soll ich direkt mit einer richtigen Kugel…?"

Den beiden jetzt komplett nackten Männern warf er ein paar Kabelbinder zu.

„Wenn ihr so freundlich wäret zu der Türe zu gehen und euch als erstes die Füße zusammenbinden würdet?"

Scheinbar war der Widerstand endlich gebrochen. Die beiden banden sich die Füße zusammen.

„Jetzt jeweils eine Hand an dem Türgriff befestigen."

Der Detectiv schaute in Ruhe zu, wie sie eifrig seinem Befehl Folge leisteten.

„Letzte Aufgabe: Jetzt die freie Hand mit der gefesselten Hand verbinden. Vielleicht hilft einer der anderen? Zur Not benutzt ihr eure Zähne, um die Schlinge straff zu ziehen."

Im Hintergrund war bereits der Lärm von Einsatzwagen zu hören. Die Ballerei war offenbar dem einen oder anderen aufmerksamen Nachbarn aufgefallen. Trotzdem nahm sich der Detectiv die Zeit, um auch die Ausführung des letzten Befehles zu verfolgen.

„Habt ihr gut gemacht. Demzufolge werde ich euch jetzt auch verschonen. Was mir zugegebenermaßen einigermaßen schwer fällt. Eurem Gespräch habe ich entnommen, dass ihr meinen Freund erschießen wolltet, nur um mich gefügig zu machen. Das ist sehr verwerflich. Solltet ihr noch mal jemanden von eurem komischen Clan sehen, dann richtet ihm bitte aus, dass ich sehr sauer bin."

Diesmal musste er nicht warten. Die beiden nickten freiwillig. Um ihnen endgültig klar zu machen, dass er ein Gegner war, mit dem sie sich nicht messen konnten, raffte er die Kleidung der beiden zusammen, verschwand damit hinter einer Säule und trat sofort auf der anderen Seite der Säule wieder hervor.

„Tolles Kunststück. Oder? Ihr werdet völlig zu recht denken, dass das natürlich jeder kann. Die Frage ist nur, wie ich es geschafft habe, dabei eure Kleidung in kleine Streifen zu schneiden."

Der Detectiv ließ die Stofffetzen vor den beiden auf den Boden fallen.

„Gleich wird die Polizei hier sein. Ich werde das ein bisschen beaufsichtigen. Vermutlich werden die Polizisten eine Unterhaltung mit euch beginnen, in deren Verlauf sie darauf zu sprechen kommen, was ihr hier macht. Ihr werdet euch selber belasten, indem ihr aussagt, dass ihr auf die gegenüberliegenden Häuser schießen wolltet. Einfach so. Auf die Frage, weshalb ihr in dieser misslichen Lage aufgefunden wurdet, werdet ihr erklären, dass der Hulk hier war. Ihr wisst schon. Dieses grüne Teil aus den Comics."

Inzwischen konnte man bereits hören, wie die Wagen die gewendelte Auffahrt hoch kamen. Der Detectiv trat wieder hinter eine Säule und verschwand dann vollständig aus dem Parkhaus. Er war sich sicher, dass die beiden ganz so aussagen würden, wie er es erwartete.

Nach der ganzen Aufregung setzte sich der Detectiv ein paar Block weiter in einen Schnellimbiss und verspeiste genüsslich einen mehrstöckigen Hamburger. In Gedanken war er noch ganz bei dem Clan. Deshalb fiel ihm nicht einmal auf, dass Teile der Sauce an seinem Kinn herunter tropften. Und selbst wenn es ihm doch aufgefallen wäre, hätte es ihn wohl nicht gestört. Er war einfach zu sehr damit beschäftigt, wie skrupellos und perfide der Clan gegen ihn vorging. Es galt möglichst schnell zu handeln und dabei jedem Mitglied des Clans klar zu machen, dass er so etwas wie ein unbesiegbarer Gegner war, mit dem man sich besser nicht anlegte.

Dabei war ihm das Leben, das er vorher geführt hatte, um einiges angenehmer gewesen. Schön gemütlich observieren. So ganz ohne Zeitreisen und diesem ewigen Wechsel zwischen Hungern und Fressattacken. Ein Grund mehr, um dem Clan verständlich zu machen, dass die ganze Angelegenheit ein Ende haben musste.

Aber vorher noch schnell ein kleines Menu verspeisen. Dann endlich kam ihm die erlösende Idee, wie er mit minimalem Aufwand und zu hundert Prozent sicher aus der ganzen lästigen Angelegenheit herauskommen konnte. Er machte sich lächelnd über die letzten Reste des Essens her.

Audienz beim Onkel (Teil 5)

Bei weitem unentspannter war der Clanchef.
„Was hast du da gerade gesagt?"
Pflichtschuldig wiederholte sein Bruder die Hiobsbotschaft.
„Unsere beiden Spezialisten wurden von der Polizei gestellt. Sie hatten zu diesem Zeitpunkt noch nichts von ihrer Mission erfüllt."
„Wie?"
„Dies ist uns bedauerlicherweise nicht bekannt. Natürlich haben wir den Advokaten zu ihnen geschickt. Er hat es auch geschafft, zu ihnen vorgelassen zu werden."
Als sein Bruder nicht weiterredete, wurden die Augen des Clanchefs klein und giftig.
„Weiter!"
„Nun. Der Advokat hat von den beiden keine klare Aussage erhalten."
Ihm war klar, dass er dem Chef ohnehin alles erzählen musste. Deshalb hatte er kluge Vorsorge getroffen.
„Ich habe den Advokaten hergebeten. Wenn du erlaubst?" wollte er mit einer Geste zur Türe wissen.
Damit musste der Advokat den Part ‚Überträger der schlechten Nachricht' übernehmen.
„Die beiden sind von dem Detectiv aus dem Auto gelockt worden. Der Detectiv war bis an die Zähne bewaffnet und wild entschlossen seine Waffen auch zu gebrauchen. Den beiden blieb nichts anderes übrig, als seinen Befehlen

Folge zu leisten und auf den unausweichlichen Moment verminderter Aufmerksamkeit zu hoffen. Bis zu dieser Stelle ihrer Zusammenfassung wirkten die beiden auf mich noch ruhig und konzentriert. Dann allerdings habe ich natürlich gefragt, wie sie in die Situation kommen konnten, in der die Polizei sie vorgefunden hatte. Daraufhin bekamen beide starke Schweißausbrüche und fingen an über irgendeinen Hulk zu fantasieren. Der Detectiv wäre in der Gestalt einer Figur mit übermenschlichen Kräften aufgetreten. Meine Versuche den beiden zu erklären, dass das nicht so gewesen sein könnte und dass sie sich sofort beruhigen sollten, um wieder auf den Boden der realen Tatsachen zurückzukommen, waren wirkungslos. Am Ende musste ich die beiden in einem sehr bedauernswerten Zustand zwischen Panikattacke und Weinkrampf verlassen."

Da er bei der Schilderung der Ereignisse auf den Boden geschaut hatte, um sich besser konzentrieren zu können, war ihm entgangen, dass der Chef bei der Erwähnung der Comicfigur sekundenschnell die gesamte Farbe im Gesicht verloren hatte. Erst jetzt, als die erwartete heftige Antwort ausblieb, realisierte er, in welchem Zustand sich der Clanchef befand. Und das, wie sich der Advokat hatte sagen lassen, bereits zum zweiten Mal an diesem Tag. Wieder mal breitete sich in dem Raum betretenes Schweigen aus.

So einfach geht es dann auch wieder nicht

Der Detectiv hatte seine Zeitreise sehr exakt getimet. Er landete genau an dem Tag an dem alles begonnen hatte, vor der Bank in der der Freund dieser komischen Fran gleich auftauchen würde. Als er einen Blick auf die Straße warf, waren ihm zwei Dinge auf Anhieb klar. Zum einen war der alte Escort der beiden bereits an der nächstliegenden Kreuzung zu erkennen, würde also in wenigen Sekunden auf der schraffierten Fläche vor der Bank zum Stehen kommen. Zum anderen konnte er dann doch noch sehr lange auf die Ankunft des Autos warten. Es bewegte sich nämlich nichts.

Es waren auch keine Personen zu sehen. Die Autos, die in seiner unmittelbaren Nähe zu sehen waren, waren allesamt ohne Fahrer und alle standen einfach nur. Kurzum, war alles so, wie auf einem Foto, aus dem im Nachhinein alle Personen gelöscht worden waren.

„Verdammter Mist", erklärte der Detectiv seiner ausgestorbenen Umgebung. Er schaute sich kurz um und fand dann eine Bank auf der er in Ruhe auf das Erscheinen von Oma Bender warten konnte. Er wusste schon gar nicht mehr, wann er sie das letzte Mal gesehen hatte. Jedenfalls war es schon lange her. Nach den Ereignissen aus der Schule, von denen er Mr. Clean erzählt hatte, hatte er zwar noch einige Male das Vergnügen gehabt, sich mit der alten Frau treffen zu müssen, aber dann hatte er irgendwann aufgegeben, seine Fähigkeiten zur Zeitreise zu seinem eigenen Vorteil zu nutzen und sich so durchzuschlagen, wie normale Menschen. Natürlich war er nicht jedes Mal ‚erwischt' worden. Sonst hätte er sein Kontensystem mit einem Guthaben von einigen Millionen nicht aufbauen können. Vielleicht war er dabei aber auch nur deswegen nicht erwischt worden, weil er das Geld immer nur nach ‚Robin Hood'- Manier den Leuten abgenommen hatte, die selber nicht unbedingt rechtschaffend unterwegs waren. So, wie gerade bei dem Clanchef.

Irgendwann kam sie die Straße hoch und setzte sich zu ihm.

„Hallo Lars. Ich grüße dich. Wir haben uns ja schon lange nicht mehr gesehen."

„Hallo Oma Bender. Ja, das ist bestimmt schon mindestens zehn Jahre her."

„Wenn mich meine Aufzeichnungen nicht trügen", antwortete sie ihm mit ihrer alles verzeihenden, grundgütigen Stimme, „dann war das dann doch eher vor drei Jahren. Also in deiner ganz persönlichen Zeitrechnung."

„Ach?" Der Detectiv war ehrlich erstaunt.

„Ist jetzt aber auch nicht so wichtig Lars. Viel wichtiger ist der Grund, weshalb wir uns jetzt treffen. Hast du eine Idee?"

„Ist der Zeitsprung zu groß? Eine Woche darf ich doch. Zurückreisen. Und das hier ist weniger als eine Woche. Und ich habe auch nicht versucht, eine Kopie von mir loszuschicken."

„Nein, das ist es nicht. Trotzdem erlaube ich dir diese Reise nicht."

„Aber warum? Ich stecke im Moment wirklich in der Klemme. Und ich habe zudem noch einen Freund mit reingezogen. Wenn ich mit dieser Reise den Anfang der Geschichte auslösche, dann kann ich meinen Freund damit vor diesen Leuten schützen. Der kommt dann nämlich gar nicht erst in deren Visier. Was ist so schlimm daran?"

„Erst mal nichts. Zudem habe ich dir immer gesagt, dass du mit deiner Fähigkeit nicht nur an dich denken sollst, sondern auch anderen Menschen Gutes tun sollst. Insofern ist das, was du jetzt machen möchtest, richtig und gut."

Dem Detectiv war klar, dass so ein Statement unweigerlich mit ‚aber' weiter gehen musste. Also wartete er geduldig ab, bis Oma Bender weiter redete.

„Ich habe ein wenig in die Zukunft geschaut. Dieser Clan, mit dem du dich angelegt hast, wird bald die ganze Stadt und sogar die Region in Angst und Schrecken tauchen."

Über die Schlussfolgerung aus diesem Satz musste der Detectiv nicht lange nachdenken.

„Und deshalb soll ich mich weiter mit denen herumschlagen?"

„Das wäre dann der Plan."

„Wenn ich das aber nicht will? Schließlich gibt es ja auch noch die Polizei."

„Ich sagte bereits. Die Zukunft, die ich mir angeschaut habe, sieht anders aus. Die Reise, die du gerade machen wolltest, wird dir niemals gelingen."

So nett und einfühlsam die Oma auch immer mit ihm sprach. Der Detectiv hatte mehr als einmal die Erfahrung gemacht, dass sie in der Sache härter war, als alles, was er sich vorstellen konnte. Also stieß er jetzt resigniert die Luft aus. Wenn er doch bloß nicht an dieser Bäckerei angehalten hätte. Oder einfach ein bisschen verschlafen hätte. Es gab so viel, was ihn davon hätte abbringen können, genau zu dem Zeitpunkt an genau dem Ort zu sein. Aber er war zu dem Zeitpunkt an dem Ort gewesen und er hatte sich an Fran und ihren Freund gehängt. Und jetzt hatte er den Schlamassel. Es gab kein Zurück mehr. Er musst sich so lange mit den Idioten aus dem Clan auseinandersetzen, bis er sich zu hundert Prozent sicher sein konnte, dass sie seinem Freund nichts antun würden.

„Ich bin also ab jetzt so etwas wie Superman, der Retter meiner Stadt?"

Oma Bender lächelte einfach nur.

„Wenn du so willst... Ich bin mir sicher, du wirst das gut machen."

„Und? Wenn ich das geschafft habe bekomme ich Reisefreiheit?" versuchte der Detectiv halbherzig sein Glück.

„Lars", tadelte Oma Bender ohne dabei die Wärme in ihrer Stimme zu verlieren. „Ich dachte, wir hätten das ausgiebig besprochen."

„Naja, man kann es ja mal versuchen", seufzte der Detectiv. „Die Gelegenheit schien mir günstig."

„Es freut mich, dass du so hilfsbereit bist."

Oma Bender stützte sich kräftig auf ihren Oberschenkeln ab, stand von der Bank auf und ging, nachdem sie dem Detectiv alles Gute gewünscht hatte, die Straße herunter, wo sie irgendwann aus dem Blick des Detectivs verschwand.

Der fragte sich, weshalb es ihm nie gelang, mal so richtig knallhart mit der Oma zu verhandeln. Wahrscheinlich war sie einfach zu lieb. Beim nächsten Mal wollte er zumindest mal über dieses Hungergefühl reden, das ihn bei seinen Zeitreisen immer so nervte.

Er genoss noch ein bisschen die Ruhe vor dem unausweichlichen Sturm und machte sich dann auf den Weg. Wenn ihn jemand nach seinem Motivationslevel gefragt hätte, wäre die Antwort „Such dir ne Schippe und buddele ein bisschen. Vielleicht gelingt es dir ja, ihn frei zu legen", wirklich cool gewesen. Aber es fragte ihn keiner und so musste er die Antwort vorerst für sich behalten. Ohne die Unterstützung durch Mr. Cleans geniale Lauschangriffe musste er sich seine Informationen komplett alleine beschaffen. Mit anderen Worten. Er musste in das Domizil des Clans reisen und einfach mal schauen, was so auf ihn zukommen würde.

Aufräumen

Er hatte seine verspiegelte Sonnenbrille auf. Er war sich sicher, dass seine Gesichtszüge sehr mürrisch wirken würden (Immer gut, wenn man sich nicht verstellen muss). Seine Uniform war in tadellosem Zustand. Das einzige Problem war, dass er sich vor dem Garagentor und nicht hinter dem Garagentor befand. Da er normalerweise immer genau da ankam, wo er hin wollte, gab es nur eine einzige Erklärung: Hinter dem Garagentor musste sich irgendeiner der amen Irren aufhalten.

Also klopfte der Detectiv mit seinem Schlagstock höflich, aber deutlich vernehmbar an das Blech. Sofort näherten sich Schritte.

„Was ist los?" wollte jemand wissen. Irgendwie kam dem Detectiv die Stimme bekannt vor.

„Schnell!"

Der Detectiv hatte schon öfters die Beobachtung gemacht, dass Befehle besonders dann funktionierten, wenn die angesprochenen Personen unter Stress standen. Und er vermutete, dass so ziemlich alle in diesem herrschaftlichen Anwesen unter Stress standen. Immerhin waren ihnen binnen kürzester Zeit ein paar Edelkarossen mitsamt gut sortierter Bewaffnung abhanden gekommen. Und nicht nur das, auch einige Schergen waren von der Bildfläche verschwunden. Jetzt gerade die beiden Nudisten vom Parkdeck, dann dieser Gundolf, der sich selber das Bein gebrochen hatte. Ach nein, korrigierte sich der Detectiv. Wohl doch nur der

Sohn. Zumindest, wenn er sich richtig erinnerte. Dann Hagen, mit dem alles angefangen hatte. Wen noch? Richtig da war dann auch noch Sepp. Wobei der Detectiv vermutete, dass der Clan davon gar nicht so viel mitbekommen hatte. Und jetzt sollte er mal eben den Rest in alle Winde verstreuen.

Der Detectiv wurde durch das Quietschen des Garagentores noch gerade rechtzeitig aus seinen Gedanken gerissen, um sich hinter einem Busch zu verbergen. Kurz danach kam Gundolf aus der Garage gehumpelt. Er setzte das gebrochene und offenbar medizinisch versorgte Bein nicht auf, sondern stützte sich auf eine Gehhilfe, die ihm bis unter die Achsel reichte.

„Ich wünsche einen schönen Tag", begrüßte der Detectiv seinen alten Bekannten jovial. „Eben hatte ich noch schlechte Laune und kaum sehe ich dich, steigen in mir Glücksgefühle hoch."

Der erschrockene Blick von Gundolf sprach Bände. Als er versuchte an die Waffe zu kommen, die deutlich sichtbar in seinem Hosenbund steckte, machte der Detectiv ein paar schnelle Schritte und kickte ihm mit aller Kraft die Gehhilfe weg. Das führte zu einem vorhersehbaren Gleichgewichtsverlust des kräftigen großen Mannes, den dieser nicht mehr kompensieren konnte. Mit einem zweiten Kick landete die Waffe, die sich bereits von dem Hosenbund entfernt hatte, irgendwo in einer unaufgeräumten Ecke der Garage.

„Was ist das denn für eine Begrüßung?" wollte der Detectiv mit leiser Stimme wissen. „Eben noch wünsche ich dir einen schönen Tag und schon versuchst du eine Waffe auf mich zu richten. Was sind das denn für Sitten?"

Der Detectiv merkte, dass er diesmal keine Lust hatte immer wieder auf eine Antwort zu warten, die dann ohnehin wieder ausbleiben würde. Das war einfach zu lästig. Also wartete er diesmal nur einen Atemzug lang, bevor er weiterredete.

„Damit von Anfang an klar ist, um was es hier geht. Ich habe von höherer Stelle", er musste sich ein Grinsen verkneifen, „den Auftrag erhalten, dieses Gebäude hier zu räumen und gleichzeitig dafür zu sorgen, dass der Schwachsinn, den ihr hier veranstaltet, beendet wird."

„Du spinnst."

„Wahnsinn. Eine Antwort. Ganz aus freien Stücken und dann auch noch so schnell. Nutzt jetzt aber nichts mehr. Leg dich jetzt mal auf den Bauch. Ich werde dich ein wenig fesseln müssen."

Statt der Aufforderung Folge zu leisten, fing Gundolf an mit seinem gesunden Bein zu treten. Aus der Perspektive des Detectiv war das ein ziemlich alberner Versuch. Trotzdem musste er irgendwie reagieren. Dazu benutzte er seinen Gummiknüppel, den er auf dem Schienbein des heilen Beines landen ließ.

„Du bist so ein derartiger Idiot", erklärte er dem auf dem Boden liegenden Mann, der sich mit schmerzverzerrtem Gesicht sein Bein hielt. Bei der ganzen Arbeit, die noch vor dem Detectiv lag, hatte er eigentlich keine große Lust, sich zu lange mit Gundolf auseinander zu setzen. Er setzte sich rittlings auf Gundolf, nahm sich ein paar Kabelbinder vom Gürtel und fesselte Gundolf damit. Eigentlich hatte er vor gehabt, ihn auf die Schulter zu nehmen und dann zu verstecken aber als er den Mann vor sich liegen sah, wusste er, dass das niemals funktionieren würde. Wie hätte er den vom Boden hochbekommen sollen? Er war schließlich kein Gewichtheber.

Damit war der Start schon mal suboptimal gelaufen. Statt einen der Bewohner der Clan-WG zu entsorgen, musste er ihn gut sichtbar gefesselt in der Garage liegen lassen.. Es war nur eine Frage der Zeit, bis irgendeiner der anderen ihn finden und befreien würde.

Es konnte also durchaus besser werden. Der Detectiv wusste nur nicht so richtig wie. Eigentlich hatte er sich auf seine Aufgabe so gar nicht vorbereitet. Er wusste noch nicht einmal, wo die Leute in dem Haus überall stecken konnten. Um zumindest mal einen Überblick über die Architektur des Gebäudes zu bekommen, machte er ein paar kleine ‚Sprünge'. Dabei erkundete er immer erst mit den Augen, wo eine Stelle war, die unbeobachtet war. Danach machte er einen Zeitreisensprung dorthin. Also eigentlich keine richtige Zeitreise. Mehr eine Ortsreise. Nach einiger Zeit fand er auch den Kontrollraum, in dem vermutlich einige der von Mr. Clean infizierten Computer standen. In dem Raum hielten sich zwei Typen auf, die die Monitore allerdings kaum beachteten.

„Dieser blöde Klugscheißer. Jetzt, wo alles vorbei ist kommt er um die Ecke und erklärt uns und vermutlich auch dem Chef, was wir für Nieten sind. Ich frage dich, wo der vorher gewesen ist."

„Keine Ahnung", zuckte der andere nur mit den Schultern. „Ich verstehe allerdings auch nicht, warum du dich so aufregst. Das läuft doch immer so. Wir machen die Drecksarbeit. Solange das klappt kommt keiner vorbei, um mal zu sagen: ‚Hey, hast du gut gemacht'. Aber wenn es mal nicht so läuft, dann kommen die aus ihren Löchern und haben natürlich schon vorher alles gewusst. Dann halten sie kluge Reden, schieben einen beiseite und meinen, sie müssten einem die Welt noch mal ganz neu erklären."

„Recht hast du. Genau so ist es."

Die idealen Personen, um die Reinigungsarbeit zu beginnen, dachte sich der Detectiv und trat hinter dem Schrank hervor, der ihn vorher verborgen hatte.

„Ihr habt mein volles Mitgefühl. Die Kleinen werden immer mit Füßen..."

Unterschätze nie deine Gegner, ging dem Detectiv noch so gerade eben durch den Kopf als er sich mit einem Schritt aus der Sicht der beiden brachte, die nach der ersten Schrecksekunde ihre Waffen gezogen hatten und auf ihn anlegten. Als der Detectiv auf der anderen Seite des Raumes landete, wurde der schöne alte Schrank, hinter den er sich vor seinem Ortssprung flüchten musste, bereits von Kugeln zersiebt.

Bevor die beiden mit ihrem Akt der sinnlosen Gewalt aufhörten, legte der Detectiv sein Paintballgewehr an und jagte dem ersten der beiden einen blauen Farbfleck an den Hinterkopf. Ohne die Reaktion abzuwarten, verschwand er und tauchte hinter dem einzigen anderen Schrank wieder auf. Glücklicherweise hatte man die alten Möbel nicht weggeräumt. In einer modernen Schaltzentrale hätte er solche Verstecke nicht gefunden.

Er konnte beobachten, wie der Blaue auf die Farbe starrte, die seine Handfläche angenommen hatte, nachdem er sich an den Hinterkopf gefasst hatte. Sein Kumpel hatte die Situation bereits erfasst und „Paintball" gerufen. Nur danach wusste er nicht so richtig weiter. An der Stelle, von der aus geschossen worden sein musste, war niemand. Der Detectiv wollte die beiden noch ein bisschen bearbeiten, bevor er ihnen eine Denkpause gönnen würde. Also verabreichte der dem zweiten Mann einen gelben Fleck in der Körpermitte. Eigentlich hatte er den Hintern treffen wollen. Nur war der Mann so derartig schnell herumgewirbelt, dass ihn der Paintball genau in der Zehntelsekunde, in der die Drehung beendet war auch schon traf. Schmerzhaft traf. Noch korrekter: Sehr, sehr schmerzhaft traf. Das war dann auch das Glück für den Detectiv, der sonst vielleicht durch eine richtige Kugel getroffen worden wäre. So hatte er gerade noch genug Zeit, um hinter seinem aktuellen Schrank zu verschwinden und danach wieder hinter dem ersten Schrank zu landen.

Der Gelbe war auf dem Boden zusammengesunken, während der Blaue ein paar Schüsse auf die Stelle feuerte, an der der Detectiv gerade noch gewesen war. Detectiv Maier wurde jetzt klar, dass das so nicht mehr lange gut gehen konnte. Zum einen hörten die anderen im Haus mit Sicherheit die Schüsse und würden bald auftauchen. Zum anderen musste sich der Detectiv noch mal in Erinnerung rufen, dass er zwar ein Zeitreisender aber nicht ein Unverwundbarer war. Es galt also möglichst schnell ein Ende zu machen und dabei seine Fähigkeiten voll auszuschöpfen. Also holte er sich schnell ein Maschinengewehr aus seinem Vorratsdepot und landete damit wieder in dem Kontrollraum. Ohne zu zögern legte er an und ließ eine ausgiebige Salve über die Stuckdecke, die Bildschirme und Computer streichen. Während der Gelbe noch immer zusammengekrümmt auf dem Boden lag, ging dem Blauen ein bisschen die Orientierung verloren, da er sowohl von umher fliegenden Stuckstücken, als auch den Überresten der Elektrogeräte getroffen wurde. Nach den vorher gemachten Erfahrungen war das für den Detectiv kein Grund, sich auch nur annähernd sicher zu fühlen. Er verließ den Raum und tauchte in einem der Vorratsräume, die er bei der Erkundung gefunden hatte, wieder auf.

Im Nachhinein betrachtet war die Aktion, die er gerade gemacht hatte ziemlich gefährlich gewesen. Der Detectiv schüttelte den Kopf, als ihm dieser Leichtsinn klar wurde. Im gesamten Haus schien inzwischen erhebliche Hektik ausgebrochen zu sein. Wahrscheinlich war es nur eine Frage der Zeit, bis er in seinem Versteck entdeckt werden würde. Also machte er schnell den Abflug an einen sicheren Ort.

Um sich für seinen Einsatz zu belohnen, quartierte er sich in einem Hotel ein, hing das „Bitte nicht stören" - Schild an die Türe und legte sich in aller Ruhe auf das große saubere Bett. Er wollte sich den lange vermissten Luxus der Ruhe gönnen und dann wieder mit frischen Kräften an die Aufgabe heran gehen.

Er reiste genau in die Minute vor den Moment, in dem er in den Kontrollraum gegangen war. Er befand sich jetzt in der darüber liegenden Etage des Hauses. Von den Erkundigungen, die er vorher eingezogen hatte, war ihm bekannt, dass hier verschiedene kleine Büros für die Clanmitglieder eingerichtet waren. Ihm blieb eine knappe Minute, um schnell seinen kleinen Streich vorzubereiten.

Er öffnete den mitgebrachten Eimer mit der zähflüssigen Schmierseife und vergoss den Inhalt großzügig im Bereich der nach unten führenden Treppe. Danach betrachtete er zufrieden den zugesauten Handlauf und die oberen Treppenstufen.

Sekunden später fielen unten die ersten Schüsse. Es war also an der Zeit, sich schnell zu verstecken. Wieder musste einer der vielen alten Bauernschränke herhalten, die in dem Haus zuhauf herumstanden. Er konnte von seinem Versteck aus sogar einen Blick auf die Treppe werfen.

Als erstes kamen direkt zwei Leute gleichzeitig angerannt. Sie hatten ihre Waffen bereits gezogen und wollten die Treppe runter stürmen. Der Linke rutschte auf der Seife aus, konnte sich aber über den Handlauf, den er gleichzeitig gefasst hatte, noch einigermaßen im Gleichgewicht halten. Der Zweite hatte weniger Glück. Sein Fuß rutschte nach vorne weg und er flog rücklings die Treppe bis zum Absatz herunter. Vom Geräusch her war das insgesamt kein wirklich gelungener Flug.

Während der Erste sein Gleichgewicht wiederfand und so angewidert, wie überrascht auf die gallertartige Substanz starrte, die von seiner Hand heruntertropfen wollte, kamen die restlichen Bewohner der Etage aus ihren Zimmern gestürmt. Insgesamt waren das noch weitere drei Leute. Einer davon rutschte ebenfalls auf der Seife aus – er kam aus dem Zimmer direkt an der Treppe und hatte gar keine Gelegenheit festzustellen, dass etwas nicht stimmte – die anderen konnten vorher stoppen. Damit waren das die einzigen zwei Männer, die für den Detectiv unmittelbar bedrohlich waren. Nur war denen das noch nicht bewusst, da sie wertvolle Zeit damit vergeudeten, die drei havarierten Kumpanen zu betrachten. Die Chance wollte sich der Detectiv nicht entgehen lassen. Er legte sein Blasrohr an und traf den ersten der beiden in der Hüfte. Das Dumme an Blasrohren war natürlich, dass man sie manuell nachladen musste. Um hierfür ausreichend Zeit zu gewinnen, machte der Detectiv eine Ortsreise in eines der jetzt verlassenen Zimmer.

Als er aus der Türe spinkste, war sein erstes Opfer bereits zusammen gebrochen und stürzte den anderen noch vollkommen ‚unbehandelten' Gangster in vollkommene Ratlosigkeit. Um ihm das Nachdenken nicht zu schwer zu machen, jagte der Detectiv ihm ebenfalls einen Pfeil in den

Körper. Der Getroffene umfasste den Pfeil und starrte ihn mit dieser seltsamen Ungläubigkeit an, die der Detectiv bisher nur aus Filmen kannte.

Damit war nur noch der Mann mit den zugekleisterten Händen in Sichtweite. Der hatte den Detectiv inzwischen auch entdeckt. Er versuchte mit seinen gehandicapten Händen irgendetwas aus seiner Tasche zu ziehen.

„Suchst du ein Messer oder ähnliches?" wollte der Detectiv im Plauderton wissen, während er eine Pistole zog und langsam auf den Mann zuging.

Ganz gegen die Gewohnheit des Clans, gab der sogar eine Antwort, die aber leider in dem Schwall der Maschinengewehrschüsse eine Etage tiefer komplett unter ging. Der Detectiv hob die Hand, um ihm zu signalisieren, dass es im Moment ein akustisches Problem gab. Als das Geknatter verstummte, signalisierte der Detectiv ihm mit einem freundlichen Kopfnicken, dass er jetzt nochmals mit der Antwort ansetzen könne.

„Du kommst hier nicht mehr lebend raus, Fettsack." Das Maschinengewehrfeuer, das ihn gerade noch hektisch die Treppe hinunterschauen ließ, blendete er bei seiner Antwort erstaunlich gut aus.

„Es freut mich, dass du bereit bist, deinen Teil an unserem kleinen Dialog zu leisten", lobte ihn der Detectiv. „Allerdings möchte ich zu bedenken geben, dass solche primitiven Drohungen bei mir nicht verfangen. Ich stehe da quasi drüber."

Inzwischen hatte der Mann es geschafft, sein Messer in die Hand zu bekommen. Ihm war nur irgendwie nicht klar, was er jetzt machen sollte. Der Detectiv schaute sich das herrlich ratlose Gesicht eine zeitlang an.

„Falls du mit dem Messer normalerweise virtuos umgehen kannst, dann rate ich dir, das einfach zu vergessen. Mit der klebrigen Seife an deinen Händen wird das nichts. Warum legst du das Messer nicht einfach auf den Boden?"

Während er das sagte, machte er ihm die dafür erforderliche Bewegung andeutungsweise vor. So hatte er das in unzähligen amerikanischen Spielfilmen gesehen. In der Regel hatten die Verbrecher in dem Moment immer so eine Art ‚Sturm der Erkenntnis' und folgten der Anweisung des Polizisten. Nicht jedoch der Mann, der jetzt vor dem Detectiv stand. Also überlegte der Detectiv, wie er anders weiter kommen konnte.

„Wir haben leider nicht viel Zeit. Deshalb möchte ich es gerne ein bisschen abkürzen. Leg das Messer einfach schön vorsichtig auf den Boden!"

Wieder passierte nichts. Nach wie vor zeigte der Verbrecher, dass er die Situation zwar nicht richtig verstand, aber trotzdem – oder gerade deswegen – das Messer nicht aus der Hand legen wollte. Plötzlich hörte er das Stöhnen von einem der beiden Kollegen, die die Treppe hinunter gestürzt waren. Der kurze Blick über die Schulter, den er reflexhaft auf den Mann warf, reichte dem Detectiv um eine kleine Reise auf die andere Seite des Flures zu machen. Damit konnte er sich den Rücken seines Gegners anschauen. Und er konnte sich vor allem anschauen, wie der Mann erschrocken feststellte, dass der Detectiv weg war. Das bot dem Detectiv natürlich wieder einen Anknüpfungspunkt für ein kleines Gespräch.

„Ich versuche euch schon seit einiger Zeit klar zu machen, dass ich ein Gegner bin, den ihr nicht besiegen könnt", erklärte er mit ruhiger Stimme. Der Angesprochene wirbelte herum. In seinem Gesicht konnte der Detectiv ablesen, dass er mit aller Macht versuchte, sich irgendwie zu erklären, wie das was er sah, funktioniert haben konnte.

„Es ist so", erklärte der Detectiv, der seine Pistole nach wie vor auf den Mann richtete, „dass ich eigentlich nur durch einen ganz dummen Zufall in die ganze Geschichte reingerutscht bin. Dann kam auch noch dieser dämliche Hagen auf die Idee, mich umlegen zu wollen. Sehr bedauerlich und vor allem sehr lästig. Naja, und dann ist es eben passiert. Ich habe jetzt die Aufgabe euch in alle Winde zu zerstreuen."

Der Mann schien rein gar nichts verstanden zu haben.

„Wie gesagt, wir haben nicht viel Zeit. Ich muss jetzt also wirklich anfangen."

Der Detectiv hob, um seinen Worten mehr Bedeutung zu verleihen, seine Pistole ein wenig an. Leider verstand der Mann das komplett falsch. Er machte einen unbedachten Schritt nach hinten und stolperte rücklings die Treppe hinunter.

„So eine Scheiße", murmelte der Detectiv, „wie soll ich die Pfeifen denn jetzt bloß wegbekommen? Ich bin doch kein Möbelpacker."

Die beiden, die er mit dem Blasrohr außer Gefecht gesetzt hatte, waren für die nächsten Stunden mit Sicherheit nicht mehr in der Lage, ihm Ärger zu machen. Schwerer zu kalkulieren, war der Zustand der drei Typen, die unten auf dem Treppenabsatz lagen. Von denen konnte jederzeit einer so weit zu sich kommen, dass er in der Lage war, Ärger zu machen. War eigentlich ohnehin schon ein ziemlicher Zufall, dass die alle so gefallen waren, dass sie nicht sofort wieder aufstehen konnten. Hatte einer von denen nicht eben mal kurz gestöhnt?

Der Detectiv warf vorsichtig einen Blick auf die drei und tatsächlich hatte einer bereits wieder seine Waffe in der Hand und zielte damit ohne etwas anvisieren zu können, nach oben. In dem Moment, in dem er den Kopf des Detectivs wahrnahm änderte sich das natürlich schlagartig. Glücklicherweise konnte der Detectiv seinen Kopf schnell genug wieder zurückziehen.

„Hey, Kumpel", versuchte er sein Glück. „Wirf doch einfach mal deine Waffe die Treppe hoch und sag mir dann mit lauter Stimme, dass du bereit bist, dich zu ergeben."

Statt einer Antwort wurden noch mehr Schüsse abgegeben. Und wahrscheinlich wären es noch mehr geworden, wenn sich die beiden Typen aus dem zerstörten Kontrollraum nicht bemerkbar gemacht hätten. Damit fing für den Detectiv eine angenehme kleine Pause an.

„Jack. Wer ist da oben? Hast du ihn erwischt?"

Jack war offenbar der Mann auf dem Treppenabsatz.

„Nein noch nicht. Was ist bei euch los gewesen? Keine Schüsse mehr kann nur bedeuten, dass ihr eine Leiche habt? Wer ist es?"

„Wir haben keine Leiche. Dieser fette Spinner hat uns angegriffen. Er war auf einmal da. Der muss die Wachen umgelegt haben. Ich kann mir nicht vorstellen, wie der sonst bis zu uns durchgekommen sein soll."

„Was heißt das!? Ihr habt keine Leiche? Wo ist der Typ denn dann? Habt ihr etwa einen Gefangenen gemacht?"

„Nein, der ist weg."

„Wie weg? Dann muss er doch hier durch gekommen sein."

„Ihr ward doch selber beschäftigt. Wahrscheinlich habt ihr ihn deshalb nicht gesehen."

„Schwachsinn. Wo sollte der denn sein? Schau gefälligst auf deine dämlichen Bildschirme. Der muss doch zu finden sein."

„Die Bildschirme sind kaputt. Er hat eine ganze Maschinengewehrsalve durch die Technik gejagt. Da funktioniert nichts mehr."

Scheinbar stand dieser Jack in der Hierarchie über den beiden aus dem Kontrollraum. Der Detectiv konnte sich sonst nicht erklären, weshalb die nicht fragten, auf wen Jack denn da so schießen würde. Stattdessen stellte Jack die nächste Frage.

„Wie seht ihr überhaupt aus? Wo kommt denn die Farbe her?"

„Paintball. Er hatte eine Paintballwaffe dabei."

„Maschinengewehr, Paintballgewehr. Ein bisschen viel für eine Person gegen zwei. Die müssen dem doch im Weg gewesen sein. In jeder Hand ein Gewehr geht eigentlich nur auf der Kinoleinwand."

„Warum sollte ich lügen?"

„Warum sollte der mit einem Paintball auf euch schießen, wenn er ein Maschinengewehr hat?"

„Keine Ahnung." Nach einem Räuspern traute er sich dann doch. „Und wen hältst du da oben in Schach? Ist da überhaupt jemand?"

„Allerdings. Er hat die anderen vier schon ausgeschaltet."

„Tot?"

„Nein. Bewusstlos."

„Hast du den Angreifer gesehen? Ist vielleicht der Gleiche."

„Nur ein kurzer Blick. Fett."

„So, wie der Typ, der uns die ganze Zeit schon nervt?"

„Keine Ahnung. Ich habe noch kein Bild von dem gesehen."

„Warst du beim Screening nicht da?"

„Ich war verhindert. Jedenfalls kann er das nicht sein. Der war nämlich schon da, als ich bei euch den Kampf gehört habe."

„Stimmt. Also operieren die mindestens zu zweit. Genau das, was wir immer schon vermutet haben. Was ist denn jetzt mit dem Typen da oben. Warum hält der die ganze Zeit still? Hast du den vielleicht erwischt?"

„Ihr habt Recht. Gib mir deine MP. Ich prüfe das."

Der Detectiv bereitete mit genervter Miene das Blasrohr vor. Die hätten sich doch ruhig noch ein bisschen länger unterhalten können. Die Pause hatte ihm wirklich gut getan. Als er sich sicher war, das dieser Jack mit MP bewaffnet vorsichtig auf dem Weg war, warf er eine Blumenvase gegen die Wand des Treppenhauses, stand gleichzeitig auf, zielte und schoss auf den Mann, der noch die zerschellende Blumenvase betrachtete.

Die guten alten Bauerntricks sind eben immer noch die besten.

Er zählte noch mal im Kopf durch. Drei Typen waren betäubt. Mit Sicherheit für einige Stunden. Wahrscheinlich aber noch viel länger. Immerhin waren die Pfeile für ausgewachsene Tiger ausgelegt. Kompliziert genug da dran zu kommen. Nach der Dosis für Menschen hatte er nun wirklich nicht fragen können.

Dann lagen noch zwei auf dem Treppenabsatz, die scheinbar so unglücklich gefallen waren, dass sie bewusstlos waren oder die so ‚klug' waren, so zu tun, als ob sie bewusstlos wären. Bei dem Gedanken lud der Detectiv erneut sein Blasrohr. Dann waren noch die beiden aus dem Kontrollraum. Entweder, die standen noch unten im Flur oder die waren bereits abgehauen um Verstärkung zu holen.

Der Detectiv musste sich eingestehen, dass er die Situation noch nicht im Griff hatte. Die Frage war, wo er hin konnte, ohne direkt gesehen zu werden. Am besten wieder eine der Abstellkammern. Vorher aber noch die Pfeile schießen. Nur, wie bekam er heraus, ob die nur auf ihn warteten? Eigentlich ganz einfach. Er wusste nicht, warum ihm das nicht sofort eingefallen war. Er reiste einfach ein paar Minuten zurück und in den Kontrollraum. Von dort hörte er sich das Gespräch der beiden Kontrollraumtypen mit Jack nochmals an und wartete dann ab, bis Jack mit der MP die Treppe hoch ging.

Danach nahm er sein eigenes Maschinengewehr in den Anschlag und zeigte sich den beiden Kontrollraummännern. Dabei legte er einen Finger vor die Lippen um ihnen zu signalisieren, dass sie sich leise verhalten sollten. Beide waren so erschrocken, ihn zu sehen, dass sie tatsächlich stumm blieben und noch nicht mal zur Treppe schauten als Jack, vom Betäubungspfeil getroffen, wieder einmal ein paar Stufen herunter fiel.

„Wir machen das jetzt mal einfach so. Ich werfe euch jetzt ein Paar Handschellen zu."

Der Detectiv hatte beschlossen nicht zu viele Anweisungen auf einmal zu geben. Die beiden schauten ihn noch immer an, als ob er ein Geist oder ähnliches wäre. Er nahm ein Paar Handschellen von seinem Gürtel und warf es zu den beiden rüber. Danach schaute er einen der beiden an.

„Du hebst die jetzt auf und klickst deine rechte Hand ein. Danach klickt dein Kumpel ebenfalls seine rechte Hand ein."

Als die beiden zögerten, löste er die Sicherung an seinem Maschinengewehr und schaute die beiden entschuldigend an.

„Kann doch mal passieren. Die Sicherung war noch drin. Jetzt ist aber alles so wie es sein soll. Ich kann also tatsächlich schießen."

Kurz danach hatten die beiden sich mit ihren rechten Händen aneinander gefesselt. Der Detectiv nahm eine weitere Handschelle und warf sie ebenfalls zu den beiden.

„Du lässt die jetzt an deiner linken Hand einrasten."

Der Detectiv wartete, bis seinem Wunsch Folge geleistet worden war.

„Und du", er zeigte auf den anderen, „befestigst jetzt ebenfalls deine linke Hand an der Handschelle."

Als das passiert war, bat der Detectiv die beiden sich nebeneinander an die Wand zu knien.

„Schön den Hintern auf die Ferse. Ich will euch die Variante mit dem Schneidersitz ersparen. Ihr seht nicht so aus, als ob ihr das lange durchhalten könntet. Seid mir also dankbar."

Als die beiden endlich so knieten, wie es sich der Detectiv vorgestellt hatte, richtete er sein Maschinengewehr auf den Treppenabsatz und machte sich, während er aus der Deckung ging darauf gefasst, jetzt wirklich abdrücken zu müssen. Allerdings tat sich dort noch immer nichts. Jetzt wusste er nicht so richtig, was er machen sollte. Die beiden auf der Treppe waren jetzt schon so lange ohne Bewusstsein, dass ein Betäubungspfeil vielleicht etwas zu schwierig für ihren Körper werden könnte. Andererseits konnte er auch nicht riskieren, die beiden unbehandelt zu lassen. Schließlich fesselte er sie mit ein paar Kabelbindern. Da er davon genug hatte, fixierte er sie direkt auch noch an einem Treppenpfosten.

Wieder ein paar Minuten später war er sich sicher, dass keiner der versammelten sieben Personen noch über eine Waffe verfügte. Mit Hilfe eines Rucksacks – wer kann schon so viele Gegenstände tragen ohne, dass einer runter fällt -

und einer kleinen Ortsreise versenkte er die Waffen in einem tiefen See.

Als er dann wieder im Kontrollraum auftauchte waren für die beiden Gefesselten nur wenige Sekunden vergangen. Der Detectiv allerdings hatte einen kleinen Fußmarsch durch eine landschaftlich sehr reizvolle Gegend hinter sich. Eigentlich sehr schön. Endlich mal wieder durchatmen.

„So, meine Herren. Eure Waffen sind jetzt sicher versorgt. Was ich ganz gerne von euch wissen würde ist Folgendes: Warum taucht hier keiner von euren Kumpels auf? Nach meiner Zählung sind die Bodyguards von eurem Chef doch noch vollständig."

Die beiden schauten ihn nur schweigend an.

„Okay", versuchte es der Detectiv erneut, „eigentlich ist mir das sogar ziemlich egal. Die Frage ist mehr aus Neugierde. So nach dem Motto: Ihr haltet hier euren Arsch hin und die da drin in ihrem Hochsicherheitstrakt bereiten vermutlich schon ihre Flucht vor. Versteht ihr? Das ist die Frage, die mich wirklich bewegt. Oder was meint ihr, warum ich euch nicht einfach umgebracht habe?"

Er schaute die beiden fragend an und stellte sich angesichts des beharrlichen Schweigens die Frage, was er hier eigentlich falsch machte. Warum wollten die alle nicht mit ihm reden?

„Ich habe eben zufällig das Gespräch mit Jack aufgefangen. Ich darf euch da auf einen kleinen Irrtum hinweisen. Ich arbeite tatsächlich alleine. Es ist nur so, dass ich über sehr besondere Fähigkeiten verfüge, die es euch wirklich sehr schwer machen, gegen mich zu gewinnen. Hatte ich eben schon mal erwähnt. Aber ich glaube, da ward ihr noch nicht in Hörweite."

Er kam sich vor, wie der Leiter eines Gesprächskreises dessen Teilnehmer ohne Ausnahme zwangsverpflichtet waren und alles im Kopf hatten, nur eben nicht das Gespräch mit dem Gesprächsleiter. Was würde so ein psychologisch geschulter Gesprächsleiter jetzt wohl machen? Er würde ohne Zweifel einen Anreiz schaffen, das Schweigen zu beenden. Oder besser: Das Schweigen aufzubrechen. Ja, das war die bessere Formulierung. Unbewusst ging ein Lächeln über das Gesicht des Detectivs. Das Maschinengewehr, das er quer über seinen Schoss gelegt hatte, fing an unangenehm zu drücken. Da er es nicht riskieren konnte, die Waffe zur Seite zu legen, veränderte er deren Position ein bisschen.

Was also konnte er tun, um die beiden zum Reden zu bringen? Wie war die Formulierung noch? ‚Schweigen aufbrechen'. Ja, da war er eben hängen geblieben. Vielleicht sollte er einen Anreiz schaffen. Irgendwas, wie ‚vielleicht wollt ihr abhauen, bevor die Polizei kommt', oder ‚hey, ich glaube ihr seid gar nicht so. Redet jetzt, dann will ich schauen, was ich für euch tun kann'. Wieder musste der Detectiv grinsen. Natürlich konnte er bei der Polizei nichts bewirken und natürlich waren die beiden genau solche Verbrecher, wie die anderen. Trotzdem war es ein netter Gedanke, einfach mal so zu tun, als ob.

Dieses dämliche Maschinengewehr nervte schon wieder.

„Okay, ich rede. Aber bitte richte die Waffe erst woanders hin. Ich kenne das Modell, die geht sehr schnell los. Auch wenn man es nicht will."

Upps, ging es dem Detectiv durch den Kopf. Das ist allerdings wirklich nachlässig von mir. Da habe ich doch tatsächlich die Waffe genau auf die beiden Typen gerichtet. Und das nur, weil die so unbequem ist.

„Okay, dann erzähl mir doch jetzt mal, warum keine Hilfe kommt."

„Das ist Teil vom Notfallplan. Beim Chef kann man sich am besten verteidigen. Dort sind auch Vorräte untergebracht. Zur Not können die das über eine Woche dort aushalten."

Der Detectiv dachte kurz nach und meinte dann.

„Willst du mich verarschen? Ihr habt hier doch keine Burg die nur darauf wartet, von Feinden angegriffen zu werden. Wir leben hier nicht im Mittelalter."

„Es ist so, wie ich sage."

„Dann ist euer Chef paranoid oder so was. Das ist doch krank. Eure Aufgabe ist es illegale Geschäfte zu machen, ab und zu mal einen Auftragsmord und solche Dinge. Das ist doch nichts, wo man sich gegen andere Verbrecherbanden wehren muss. Ihr seid doch vernünftige Menschen, die solche Konflikte am Verhandlungstisch austragen."

Die beiden schauten ihn nur ratlos an. Was hatte er denn jetzt schon wieder falsch gemacht? Eigentlich war er der Meinung gewesen, am Anfang eines interessanten Gespräches über die Struktur des organisierten Verbrechens zu stehen. Stattdessen wieder nur dieses elende Schweigen. Der Detectiv zählte langsam bis zehn.

„Okay", eröffnete er den beiden resigniert, „ich habe jetzt einfach keine richtige Lust mehr auf die Art mit euch weiter zu machen. Ich glaube ich probiere mal was anderes aus. Aufstehen!"

Als die beiden zögerten, ließ der Detectiv eine kleine Salve aus seiner Waffe in der Wand über den beiden verschwinden. Danach standen sie erstaunlich schnell auf ihren Beinen.

„Gesichter zur Wand"

Die beiden waren folgsam. Zwar ein bisschen dämlich beim Umdrehen aber sie schafften es.

„Stirn an die Wand. Füße nach hinten. Die Hände bleiben unten."

Im ersten Moment hatte er schon Angst, zu viel Anweisungen auf einmal herausgegeben zu haben, dann schafften es die beiden aber doch die gewünschte Stellung einzunehmen.

Der Detectiv legte seine Waffe aus der Hand und band dann jedem der beiden die Füße so mit Kabelbinder zusammen, dass sie nur noch kurze Schritte machen konnten. Danach löste er eine der Handschellen und befestigte sie so, dass der erste der beiden jetzt eine Hand vor sich und die andere hinter sich halten musste. Die Kette der Handschelle lag also zwischen seinen Beinen. Kurz danach war der andere genauso versorgt.

„So", klärte er die beiden auf. „Ich probiere jetzt wie schon gesagt mal ein bisschen was anderes. Ist für mich selber auch neu. Seid also bitte nicht enttäuscht, wenn es nicht funktioniert."

Er schulterte sein wieder gesichertes Maschinengewehr, packte einen der beiden am Nacken und führte ihn langsam in den zerstörten Kontrollraum. Für sein Vorhaben war es wichtig, dass sie niemand sehen konnte. Danach lehnte er seine Waffe an einer etwas verborgenen Stelle an die Wand, umfasste seinen Gefangenen und hob ihn vom Boden hoch. Im Wissen, dass er das nicht lange halten konnte, versuchte er eine kleine Zeitreise zu machen.

Nichts passierte. Er ließ den Mann, der vor lauter Angst völlig starr war, wieder auf den Boden ab und überlegte, ob er vielleicht einen Gedankenfehler gemacht hatte. Immerhin war er nicht in dieser seltsamen Zwischenwelt mit Oma Bender gelandet. Das war schon mal was.

Der Ausgangspunkt war eigentlich ganz einfach. Bei jeder Zeitreise kam er mit allem, was er bei sich trug am Ziel an. Klar. Bisher waren das immer nur leblose Dinge gewesen und dieser Verbrecher, den er jetzt hatte mitnehmen wollen war natürlich ein Lebewesen. Möglicherweise galten da andere Regeln. Irgendwelche Reisebeschränkungen ging es ihm amüsiert durch den Kopf. Er wollte das Rätsel unbedingt lösen. Was also war der Ansatz?

Natürlich! Er hatte eine Zeitreise in die Vergangenheit machen wollen. Damit wäre der Typ eine gewisse Zeit lang zweimal existent. Das war vermutlich das Problem. Denn dann würde wieder dieses elende ‚Sich selber begegnen' anfangen. Dem war ein normaler Mensch natürlich überhaupt nicht gewachsen.

„So, nur die Ruhe. Wir machen jetzt einen zweiten Versuch", erklärte er seinem Mitreisenden.

Wieder hob er den Mann ein kleines Stück hoch und startete den neuen Versuch einer Zeitreise. Diesmal klappte es. Ganz in der Nähe hörte er eine Gruppe sehr fröhlicher und wohl auch sehr angetrunkener Menschen. Es waren einige

Worte von typischem wienerischem Zungenschlag zu vernehmen.

„So, mein Freund", erklärte der Detectiv seinem Mitreisenden, „hier trennen sich unsere Wege. Wenn du mal noch einen kleinen Moment warten würdest, dann will ich dich zumindest von den Handschellen befreien."

Der Detectiv, der seinen Mitreisenden von hinten umfasst hatte, stellte sich vor ihn und sah, als er nach den Handschellen greifen wollte das Dilemma.

„Igitt. Was hast du denn da gemacht. Ich würde dir empfehlen so lange im Verborgenen zu bleiben, bis das weggetrocknet ist. Sonst steht der Start in dein neues Leben unter keinem guten Stern. So. Jetzt halt mal still."

Während er die Handschellen aufschloss, setzte er seinen Mitreisenden davon in Kenntnis, dass er sich jetzt in Wien befinden würde.

„Die Hauptstadt von Österreich. Nette Leute. Wenn du dich benimmst, dann hast du hier sicher eine Chance. Du verstehst das jetzt natürlich alles noch nicht so richtig, aber mit der Zeit wirst du schon verstehen, was ich dir gerade sage. So, jetzt leg dich mal lang auf den Boden."

Der Mann tat, was von ihm verlangt wurde. Mit einer kleinen Zange löste der Detectiv noch den Kabelbinder, der die Füße zusammenhielt.

„Bleib noch einen Moment so liegen. Sagen wir mal: Langsam bis hundert zählen und danach bist du ein freier Mann. Ein letztes noch. Hätte ich doch fast vergessen. Du darfst nicht wieder zurückkommen. Jeglicher Kontakt zu dem Clan ist dir untersagt."

Ohne ihn weiter zu beachten, ging der Detectiv um eine Ecke und reiste wieder zurück in den Kontrollraum, wobei er darauf achtete, nur wenige Sekunden nach seiner Abreise zu landen. Er hatte keine Lust auf den Stress, nicht so genau zu wissen, ob sich inzwischen doch noch anderes Personal des Clans genähert haben könnte.

Als er, vorsichtshalber wieder mit seiner Waffe in der Hand, aus dem Kontrollraum kam, stellte er fest, dass der zurückgebliebene Mann gerade versuchte, in bester Sackhüpfen-Manier das Weite zu suchen.

„Hallo, da bin ich wieder. Kommst du bitte hierher?"

Mit ängstlichem Blick drehte der Mann nach kurzem Zögern seine Hüpfrichtung und kam dem Detectiv, der sich langsam wieder in den Kontrollraum zurückzog, hinterher. In dem Raum angekommen, suchten die Augen des Mannes erfolglos nach seinem Kumpel.

„Ja, der ist schon weg. Keine Angst, ich habe ihm nichts angetan, wenn es das ist, was dir durch den Kopf geht. Aber richtig. Er ist nicht mehr da und ich möchte auch nicht, dass du ihn jemals wiedersiehst."

Der Detectiv machte eine kleine Pause und hoffte, von den Augen seines Gegenübers ablesen zu können, ob er ihm gedanklich folgen konnte. Nach ein paar Atemzügen war sich der Detectiv nicht so sicher, ob das der Fall war.

„Also pass bitte mal kurz auf. Wir beide werden jetzt eine kleine Reise machen. Wenn wir am Ziel angekommen sind, werde ich mich von dir trennen und du hast dann die…"

Der Detectiv verstummte, als er sah, wie der Mann anfing mit panisch geweiteten Augen zu hyperventilieren. Was hatte er denn jetzt schon wieder falsch gemacht? So langsam gingen ihm dieser überempfindlichen Mitglieder des Clans ganz erheblich auf den Zeiger. Dann fiel es ihm ein.

„Ach, ich verstehe. Das mit der kleinen Reise hat in euren Kreisen eine weitere Deutungsmöglichkeit. Nein, ich werde dich nicht umbringen. Ich werde dich nach der Reise sogar von deinen Fesseln befreien, damit du auch wirklich gute Startbedingungen hast. Alles klar?"

Er hatte es nicht anders erwartet. Der Mann war einfach noch zu sehr mit sich selber und dem unerklärlichen Verlust seines Kollegen beschäftigt. Der Detectiv warf schnell einen Blick auf eine Landkarte, die er in einer seiner Hosentaschen mit sich trug, stellte sich dann hinter den Mann und hob ihn ein kleines bisschen hoch.

Die Landung am Zielort war nicht ganz so problemlos, wie er sich das erhofft hatte. Es regnete in Strömen und er war einfach nicht richtig angezogen, um diesem Wetter lange zu widerstehen. Also löste er die Handschellen und den Kabelbinder, noch bevor sein Mitreisender überhaupt die Chance hatte, zu realisieren, dass er tatsächlich im Regen stand und so gar nicht mehr im kaputten, aber trockenen Kontrollraum. In dem Moment in dem der Mann dann merkte, dass die Fesseln weg waren, merkte er auch, dass der dicke Mann mit diesen angsteinflößenden Gauklertricks ebenfalls weg war. Danach brauchte er noch eine weitere Minute um festzustellen, dass er nicht die geringste Idee hatte, wo er war. Die Straßenschilder jedenfalls konnte er nicht lesen. Zwar kannte er die Buchstaben, aber die Sprache kannte er nicht. Das Gleiche galt auch für alles andere was er sah. Mit einer Ausnahme: Ein Stück die Straße hinunter gab es ein Restaurant einer internationalen Fastfoodkette.

Zur gleichen Zeit stand der Detectiv wieder in dem Kontrollraum. Bei dem Gedanken an die fünf Typen, die auf der Treppe herumlagen, wurde er unendlich müde. Warum nur musste er so einen bescheuerten Job machen? Und vor allem, wie sollte er die bewusstlosen Gangster anheben, ohne um seinen Rücken fürchten zu müssen? Er hasste den Job. Vielleicht sollte er einfach warten, bis einer nach dem anderen wieder zu Bewusstsein kommen würde? Andererseits, wenn er es vorher machte, konnte er sicher sein, dass die ziemlich schnell ärztlich und wegen fehlenden Papieren auch polizeilich versorgt würden. Auch wieder ein Vorteil.
   Er ging vorsichtig auf den Flur und peilte die Lage. Noch immer war niemand zu sehen. Hielten die anderen sich jetzt wirklich alle beim Chef auf? Was für seltsame Leute. Erst machen die einen auf Familie und dann so was.
   Der Detectiv schaute sich die fünf Gangster an. Dann suchte er sich das nächste Reiseziel aus und zog schließlich den kleinsten von den Betäubungspfeil-Gangstern an den Rand der nächsten Treppe, wo er ihn mühsam aufrichtete.

Jetzt musste er ihn nur noch kurz anheben. Oder besser: Quer über die Schulter fallen lassen. Er drückte den Mann, der so viel Spannung im Körper hatte wie ein sehr schlaffer Sack, gegen die Wand, beugte sich mit den Schulter leicht gegen den Mann und hob ihn dann hoch. Es hatte tatsächlich geklappt, der schlaffe Körper lag quer über den Schultern. Während sich der Detectiv noch freute, merkte er, wie ihm langsam die Kraft ausging und wie zudem auch noch Geräusche aus dem Haus kamen, die darauf hindeuteten, dass er bald Gesellschaft bekommen würde. Also startete er schnell mit seiner Reise.

Diesmal landete er mit seinem Gepäck bei strahlendem Sonnenschein. Der Ort, den er sich ausgesucht hatte war wie ausgestorben. Der Teil seines Planes hatte glücklicherweise gut funktioniert. Der Stress, den er gehabt hätte, wenn die Abreise nicht funktioniert hätte, wollte er sich gar nicht erst ausmalen. Er ließ die schwere Last von seinem Rücken hinab gleiten, indem er einfach die Seite mit den Beinen losließ und den Mann so einigermaßen unversehrt auf den Boden legen konnte. Danach blickte sich der Detectiv um und sah ein paar Meter weiter eine wunderbare, einladende Parkbank. Warum sollte er sich nicht ein kleines Päuschen gönnen. Die Hektik des Alltages würde ihn schon noch früh genug wieder einholen. Also machte er die paar Schritte durch den Sand, legte den Kopf mit geschlossenen Augen nach hinten und genoss den herrlichen Sonnenschein in vollen Zügen.

Wie lange war er nicht mehr an der See gewesen? Er wusste es nicht. Erst jetzt, wo er den salzigen Geruch in der Nase hatte und die Seemöwen hörte, erinnerte er sich an diese herrlichen Zeiten, die er dort als Kind gehabt hatte. Mit unablässigem Rhythmus liefen die Wellen den Strand hoch und zogen sich dann über das Geröll wieder zurück. Ein Sandstrand, der ohne den kleinsten Stein bis weit ins Meer verlief, war natürlich schöner. Aber, man kann nicht alles haben.

Er zog die Schuhe aus, um den Sand zwischen seinen Zehen zu fühlen. Herrlich. Vielleicht sollte er einfach noch ein bisschen bleiben und sich eine Stelle suchen, an der er bis ins Meer gehen konnte. Die Frage war nur, was er mit dem Verbrecher anfangen sollte. Konnte er den einfach in der Sonne liegen lassen oder war das irgendwie gefährlich für den Mann. Was sollte schon passieren? Höchstens ein kleiner Sonnenbrand. Und dann würden ohnehin bald die Touristen oder die Einheimischen kommen. War nur zu hoffen, dass sich die Leute nicht alle überlegten, dass dort jemand seinen Rausch ausschlief.

Mit einem trägen Kopfschütteln vertrieb der Detectiv den Gedanken, nahm seine Schuhe in die Hand und ging ein Stück den Strand entlang. Dabei drehte er dem kleinen Dorf, das er in einiger Entfernung gesehen hatte, den Rücken zu. Er wollte es nach Möglichkeit vermeiden, gesehen zu werden. Das konnte nur zu Problemen führen. Ein Bewusstloser und ein ‚gefälschter' amerikanischer Cop und das alles auf der Hippi-Insel La Gomera. Unauffällig war eindeutig anders. Vielleicht hätte er irgendeinen mexikanischen Poncho tragen sollen? Egal. Jetzt war es ohnehin zu spät. Er hatte definitiv keine Lust jetzt hin und her zu reisen, nur um sich etwas unauffälliger zu kleiden. Er musste nur vermeiden, gesehen zu werden.

In den folgenden Minuten gelang es ihm, einfach an gar nichts zu denken und sich nur von dem Geräusch des Meeres zudecken zu lassen. Das endete, als er die steilen Felsen erreichte, die den Strand radikal beendeten. Er setzte sich mit dem Rücken an den Fels und wollte die Atmosphäre noch ein bisschen genießen. Leider wurde nichts daraus. Zum einen war der Fels nicht wirklich die Wohltat für seinen Rücken. Zum anderen sah er, als er zurückblickte, dass der offenbar noch immer leblose Gangster gefunden worden war. Jedenfalls hatte sich eine kleine Gruppe von Menschen dort eingefunden. Und nicht nur das. Die mussten wohl auch noch den Zusammenhang zu ihm hergestellt haben. Bei Lichte betrachtet kein wirkliches Kunststück. Der Strand war schließlich so schmal, dass man an dem leblosen Gangster eigentlich nicht vorbeikommen konnte, ohne ihn zu sehen. Alles sehr ärgerlich. Der Detectiv versuchte abzuschätzen, wie lange der Mann, der sich in seine Richtung bewegte, wohl noch brauchen würde. Vielleicht fünf oder zehn Minuten. Zumindest, wenn er nicht anfangen würde, zu laufen. Der Detectiv tastete seine Taschen nach Papier und Bleistift ab. Schließlich fand er einen Parkschein und eine glücklicherweise nicht ausgetrockneten Kugelschreiber. Es reichte noch gerade um die Botschaft „Der Mann ist nur betäubt. Vorsicht! Er gehört zu einer in Deutschland operierenden Verbrecherbande" zu schreiben. Dann zog er sich hinter einen kleinen Vorsprung zurück, der ihn so gerade eben vor den Blicken, des jetzt schon auf Rufweite herangekommenen Mannes verbarg. Als Ziel wählte er vorsichtshalber erstmal nur eine zugewachsene Stelle im Park der Verbrechervilla. Er musste vor seiner nächsten Reise in das Haus unbedingt seine Gedanken sammeln. Das Letzte, auf das er Lust hatte, war eine unverhoffte Begegnung mit einem der Bodyguards.

Finale

Wieder einmal hörte er das Maschinengewehrfeuer aus dem Kontrollraum. Er setzte sich auf eine alte Steinbank, die vor Blicken aus der Villa verborgen, in dem ungepflegten Park stand und überlegte, was jetzt kommen würde. Durch die ganze Hin und Her Reiserei hatte er jetzt schon selber den Überblick verloren. Zumindest ein bisschen. Eigentlich hätte ihm das nicht passieren dürfen. Genaugenommen war es sogar wirklich das Letzte. Aber wahrscheinlich lag es einfach an dem Unwillen, den er dem Job entgegenbrachte. Hier zeigte sich mal wieder eine alte Weisheit aller Abteilungsleiter und Chefs: „Wenn dein Personal keinen Bock hat, kann es noch so viel Potential haben, es wird trotzdem nur Durchschnitt liefern."

Wie wahr, dachte sich der Detectiv und lehnte sich behaglich zurück. Und unbehaglich sofort wieder nach vorne. Die Rückenlehne war mit weichem, feuchtem Moder überwuchert. Wahrscheinlich war seine Uniformjacke jetzt völlig zugesaut. Vorsichtshalber schaute er sich den Sitz der Bank nochmals an. Der war tatsächlich in einwandfreiem Zustand. Eigentlich seltsam. Bevor dem Detectiv der Gedanke kam, dass es wohl auch jemand anderes geben musste, der sich ab und zu auf diese Bank zurückzog, hörte er hinter sich schon das Rascheln von Schritten.

Der Adrenalinschub, der dadurch ausgelöst wurde, ebbte allerdings sofort wieder ab, als er Frans Stimme hörte.

„Hey, Detectiv. Auch mal ein bisschen auf Beobachtungsposten?"

„Fran? Wo kommst du denn her?"

Cool lächelnd zeigte sie mit dem Daumen über ihre Schulter. Im Bemühen lässig auf diese Antwort zu reagieren und seinen Schreck zu überspielen, schaute er tatsächlich in die angegebene Richtung. Eigentlich hatte er vor gehabt dann irgendwas wie, „Ich kann da nur eine Mauer und Dickicht erkennen", zu sagen. Daraus wurde aber nichts.

„Die haben Straßenschilder bei sich im Garten? Wie bescheuert ist das denn?"

„Da muss ich den Clan mal ausnahmsweise in Schutz nehmen. Das Schild ist von mir. Hab ich da aufgestellt, als du die Spritztour mit dem fetten Chef gemacht hast."

„Hä?"

Inzwischen stand Fran vor ihm und bedeutete ihm mit einer Geste mal ein Stückchen zur Seite zu rücken, was er dann auch brav machte.

„Was genau möchtest du mit ‚hä?' zum Ausdruck bringen?"

„Hier in dem Garten auftauchen ist schon ziemlich riskant. Aber hier auftauchen, nur um ein Straßenschild aufzustellen, das ist…"

„Schwachsinn?" half ihm Fran.

„Richtig", nickte der Detectiv. „Schwachsinn. Du weißt doch genau, wie gefährlich die Typen sind. Warum um Himmels willen stellst du dann ein Straßenschild auf? Ich kapier das nicht. Meinst du, du könntest die damit ärgern?"

Fran schaute ihn mit gekräuselter Stirn an.

„Du raffst es echt nicht. Einmal darfst du trotzdem noch raten und dann löse ich das Rätsel auf."

„Wie bist du hier eigentlich so leise reingekommen? Hast du die ganze Zeit schon da gehockt? Ne. Kann nicht."

„Und warum nicht?"

„Das soll jetzt nicht abwertend klingen, aber wenn ich dir die Frage ehrlich beantworte, dann wirst du es nicht verstehen", erklärte der Detectiv.

„Meinst du? Weißt du was? Du bist entweder ein selbstsüchtiges Arschloch oder du bist komplett ahnungslos, was so ganz spezielle Fähigkeiten angeht. Ich tippe mal auf letzteres."

„Von was redest du?" wollte der Detectiv wissen. Er verstand überhaupt nichts mehr.

„Ich mach es mal kurz. Du bist ein Zeitreisender und ich bin eine Zeitreisende."

Sie sah amüsiert, wie seine Kinnlade heruntersackte.

„Also gut", erklärte sie ihm lachend, „du hast mich überzeugt. Du hast wirklich keine Ahnung. Hast du denn noch nie andere Zeitreisende getroffen?"

„Doch." Seine Stimme war belegt. Nach einem Räuspern setzte er noch mal an. „Doch. Aber nur eine. Die hat sich als Oma Bender vorgestellt und scheint wohl irgendwie in so einer Art Schaltzentrale zu sitzen."

„Klar, die kennen wir alle. Manchmal habe ich den Eindruck, die will nur einen kleinen Plausch mit mir halten. Manchmal erklärt sie mir, was ich ihrer Meinung nach gerade falsch gemacht habe. Aber im Großen und Ganzen ist das immer ganz nett."

„Dito. Allerdings muss ich gestehen, dass sie mir auch mal gehörig die Ohren lang gezogen hat und mich mit ziemlich drastischen Reisebeschränkungen belegt hat. Zu Recht übrigens."

Fran sah ihn kritisch von der Seite an. „Kann ich mir bei dir gar nicht vorstellen."

„Ich hatte mal so eine Phase, in der ich nicht nur eine Kopie von mir losgeschickt habe, sondern in der diese Kopie dann noch mal Kopien losgeschickt hat. Bedauerlicherweise wurden die Kopien, mit jedem Mal aggressiver. Die waren echt ziemlich mies drauf. Dem hat Oma Bender dann ein Ende gesetzt. Seitdem darf ich nur noch als Original reisen."

„Wow. Keine Verarsche?" wollte Fran ungläubig wissen.

„Nein. Warum sollte ich die erste scheinbar normale Zeitreisende verarschen?"

„Naja." Fran dachte einen Moment lang nach. „Also. Vermutlich hast du so gar keine Ahnung was es in unserer Welt so alles gibt. Wie auch? Wenn ich wirklich die Erste bin."

Mit Blick auf die Villa, aus der schon seit einiger Zeit keine Maschinengewehrsalven mehr kamen, meinte sie:

„Das ist hier vielleicht nicht ganz der richtige Ort, um darüber zu reden, was es so alles gibt. Deswegen nur das Wichtigste: Ich kann nur von Straßenschild zu Straßenschild reisen. Deshalb habe ich das Teil da hinten ins Gebüsch gewuchtet. Und meine zweite Eigenschaft. Ich konnte schon immer nur als Original reisen. Ich hab es natürlich als Kopie probiert, aber das klappt bei mir nicht. Ich habe sogar die Oma gefragt, aber die hat mir nur einen netten kleinen Vortrag darüber gehalten, dass ich mit meiner Fähigkeit in Zeit und Raum zu reisen doch schon sehr beschenkt sei. Warum ich denn damit nicht zufrieden sein könnte?"

„Nur von Straßenschild zu Straßenschild. Das ist aber sehr lästig. Ich habe ja so schon keine große Lust, aber unter den Umständen…"

„Noch etwas, was du wissen solltest. Als ich bei dir ins Auto gestiegen bin, hab ich keine Ahnung gehabt, wen ich mir da ausgesucht habe. Ich schwöre. Erst, als ich angefangen habe die Typen hier zu beobachten und zu schauen ob ich denen was anhängen kann, hat mich die Oma abgefangen und mir erklärt, was du bist und dass du nach ihrem Gefühl mal ein bisschen Kommunikation mit Deinesgleichen brauchen könntest."

„Und das hier ist dann der richtige Ort für ein bisschen Kommunikation? Was ist denn eigentlich mit deinem Freund? Haben die den wirklich umgebracht? Hättest du da nichts gegen tun können? So ein bisschen am Schicksalsrad drehen?"

„Ach", meinte Fran mit einer wegwerfenden Handbewegung, „wir hatten ohnehin Stress miteinander. Er hat nur ziemlich widerwillig bei dem Projekt mit den Typen hier mitgemacht. Deswegen war er auch nur als Kopie unterwegs. Wirklich beneidenswert. Vermutlich sitzt der jetzt irgendwo weit weg von hier gemütlich in der Sonne. Wenn du den Typen aus dem Clan nicht schon genug Horror machen würdest, könnte ich überlegen, ob ich die dazu bringe, meinen Freund auszugraben. Das wäre dann nämlich ziemlich leer. Also das Grab, das die ihm geschaufelt haben."

Der Detectiv musste auf die Nachricht erstmal ein paar tiefe Atemzüge nehmen. Wenn er das von Anfang an gewusst hätte, hätte er sich so was von raus gehalten. Dann könnte er jetzt schön in seinem kleinen Auto sitzen, Hamburger essen und irgendwelche Leute observieren. Oder keine Hamburger essen und einfach nur auf eine Eingangstüre starren. Darauf warten, dass irgendjemand herauskommen würde oder hineingehen würde. Dann würde er seinen Block nehmen, Zeit und Person notieren, den Block wieder zur Seite legen, sich mal kurz recken und weiter auf die Türe starren. Was war das ein schönes Leben. Nicht andauernd Entscheidungen treffen. Einfach in den Tag leben und **nicht** in der Zeit herumreisen.

„Hallo? Jemand anwesend?"

Fran wedelte mir ihrer Hand vor seinen Augen herum und schaute ihn halb besorgt, halb belustigt an.

„Machst du das öfters? Mit offenen Augen schlafen?"

„Eigentlich nicht. Ich habe nur gerade daran gedacht, dass das hier mit den Typen aus dem Haus dahinten ziemlich stressig ist und dass ich es eigentlich lieber ruhig und gemütlich habe."

„Wie bist du denn drauf? Die Typen wollten deinen Freund umbringen! Du solltest eigentlich stinksauer sein!"

„Bin ich auch. Aber hauptsächlich auf mich, weil ich ihn da mit reingezogen habe. Und jetzt muss ich es durchziehen, weil das die einzige Möglichkeit ist, ihn zu schützen. Trotzdem finde ich es extrem lästig, mich mit diesen Schwachmaten auseinandersetzen zu müssen. Hast du eine Ahnung wie viele von denen da noch drinnen hocken?"

„In ein paar Minuten jedenfalls ein paar weniger. Guck mal: Das Garagentor geht auf. Die haben den Fetti bestimmt wieder in den Lastwagen verfrachtet und versuchen jetzt auszubrechen."

Der Detectiv, der sich höflich zu Fran gewandt hatte, drehte den Kopf und nickte bestätigend. Fran schaute ihn nur entgeistert an.

„Ja und? Was machen wir jetzt?" wollte sie mit leicht erhöhter Stimme wissen.

„Tja. Das ist doch eigentlich gar nicht so schlecht. Also wenn da wirklich der Chef drinnen ist und die wirklich abhauen. Mein Auftrag lautet: Sorge dafür, dass sie in alle Winde zerstreut sind." Der Detectiv überlegte einen Moment, während er dem LKW dabei zusah, wie er die Rampe hochfuhr. „Oder so ähnlich. Die genaue Formulierung habe ich nicht mehr im Kopf."

„Und du meinst, wenn die alle zusammen weg fahren, dann ist das ‚in alle Winde verstreut'? Bist du dir da sicher?"

„Hm", stimmte er ihr widerwillig zu. „So exakt eigentlich nicht."

Fran forderte ihn mit einer Geste dazu auf, weiterzusprechen. Als der LKW schon fast am Ausgangstor angekommen war, tat er ihr den Gefallen.

„Du meinst, ich sollte was tun?"

„Wäre eine Möglichkeit."

„Ich will jetzt aber nicht den Helden spielen. Also du weißt schon. Dir mal so richtig zeigen, wie toll ich bin. So was finde ich nämlich blöd."

„Mach dir keine Sorgen. Falls es dir hilft, kann ich auch die Augen zu machen."

Im gleichen Moment, in dem sie die Augen schloss, verschwand der Detectiv zum Eingangstor. Eigentlich waren die beiden dicken gemauerten Pfosten links und rechts von dem Tor, bei denen er vor ein paar Tagen das Meeting mit Gundolf gehabt hatte, ganz gut geeignet, um den LKW ein bisschen aufzuhalten. Das Gitter schwang gerade auf, als der Detectiv hinter dem linken Pfosten hervortrat und durch Winken auf sich aufmerksam machte.

Hinter der Windschutzscheibe nahm er beim Fahrer ein überraschtes Kopfrucken war. Die Frage war jetzt eigentlich nur, ob der Fahrer oder der Beifahrer bewaffnet waren. Eine blöde Frage, wie sich der Detectiv sofort tadeln musste. Natürlich waren die bewaffnet. Als er hinter dem Pfosten verschwand hörte er schon die Schüsse.

Kurz danach trat er hinter dem anderen Pfosten hervor und fand mit einem kurzen Blick bestätigt, dass der Beifahrer tatsächlich durch die Windschutzscheibe geschossen hatte. Die Durchschusslöcher waren deutlich zu erkennen. Leider war aber auch deutlich zu hören, dass der Fahrer Gas gab und damit die deutliche Absicht äußerte, möglichst schnell zu verschwinden. Den Detectiv sah keiner der beiden, da sie nur in die Richtung schauten, in die er vor wenigen Sekunden verschwunden war. So direkt konnte der Detectiv erstmal nichts mehr machen, wenn er sich nicht überfahren lassen wollte. Also brachte er sich mit einer Reise in sein Hotelzimmer in Sicherheit. Kurz vor seinem Verschwinden hörte er noch so gerade eben, wie sich ein schweres Auto mit aufheulendem Motor näherte.

Als er sich wieder gefangen hatte, konnte er in Ruhe überlegen, was er als nächstes machen könnte. Es gab erstmal zwei Alternativen, die auf der Hand lagen. Entweder die Typen fahren lassen und sich später drum kümmern oder die Typen eben nicht fahren lassen. Die erste Alternative konnte er natürlich mühelos in die Tat umsetzen. Dafür musste er nur in dem schönen weichen Bett liegen bleiben. Allerdings gab es dann das Problem, dass er dem Clan automatisch mehr Zeit geben würde, sich selber zu verteilen und vielleicht noch einen weiteren Angriff auf Mr. Clean durchzuführen. Außerdem ergab sich daraus noch ein weiteres Problem, dass er nicht unterschätzen durfte: Die Typen würden mit jeder Minute, die ohne eine Aktion von seiner Seite verstreichen würde, wieder zum Durchatmen kommen und damit auch zum Nachdenken. Der Puls würde runter gehen. Neue Ideen würden kommen. Ganz schlecht. Am Ende würde der Detectiv nur umso mehr Arbeit mit denen haben. Das war eigentlich das Gleiche, wie mit den Straßen. Wenn man die Winterschäden im Frühjahr nicht beseitigt, dann werden die Schäden im nächsten Winter nur umso größer und am Ende blieb nichts anderes übrig, als die ganze Straße neu zu bauen.

Der Detectiv verdrehte die Augen und drückte sich noch mal gemütlich in die weichen Kissen. Er würde den Gangstern also das Verlassen des Grundstücks unmöglich machen müssen. Die Frage war nur, wie er das bewerkstelligen wollte. Er wusste es nicht. Wie angenehm, dachte er sich mit einem Lächeln auf dem Gesicht. Dann konnte er ja noch ein bisschen länger in dem warmen, kuscheligen Bett liegen bleiben.

Irgendwann war es dann doch so weit, dass er die Erinnerung an den aufheulenden Motor nicht mehr verdrängen konnte. Das Problem an diesen Zeitreisen war einfach manchmal, dass man bei der einen Zeitreise schon merkte, was man bei einer danach stattfindenden Zeitreise machen würde. Also ‚danach' aus seiner ganz persönlichen Sicht. Gleichzeitig aber auch mal ‚davor' aus der Sicht der betroffenen Menschen, die Zeitreisen für reine Utopie halten. Jedenfalls irgendwie kompliziert.

Er überlegte noch einen Moment, ob die Überlegung, die er sich selber gerade zum Besten gegeben hatte auch wirklich stimmte. Dann nickte er bestätigend mit dem Kopf. Seine

Aufgabe war es jetzt eine Zeitreise zu machen, in der er sich ein schweres Fahrzeug angeln würde, mit dem er dann im letzten Moment den LKW des Clans am Verlassen des Grundstücks hindern würde. Als er an das Organisieren des Fahrzeuges dachte, verdrehte er innerlich die Augen. Wie sollte er das denn jetzt erledigen? Einfach eins klauen ging gegen seine Ehre. Sollte er eins kaufen? Alleine der Gedanke nervte ihn schon. Dafür müsste er erstmal eine Reise machen, um es zu kaufen. Dann eine um das Fahrzeug nach der ganzen Anmelderei abzuholen und dann eine dritte, um den Laster vom Clan damit zu rammen. Und am Ende würde dann noch festgestellt werden, auf wen das Fahrzeug angemeldet war. Nichts als Ärger.

Er musste mit seinen Überlegungen einfach hinten anfangen. Das Wichtigste war, dass er nach der ganzen Aktion keinen Stress mit der Polizei haben wollte. Da er auch keinen unbescholtenen Bürger schädigen wollte, blieb nur noch die ‚Robin Hood' - Methode. Und wer bot sich als Erster an, wenn es darum ging, jemanden zu finden, der sich ein Fahrzeug klauen lassen wollte? Richtig: Der Clan.

„Ich hätte jetzt eigentlich gedacht, dass du erstmal weg bist."

In Frans Stimme schwang ein nicht zu überhörender Vorwurf mit.

„Ich war ja auch unterwegs. Ziemlich lange sogar. Ich bin nur wieder genau da gelandet, wo ich gestartet bin. Wäre einfach mal eine nette Idee in Ruhe zuzuschauen, was jetzt so alles passiert, dachte ich mir. Sollte eigentlich gleich losgehen."

Der Detectiv wollte sich behaglich zurücklehnen. Im letzten Moment fiel ihm allerdings wieder ein, dass die Rückenlehne moosbewachsen war.

Der Lastwagen stoppte, als er halb durch die Einfahrt durch war. Kurz danach krachte ein fetter Hummer in das Führerhaus des LKW.

„Den habe ich mir bei Hagen ausgeborgt. Mein besonderer Freund in dem Clan. Mit dem hat der ganze Stress nämlich erst angefangen."
„Ich weiß wer das ist. Schließlich hat der mich vor ein paar Tagen noch durch die Gegend gejagt."
„Stimmt."
Nach einiger Zeit ging die Beifahrertüre des LKW auf. In dem Moment, in dem der Mann aussteigen wollte, wurde der gesamte LKW in gleißendes Licht getaucht.
„Wow", kommentierte Fran. „Du fackelst für die ein Feuerwerk ab?"
„Ja, ich dachte mir der Moment des endgültigen Abgangs sollte nicht in schnödem Scheinwerferlicht erfolgen. So ein bisschen Bengalisches Feuer ist doch irgendwie angemessen."
Fran schaute erwartungsvoll auf den LKW.
„Und was passiert jetzt?"
„Warte ab. Möglicherweise hab' ich mit der nächsten Aktion ein bisschen dick aufgetragen, aber ich hatte auch echt keine Lust mehr immer nur in diesem ‚Klein-Klein' zu agieren. Versprich mir, dass du mir deine ehrliche Meinung sagst."
„Okay. Mach ich."
Im Hintergrund hörten sie bereits, dass sich ein Hubschrauber näherte. Fran schaute fasziniert dabei zu, wie der riesige Transporthubschrauber über dem LKW in Stellung ging.
„Was hängt denn da runter?"
„Magneten", erklärte der Detectiv. „Ziemlich starke Magneten."
„Nee. Echt jetzt? Und das klappt?"
Bevor der Detectiv antworten konnte, waren die Magneten über dem Führerhaus und über dem Kofferaufbau in Position und der Hubschrauber hob den gesamten LKW langsam an.
„Normalerweise klappt das natürlich nicht. Also zumindest der Koffer. Also dieser Aufbau ist nicht dafür gebaut,

daran den LKW anzuheben. Der würde normalerweise abreißen. Nur ist dieser LKW schon ziemlich speziell gebaut. Der Clanchef muss irgendwie ein ziemlich intensiv ausgeprägte Paranoia haben."
Inzwischen entfernte sich der Hubschrauber mit seiner leicht nach hinten schwingenden Last. Zurück blieben nur das ausbrennende Bengalische Feuer und der verbogene Hummer, mit dem der LKW an der Flucht gehindert worden war.
Als es um die beiden herum wieder leise geworden war, applaudierte Fran grinsend.
„Große Nummer. Wirklich eine echt große Nummer. Ich gestehe, dass ich dir das nicht zugetraut hätte. Wo hast du die denn hingebracht?"
„So eine kleine unbewohnte Hallig."
„Ich fass es nicht. Und wie kommen die da wieder runter?"
„Um ehrlich zu sein, ist mir das eigentlich ziemlich egal. Wird schon irgendwie klappen. Mein Vorschlag wäre, einfach mal in den nächsten Tagen Zeitung zu lesen."
„Hast du denn keine Angst, dass die sich rächen?"
„Ein gewisses Restrisiko ist immer. Aber so ganz ohne den bisherigen Kopf weiß ich nicht, wie die weiter agieren werden. Wir haben nämlich einen unbeabsichtigten Abgang. Für den Clanchef war das dann doch zu viel. Das Herz. Schon im täglichen Leben komplett am Anschlag. Und dann noch der ganze Stress mit mir. Das war einfach zu viel."
In der Entfernung hörten die beiden einige Einsatzwagen herankommen.
„Ist wohl nicht ganz unbeobachtet geblieben", war Frans einziger Kommentar.
„Alles andere wäre auch wirklich bedenklich gewesen."
„Besser, wir verschwinden?"
„Besser ist das. War nett, dich kennen gelernt zu haben."
„Ganz meinerseits, Detectiv Maier. Vielleicht kreuzen sich unsere Wege noch mal?"

„Man weiß nie. Ich für meinen Teil brauche jetzt erstmal ein bisschen Erholung."
„Nur noch eins. Was hast du mit Hagen gemacht?"
„Hagen? Dieser unbelehrbare Idiot. Den habe ich nach Mexiko gebracht."
„Kein ruhiges Pflaster."
„Nein, kein ruhiges Pflaster. Vor allem, wenn man Sitten und Sprache nicht kennt."

Epilog

Endlich saß der Detectiv wieder behaglich und vollkommen stressfrei in seinem Observationswagen. Zwischen den Notizen, die er vielleicht einmal in der Stunde weiterschreiben musste, hatte er genug Zeit, um sich darüber Gedanken zu machen, weshalb er nach der letzten „Mammutzeitreise" gar keinen Hunger verspürt hatte. Eigentlich gab es dafür nur eine Erklärung: Die gute alte Oma Bender war mit seinem Werk zufrieden und hatte seine Zeitreisenparameter geändert. Vielleicht konnte er jetzt sogar wieder als Kopie von sich selber reisen? Er würde es irgendwann mal ausprobieren. Jetzt war Entspannung angesagt.

Und es gab noch eine zweite Sache, über die er nachdachte: Was hatten Fran und ihr Freund eigentlich gemacht? Was war in der Bank passiert? Weshalb waren sie beim Clan auf das Grundstück marschiert? Sollte er versuchen Fran zu finden und ihr diese Fragen stellen? Der Detectiv lehnte ich entspannt zurück. Nein. Er würde diese himmlische Ruhe nicht aufgeben. So schön auf ein verschlossenes Gartentor schauen... Zeit zum Genießen.

Und sonst so?

Was die in diesem Buch dargestellten Personen und Handlungen angeht, so entspringen die ausschließlich meiner Phantasie. Sollte sich trotzdem irgendjemand in einer der Figuren wiedererkennen, so ist dies reiner Zufall. In dem Fall, in dem diese Person eine zeitreisende Person ist wäre das sogar ein richtig großer Zufall.